The Cook,
The Crook,
and The Real Estate Tycoon

我叫
刘跃进

刘震云 著

SPM
南方传媒 ｜ 花城出版社

中国·广州

图书在版编目（CIP）数据

我叫刘跃进 / 刘震云著 . -- 广州：花城出版社，2022.7（2025.7重印）

ISBN 978-7-5360-9724-7

I. ①我… II. ①刘… III. ①长篇小说 – 中国 – 当代 IV. ① I247.5

中国版本图书馆CIP数据核字（2022）第102968号

我叫刘跃进
WO JIAO LIU YUE JIN

刘震云 / 著

出 版 人　张　懿
特约策划　金丽红　黎　波
责任编辑　曹玛丽　欧阳佳子
特约编辑　张　维
技术编辑　凌春梅
封面设计　别境Lab
内文制作　张景莹
责任印制　张志杰　王会利
媒体运营　刘　冲　刘　峥　洪振宇
数字平台统筹　高　梦
法律顾问　梁　飞
版权代理　何　红
出版发行　花城出版社
经　　销　全国新华书店
印　　刷　天津盛辉印刷有限公司
开　　本　787毫米×1092毫米　32开
印　　张　12.25　6插页
字　　数　210,000字
版　　次　2022年7月第1版　2025年7月第8次印刷
定　　价　55.00元

刘震云

汉族，河南延津人，北京大学中文系毕业，中国人民大学文学院教授、博士生导师。

曾创作长篇小说《故乡天下黄花》、《故乡相处流传》、《故乡面和花朵》（四卷）、《一腔废话》、《我叫刘跃进》、《一句顶一万句》、《我不是潘金莲》、《吃瓜时代的儿女们》、《一日三秋》等；中短篇小说《塔铺》、《新兵连》、《单位》、《一地鸡毛》、《温故一九四二》等。

其作品被翻译成英语、法语、德语、意大利语、西班牙语、瑞典语、捷克语、荷兰语、俄语、匈牙利语、塞尔维亚语、土耳其语、罗马尼亚语、波兰语、马其顿语、希伯来语、波斯语、阿拉伯语、日语、韩语、越南语、泰语、蒙古语、哈萨克语、维吾尔语等多种文字。

2011 年，《一句顶一万句》获得茅盾文学奖。
2018 年，获得法国文学与艺术骑士勋章。

根据其作品改编的电影，也在国际上多次获奖。

2017 年 3 月 23 日，作者在奥地利维也纳书店与德语读者交流

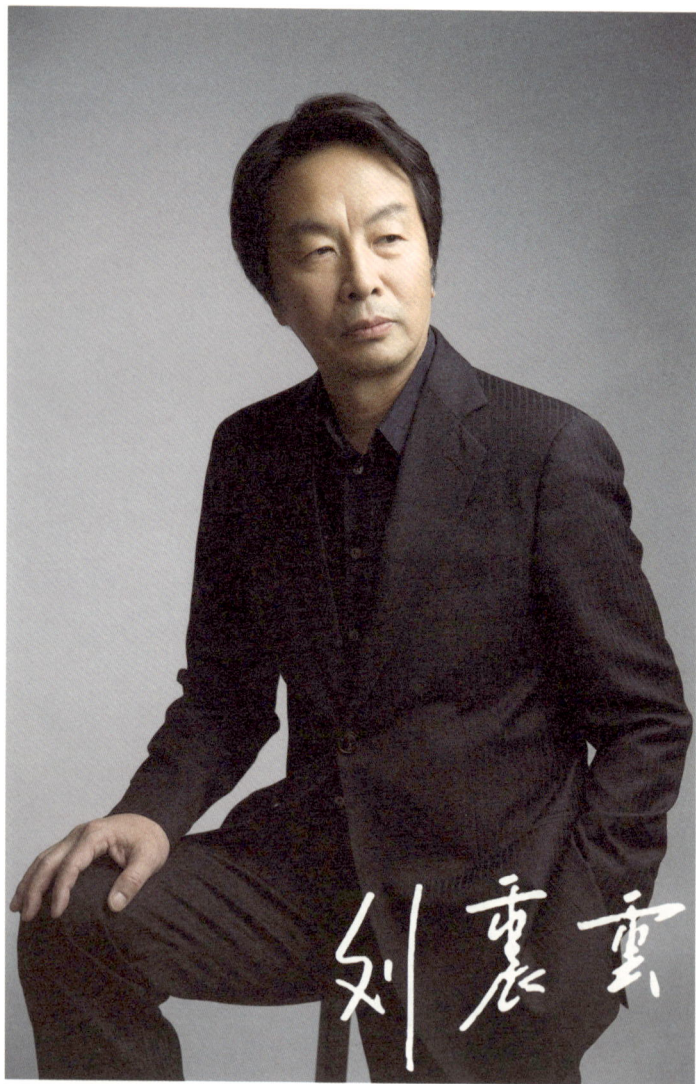

刘震云

目　录

Contents

第一章

青面兽杨志

青面兽杨志碰到张端端，是在老甘的"忻州食府"。老甘嗓子坏了，说话用的是气声。说话费劲，还说。杨志就着羊汤，吃完五个烧饼，老甘过来结账，收过钱，坐对面说，旁边五环路，大红门桥，昨天傍晚，一人从桥上跳了下来。想寻死，却没死成，只轧断一条腿。但五环路上，五辆车"砰砰"追尾。一辆"奔驰"横了过来，旁边车道上，一辆山西的运煤车，又将"奔驰"撞飞了。"奔驰"落下来，又一头撞到大红门桥的桥墩上。车里坐着一男一女，男的盆骨摔碎了，女的当场死亡。这事还刚开头，死的这女的，却不是那男的老婆，而是一个第三者。这头儿事故还没处理完，那边医院乱成了一锅粥。老甘：

"你不能说这是大意，真没想到。"

杨志心里正有事，没理这事，抄起桌上的腰包：

"老甘，这回的烧饼，用的是啥面呀，一股哈喇气。"

老甘：

"让你吃出来了。但你说错了，这回不怪面，怪上头的芝麻。卖芝麻的老胡，把去年的陈芝麻，掺到今年的新芝麻里。透过一粒芝麻，我算看透一个人。"

这时问：

"上回让你找那人，你找着没有？"

杨志和老甘是山西老乡，老甘是忻州人，杨志是晋城人，虽然一个是晋北，一个是晋南，但毕竟是老乡。杨志常到"忻州食府"吃饭，却不是冲着老乡不老乡，而是冲着老甘熬的羊汤。老甘羊汤熬得好，羊的骨头架子，也是从集贸市场买来的；骨头架子是一样的骨头架子，但老甘熬出的羊汤，就是比别人家熬得鲜、浓、香。老甘仗着羊汤熬得好，便在烧饼、凉菜、热菜上做些手脚。杨志又不喜。杨志听人说，老甘的羊汤所以好喝，是因为他在羊汤里，放了大烟壳子，人一喝容易上瘾。上月二十五号夜里，老甘一家正在睡觉，一个贼溜了进来。事后能看出，贼是过路贼，没来踩过点儿，也不了解老甘。饭店前脸是些桌椅板凳，没啥可偷的；

后脸厨房放些锅碗瓢盆，也没啥可偷的；贼好不容易撬门进来，还是惦着偷点儿钱。贼以为钱放在卧室，一家人睡觉的地方；但老甘有心眼，钱没放在卧室，一天盘点完，把钱裹在一塑料袋里，放在厨房一芝麻坛子里。坛子上边是芝麻，里面却埋着钱。老甘不把钱放到卧室，是怕老婆孩子乱拿；本为防老婆孩子，谁知防着了贼。贼在卧室摸了一遍，柜子箱子，一家男女脱下的衣服，连老甘枕头边都摸了，只摸出三块五毛钱。贼百思不得其解，一个人蹲在床边犯愣。没想到老甘早醒了，就是没吱声，看贼蹲床边犯愁，终于忍不住了，"嘀嘀"笑了两声。他大喊"捉贼"贼不怕，这阵势贼见多了，有人突然发笑，老甘嗓子坏了，用的又是气声，那贼吓得头发都支棱了，自己大喊一声"有贼"，夺门而出。但贼不走空，蹿过前脸饭厅时，把老甘挂在墙上的皮夹克给顺走了。皮夹克里没有钱。皮夹克说起来也不是皮的，是仿皮的；就像老甘的饭店，巴掌大一点儿地方，却叫"忻州食府"；但皮夹克口袋里，却有一本小学生算术本。"忻州食府"旁边是一集贸市场，再过去是一建筑工地，许多卖菜的，建筑工地的民工，也常到老甘的"忻州食府"吃饭。来吃饭的，都是为了吃饱，不是为了吃好，就给老甘在饭菜上做手脚留下了空当。这些人，身上的钱是有数的，吃着吃着，钱不够了，就欠下老甘许多账。单个儿来吃饭的，一般不欠账，一顿饭吃多少钱，事先都盘算好了；三五个人来，一人请客，容易欠账。因有人请客，大家就放开了，吃着喝着，菜不够了，酒不够了，请客的又假仗义，再要酒菜，身上带的钱不够，只好欠账，下次来吃饭时再还。这一笔笔账，就记在这算术本上。算术本，就装在皮夹克衬里的口袋里。本来账本没在皮夹克口袋里，老甘就把它挂在墙上，与皮夹克并排。一天，在集贸市场卖羊骨头架子的内蒙古的老塔，到"忻州食府"来吃饭，等菜的间歇，闲来无事，从墙上摘下这本看，边看，边大声朗诵欠账人的名字，及他们欠下的钱数。老塔念得起劲，老甘看饭馆还坐着别的客人，怕这事传出去，欠账的人会不高兴，影响自个儿的生意，便从老塔手里，一把夺过账本，顺手掖到了皮夹克口袋里。本来是偶尔一掖，之后成了习惯，记过账，就掖到皮夹克里。没想到这账本，被贼给偷走了。账一笔一笔很碎，加起来，估摸有一千多块。其实谁欠"忻州食府"的账，老甘心里也清楚，他心里也有一本账，但账本被人偷了，做生意总显得晦气，也怕查无实据，欠债的人赖账，老甘便想把它找回来。老乡杨志，常来"忻州食府"，言谈话语之中，似与干这行的人熟；杨志到底是干啥的，老甘没问，杨志也没说过；无非行为举止，能看出个大概；老甘便托杨志，看能否找到这贼。老甘：

"皮夹克我不要了，他把账本还回来，再给他二十块钱。"

现在又问这事，杨志照地上啐了一口痰：

"一边让我找人，一边还收我饭钱，透过一顿饭，我也算看透一个人。"

老甘攥住钱，用气声说：

"瞧你说的，要不我把钱退给你吧。"

杨志没理老甘，拎腰包出门。临出门时，从饭桌上拿一张餐巾纸擦嘴，发现门边桌前，坐着一瘦女孩，桌上放着一碗羊杂面。但她没吃，看着窗外路过的人发呆。街上的路灯亮了，人走得有些急。杨志离开"忻州食府"，走了半站地，摸口袋掏烟，突然想起自个儿的烟落在了"忻州食府"。想回去取，又觉不值当；便到路边烟摊买了一盒，撕开口，抽出一支，点上，再往前走，刚才在饭馆吃面的那女孩跟了上来，撵上杨志问：

"大哥，玩吗？"

杨志这才知道，刚才吃面的女孩是只"鸡"。留意看，小骨头小脸，也就十七八岁。又盯，发现这女孩不像街边的"鸡"。街边的"鸡"看人，眼神都像猫看老鼠，早不拿这事儿当事儿了；这女孩看杨志，却像老鼠看猫，说过这话，脸羞得绯红。不是因为她是"鸡"，是这绯红，也不是绯红，是"鸡"在害羞，在世界上已少见，让杨志心动，本不想玩，也想玩了。杨志点了点头。那瘦女孩便领着杨志，往她住处走。杨志边走边问：

"你哪儿人？"

瘦女孩：

"甘肃。"

杨志：

"干多长时间了？"

瘦女孩看杨志一眼，又低下头：

"我说昨天，你也不信。我来北京找俺哥，谁知他换了地方。给他打电话，他的手机也停机了。干这个不为别的，为攒个车票钱。你就当我说瞎话吧。"

杨志倒"噗嗤"笑了：

"咱俩这辈子，说不定就见这一面，你干一年，我也没吃多大亏，你昨天才干，我也没占多大便宜。"

两人又往前走。杨志：

"你多大了？"

瘦女孩抬脸：

"二十三。"

倒出杨志的意料。做这行的都说自个儿小，这女孩看上去十七八，却说自个儿二十三，倒是个老实人。杨志：

"你贵姓？"

瘦女孩：

"免贵姓张，就叫我端端吧。"

杨志知道这"端端"，该是假名。可叫上，答应，就是真名。一个称呼，真与不真，重要吗?说话间，已走出两站路，好像还没到地方。杨志停住脚步：

"还有多远?"

端端指着前边：

"不远，就在前边。"

两人又走。但这"前边"，又走出一站多地，终于拐进一条胡同。胡同里有些脏，手挨手，有仨公共厕所，厕所里的汤水，溢到胡同里，路灯坏了，下脚要看地方。走到胡同底，拐过弯儿，又是一条胡同。杨志打量一下左右：

"安全吗?"

端端：

"大哥，领你走这么远，就图个安全。"

终于，走到胡同底。胡同底有间屋子，房门就开向胡同。墙上的石灰缝，横七竖八，抹得跟花瓜似的，能看出这墙过去没有门，屋门是临时圈出来的。屋门是大芯板，风一吹，有些晃荡；门框，是用几根木条钉巴在一起的。端端从裤子里掏出钥匙，弯腰开门，进屋，开灯；杨志看看左右，胡同里一个人也没有，心里踏实下来，也闪进了屋。端端扣上门，杨志打量屋子，也就七八平米，靠墙搁着一张床，地上摆着些锅碗瓢盆。端端：

"大哥，开灯还是关灯？"

杨志想了想：

"关灯吧，关灯保险。"

关上灯，两人开始脱衣服。到了床上，杨志知道端端有二十三。手嘴的用处，一切都懂。杨志一开始还主动，待入了港，端端竟开始调理杨志。看她身瘦，杨志本不敢大动，谁知几个回合下来，瘦小的端端，在下边，竟把杨志，玩于股掌之上。杨志这才知道人不可貌相，海水不可斗量。杨志本无兴致，心里还想着别的事，现在被端端逗弄得，也兴致大发。正得趣处，屋门"咣当"一声被撞开，屋顶的灯"啪"的一声被打开，呼啦呼啦，闯进来三条大汉。三人嘴里皆喘着粗气，粗气里喘出酒气。突兀间，杨志被吓出一身汗；一开始以为是警察，但看这三人的糙皮和粗脖子，又不像；反应过来，去抓自己的衣服；但他的衣服，连同那个腰包，早被一大汉抢到怀里。另一大汉二话没说，照杨志脸上，结结实实扇了一巴掌：

"× 你妈，敢强奸我老婆！"

杨志光着身子，顾不上捂脸，捂自己的下边：

"大哥，弄错了。"

看端端。这时端端变了一个人，开始捂着自己的脸哭：

"我正在屋里做饭，他窜进来，拿刀逼我。"

这时指了指窗台。窗台上原来放着一把刮刀。第三个大汉抢过那刀，指着杨志：

"公了还是私了？"

杨志这才明白，他遇上了打劫团伙，端端就是他们放到外面的鱼饵，杨志一不留神，咬着了这钩。杨志这才明白，人不可貌相，海水不可斗量。抢衣服的大汉，开始毫不在意地搜杨志的衣服，从口袋里掏出手机、钱包，从钱包里掏出钱和银行卡。又拎起腰包打量，腰包的带子断过，打了个结；打开腰包，从里边又掏出一大沓钱。掏完钱，拿出一身份证，看着念：

"刘跃进。"

仰起脸问：

"你叫刘跃进？"

杨志自认倒霉，不再理他。但这也臊不着谁，那人低头看身份证上的照片，对着一身光的杨志端详：

"不像呀。"

杨志这才明白，祸从老甘的"忻州食府"起，一切都怪这腰包。自己在"忻州食府"，从腰包里掏钱，被瘦小的张端端看到了。

第二章

任保良

在工地，大家都知道，刘跃进是个贼。贼一般在街上偷东西，或入别人家盗窃，刘跃进不上街，也不去别人家，偷东西就在工地。在工地也不偷盘条、电缆和架子管，就偷工地的食堂。刘跃进是个厨子。偷食堂也不在食堂，在菜市场。刘跃进每天早起，要到菜市场买菜。在菜市场也不偷，韭菜、萝卜、白菜、土豆、洋葱、肉等，明码标价；但一个工地几百号人，一回洋葱土豆买得多，就能讨价还价；一斤便宜五分钱，几十斤下来，就能省出几块钱；固定一个摊买，不朝三暮四，又有讲究；还有肉：瘦肉、五花，或只买脖子肉，价钱又不一样。大家说，整个工地的人脖子都粗，和整天吃刘跃进的脖子肉大有关系。但贼被捉住才叫贼，刘跃进这贼无法捉，就不能叫贼。这时大家生气的不是有贼，而是这贼无法捉。工地包工头任保良说：

"原以为，贼被捉住才叫贼，谁知没被捉住的，才叫贼呢。"

刘跃进和包工头任保良，是十几年的老朋友。任保良是河北沧州人，刘跃进是河南洛水人。十六年前，任保良，在洛水坐过两年多牢。刘跃进有一个舅舅，在洛水监狱当厨子。舅舅叫牛得草，大眼睛，四十岁之前，眼睛像探照灯一样亮；四十岁那年得了白内障，世间万物，在他眼前一片模糊。模糊之前，牛得草说话慢条斯理；模糊之后，开始高门大嗓，见人就说：

"别看眼睛瞧不见，我心里清楚着呢。"

牛得草眼好时，刘跃进随娘走姥娘家，牛得草不大理人，刘跃进有些怵他。牛得草虽是一监狱的厨子，但架子很大。大不大不在厨子，而在"监狱"。集市上饭馆的厨子，每天须把饭菜做好；监狱的厨子，每天须把饭菜做差；犯人吃饭，想做好，也没条件，一年三百六十五日，三顿皆是：咸菜、粥、窝头。到饭馆吃饭的人，饭菜差了就骂厨子；监狱里的犯人，吃好吃坏，都不作声；见了厨子，反倒低声下气。饭馆的厨子看不起牛得草，牛得草也看不起别的厨子：

"妈拉个×，普天下，都见做饭的伺候吃饭的，哪见吃饭的伺候做饭的?"

高门大嗓后，人欺他眼看不见，同事、熟人，见面爱抹他脖子。"吧唧"一声，从脑袋抹到脖项，转身走开，牛得草不知是谁。这年冬天，刘跃进随娘去监狱看舅舅，牛得草带他去集上，给监狱买咸菜疙瘩，一熟人又上来抹牛得草的脖子。牛得草担着担子习以为常，八岁的刘跃进上去踢了那人一脚：

"×你娘!"

那人被骂急了，反手掴了刘跃进一巴掌。刘跃进哭了，聚上来许多人。牛得草也骂刘跃进：

"玩儿呢。"

待走出集市，抚着刘跃进的头：

"打虎还靠亲兄弟，上阵还靠父子兵。"

落下泪来。从此开始亲近。任保良在洛水坐牢时，刘跃进已娶了老婆。当时任保良开卡车跑长途，贩煤，贩粮食，也贩化肥和棉花；分季节，啥赚钱贩啥。这天从江苏高邮拉了一车活螃蟹，往陕西潼关运；走到洛水路卡，被警察扣下。车超宽，也超高。任保良悄悄塞到拦车的警察口袋里二百块钱，警察没说什么；任保良开起卡车要走，从岗亭又下来一警察，重新检查他的证件，说他手续不全，又要扣车。任保良不愿再花钱，看看车上的活物，螃蟹们吐着沫，瞪着眼睛在着急，任保良也着急；检查证件的警察又来找碴儿没啥，收了他钱的警察也不帮他说话，转身走开，惹恼了任保良。任保良上去揪住他，让他还钱；这警察也急了，说没收他钱，两人撕巴起来。警察抽出警棍打任保良，任保良挨了三下，夺过警棍，打了警察一下。警察三棍打在任保良肩上、腰上和背上，任保良一棍打在警察头上，登时冒了血，人"咕咚"一声，倒了。砸别人头事小，砸警察的头，事就大了。本是轻伤，也就出了点血，经医院鉴定，成了重伤，脑震荡，加上妨碍公务罪，任保良被判了两年零八个月。这天刘跃进到县城买猪娃，他有一个中学女同学叫李爱莲，李爱莲有一个姑家的表哥叫冯爱国，冯爱国因偷了邻村的牛，一头母牛，带两个牛犊，被判了八个月，也住在监狱。李家爹娘死得早，李爱莲从小由姑姑带大。监狱一个月让探一回监，这天不是探监的日子，李爱莲知道刘跃进的舅舅在监狱当厨子，便托刘跃进给冯爱国往监狱捎了一只烧鸡。刘跃进在县城买过猪娃，去了监狱，把烧鸡交给舅舅牛得草。牛得草把冯爱国从号子里叫出来，把他带到监狱厨房，把烧鸡扔给他，让他蹲到墙角去啃。待烧鸡啃了一半，号子里有人喊：

"我叫冯爱国，我叫冯爱国。"

这才晓得蹲在厨房啃烧鸡的不是冯爱国，是河北的任保良。牛得草到号子里喊冯爱国时，冯爱国这两天拉稀，去了茅房，任保良顶着冯爱国，来啃烧鸡。牛得草上去抽了任保良一耳光：

"妈拉个×，河北没有烧鸡？"

又上去用脚踹：

"欺我看不见是不是？外头欺我就算了，你们也敢欺我？"

又抄起擀面杖，没头没脑往任保良身上砸。刘跃进看任保良抱头挨打，不敢动弹，也不敢出声，嘴里还嚼着烧鸡，有些不忍，上去拉牛得草：

"舅舅，算了，不就一只烧鸡？再打，也从他肚里掏不出来了。"

任保良这时哭了：

"不为吃口鸡，两年多了，没一个人来看我。"

两年零八个月到了，任保良出狱了。任保良出狱做的第一件事，是到刘家庄看刘跃进。去时，带了十只白条鸡。五年过去，任保良成了北京一建筑工地的包工头。这期间两人没有见过，但有书信来往。又五年过去，刘跃进离了婚，心中正在烦恼，便离开河南洛水，来北京投靠任保良，在工地当了厨子。不在任保良手下当厨子，两人还是朋友；现在有了上下之分，两人就不是朋友了。或者，任保良能说刘跃进是朋友，刘跃进不能把任保良当成朋友。或者，私下里是朋友，人多的场合，须有上下之分。刘跃进懂这个理儿，私下叫"保良"，一有人，马上改口"任经理"。任保良看他懂事，加上有十几年前一只烧鸡顶着，虽然知道刘跃进在食堂捣鬼，但也睁一只眼闭一只眼。但一次刘跃进喝多了；一起喝酒的几个民工，在议论任保良；民工议论包工头，难有好话；刘跃进酒前酒后是两个人，酒前说话过脑子，酒后就忘了自己是谁，也随人说起了任保良；说现在没啥，顺嘴秃噜，说起任保良十几年前在洛水坐监的事，如何因为一只烧鸡，在厨房挨打。这话传到了任保良耳朵里。任保良不怵自己坐过监，动不动还说：

"妈拉个×，老子监狱都蹲过，还怕你们这些龟孙？"

但自个儿说行，别人说就不行了。或者，别人说行，刘跃进说就不行了。这一下，两人彻底不是朋友了。任保良本想把刘跃进打发走，只是担心弯拐得太陡，显得自己心量小；便不动声色，还让刘跃进当厨子，但不让他买菜；等刘跃进自个儿觉着没了油水，提出走人。恰好任保良有一个外甥女，高中毕业，没考上大学，也从沧州来北京发展，投奔任保良，任保良便把她安排到工地食堂，专管买菜。刘跃进知道祸起一句话，祸是酒惹的，也想一走了之，再待下去双方都难堪；但中国别的不多，人多，另外的地方一时也不好找；工地挖沟爬架子的活儿好找，到食堂当厨子不好找，也就腺着自己先待下去，等有了机会再说。任保良的外甥女叫叶靓颖，任保良瘦，叶靓颖胖，十九岁，二百一十斤。身胖，胸却是平的。叶靓颖兴冲冲地上了任，每天早起，骑一辆三轮车，屁股一扭一扭，到集贸市场买菜。买一道菜，记一道账。一把葱，一头蒜，都记在算术本上。一个月下来，密密麻麻，积了两大本。但她哪里知道菜市场的门道？一个月下来，叶靓颖买菜花出的钱，比上个月多出两千多块；食堂吃的，却没有上个月好。月底结账的时候，叶靓颖把两本账递给任保良，任保良把算术本"刺啦""刺啦"撕了，扔到地上：

"不能不说，你是个老实人。"

又感叹：

"用老实人，还不如用个贼。"

又撤下叶靓颖，让她在厨房馏馒头、蒸大米，重新把买菜的事，还政刘跃进。刘跃进这时倒端上了架子，嘬着牙花子说：

"任经理，岁数大了，说起这买菜，我也转不过那些菜贩子。"

还替叶靓颖说话：

"真不能怪咱外甥女。"

直到任保良急了：

"刘跃进，你 × 过我的娘，我也 × 过你的娘，别再装孙子了。再拉硬弓，我真让你滚蛋！"

刘跃进这才骑上三轮车，笑眯眯地去了菜市场。

第三章

韩胜利

刘跃进欠韩胜利三千六百块钱。刘跃进欠这钱，也是吃喝醉的亏。四十岁之前，刘跃进从无自言自语过，过了四十岁，常常一个人说话。在厨房切着菜，在街上走着路，或一天忙完，要脱衣睡觉了，突然对自个儿说了一句什么。过后一想，想起的，全是过去的烂糟事；说的，全是对这烂糟事懊悔的话；好事从不自言自语。近几个月，刘跃进常对自个儿说的一句话是：

"再不能喝了。"

仨月前，在集贸市场卖猪脖子的老黄的女儿结婚。老黄除了卖猪脖子，还卖猪心、猪肺、猪大肠等下水。别的肉贩子卖的是肉，兼卖猪脖子和下水；老黄不卖肉，专卖猪脖子和下水；所以他卖的猪脖子和下水比别人便宜。刘跃进固定到老黄摊上买猪脖子，天长日久，两人成了朋友。刘跃进买过猪脖子，再自作主张，提溜几条猪大肠，放到自个儿三轮车上，老黄也不计较。有时买过猪脖子，提溜过猪大肠，刘跃进还不走，坐下跟老黄扯些别的，老黄也应承。老黄女儿结婚，刘跃进去随了份礼，坐在婚宴上吃酒。吃着喝着，吃没多吃，又喝大了。挨刘跃进坐着的，是在集贸市场卖鸡脖子的吴老三的媳妇。刘跃进平日买鸡脖子，固定的也是吴老三的摊子。吴老三和老黄一样，不卖鸡肉，专卖鸡脖子和鸡架子。到吴老三摊上买鸡脖子，刘跃进常与吴老三媳妇开玩笑。吴老三和他媳妇都是东北人，东北女人易满胸，刘跃进：

"看，又涨了，又该吃了。"

吴老三媳妇：

"叫娘啊，叫娘就让你吃。"

吴老三在一旁择鸡脖子，笑笑，也不搭言。现在刘跃进和吴老三老婆坐在一起，吃着喝着，两人又开玩笑。一开始刘跃进只是动嘴，待喝醉了，忘了带脑子，话到处，刘跃进手也到了，摸了吴老三媳妇满胸一下。吴老三媳妇并无在意，还弯腰"嘀嘀"笑，吴老三在对面不干了。如果没喝多，吴老三也不会在意；现在吴老三也喝大了，就跟刘跃进急了，隔着桌子，抄起一盘子菜，扣到刘跃进脸上。刘跃进如果没喝多，自知理亏，不敢还手；喝多了，忘了自己是谁，拨拉掉脸上的菜，端起桌上一盆鸡脖子汤，泼了吴老三一头一身。吴老三大怒，抄起一把老黄的杀猪刀，跳过桌子，要杀刘跃进，倒把刘跃进的酒吓醒了。众人拉住吴老三。谁知越拉，吴老三越来劲：

"别拦我，谁拦有谁，我忍了不是一两天了！"

闹到半下午，最后在老黄的调停下，双方讨价还价，刘跃进赔吴老三三千六百块钱，算是"猪手费"；刘跃进身上钱不够，同乡韩胜利现去银行，从韩胜利卡上取来三千三，讲好三分利，借给刘跃进；凑够三千六，交给吴老三，一场风波才罢。摸了一把胸，而且喝醉了，啥感觉没有，出了三千六；半夜，刘跃进的酒彻底醒了，先是懊悔，接着又气吴老三：

"跟'鸡'睡一觉，才八十；这摸了一下非关键部位，三千六；把你妹妹搭上，也不该这么贵呀！"

接着又气卖猪脖子猪下水的老黄，因三千六是他说和的：

"看我喝醉了，也跟着趁火打劫，是人吗？"

从此买猪脖子和鸡脖子，都换了摊子。与吴老三和老黄的事了结过，刘跃进与韩胜利的麻烦开始了。当时跟韩胜利借钱时，讲好三分利，三天还；如今三个月过去了，刘跃进没还一分钱。欠债不还，要么因为没钱，要么有钱就是不还。

刘跃进说是前者，韩胜利认为是后者。打过几次嘴仗，红过几次脸，韩胜利摇头：

"好人不能做，一做好人，朋友就成了仇人。"

既然成了仇人，韩胜利就拉下脸子，一开始一个礼拜一催账，现在天天晚上来要。刘跃进也改了说法，不说不还，也不说没钱，只是说：

"钱有，在任保良那里；他拖工钱，你让我抢去呀？"

或者：

"你找任保良去，他给我钱，我就还你钱。"

韩胜利哭笑不得：

"你把事说乱了，你欠我钱，咋改我找任保良了呢？"

这天韩胜利又来了，不过不是晚上，是中午。韩胜利平日爱穿西服，西服是从工地旁边的夜市地摊上买的，或三十，或二十，皆是来路不明的二手货；这天他没穿西服，穿一件白汗衫，汗衫上有血，裤腿上也有血，头上还缠着绷带。刘跃进正在工地食堂卖饭，食堂里拥挤着几百号民工，在敲饭盒。韩胜利不似平日商量着要账，而是挤过这些打饭的人，到卖饭的窗口喊：

"刘跃进，今儿不还钱，我跟你拼了！"

刘跃进看他浑身是血，慌了：

"今儿唱的哪一出呀，还化了装。"

任保良的外甥女叶靓颖在旁边打米饭，刘跃进把菜勺交给叶靓颖，转出厨房，好说歹说，把韩胜利拉到食堂后身，把他捺坐在一堆盘条上，接着与他并排坐在一起。刘跃进：

"就这点儿钱，当众喧哗，你不嫌丢人，我还嫌丢人呢。"

韩胜利抖着身上的血汗衫：

"因为你，我被打了。"

刘跃进：

"谁呀？"

韩胜利：

"谁你甭管，我也欠着人钱呢。"

又瞪了刘跃进一眼：

"我得跟人学，我要钱就是钱，人家要钱是要命。"

刘跃进知道韩胜利常在街上偷东西，猜他犯了事，被人打了。韩胜利指着头上的绷带：

"到医院缝了八针，一百七，也算你的。"

刘跃进点着一支烟，这时话拐了弯：

"胜利，做人做事，咱不能绝情。你想想，八年前，在老家，你被你后娘赶出来那回，天上下着雪，风跟刀子似的，是谁把你领回家，吃了一碗热汤面？"

韩胜利：

"论起这事，我该给你叫声叔，但这事被你说过八百遍了，早过劲儿了。叔，咱闲言少叙，我也被人逼得紧，还钱。"

刘跃进：

"真没有，再容我几天。"

韩胜利这时看看左右，戳戳屁股下的盘条：

"工地上有的是盘条和电缆，夜里你弄出来一些，咱爷儿俩的事就算了了。"

刘跃进看不懂韩胜利一身血的含义，但霍地站了起来：

"胜利，你整天干些啥，我管不着，但我眼下还不想当贼。"

看韩胜利又要急，刘跃进也急了：

"把我惹急了，就不是偷的事了，也叫他白刀子进去，红刀子出来。"

韩胜利喊道：

"要钱没钱，偷又不偷，你到底想咋？"

这时一群吃过饭的民工从墙角转来，刘跃进抓住韩胜利的手，低下声来：

"三天，再给我三天。"

第四章

刘鹏举

　　刘跃进过了四十岁，除了开始自言自语，还悟出一条道理，世界上有两种人，一种是说得起话的人，一种是说不起话的人。说不起话的人，说了不该说的话，就把自个儿绕进去了。话是人说的，为了一句话，能把人绕死。像刘跃进，有些事说得起话，譬如今儿中午工地食堂吃啥，萝卜炖白菜，或是白菜炖萝卜，加不加猪脖子肉，加多少，可以做主；就像当年的洛水监狱，中午犯人吃啥，他舅舅牛得草可以做主一样。但出了工地食堂，就像牛得草出了洛水监狱，就说不起话了。说了也没用。话没用没啥，说了过头话，事后又得承担这话的后果，事就大了；如果承担得起没啥，你又承担不起，因这承担不起又会节外生枝，事情就严重了。但过头话都是痛快话，人激动起来爱说。

刘跃进有个儿子叫刘鹏举，现在老家县城上高中。为了这个儿子，刘跃进说过一句过头话。当时说着很痛快，说过之后，这话就变成了一座山，让刘跃进整整背了六年，把腰都压弯了。不是为了这个儿子，刘跃进做人也不会这么赖，身上明明有钱，故意欠着韩胜利不还。四十岁之前，刘跃进是个爽快人。四十岁之后，刘跃进常常自言自语的另一句话是：

"我咋变成现在这样了呢？"

六年前，刘跃进与老婆离了婚。刘跃进的老婆叫黄晓庆。离婚前，刘跃进在县城一家叫"祥记"的餐馆当厨子，做红案，也做白案。当了一年厨子，看准机会，求了老板，又把老婆黄晓庆引来，在前厅端菜抹桌子。刘跃进当厨子，一个月挣七百块钱；黄晓庆端菜抹桌子，一个月挣三百块钱。洛水县城西关有一个酿酒厂，老板叫李更生。刘跃进跟李更生是小学同学。当时班上五十六个人，数李更生窝囊。两个同学打完架，吃亏那人，可以再找李更生踹上两脚出气。大家都踹，刘跃进也踹过。李更生个头又高，外号"傻大个"。没想到这个傻大个，三十年后，成了"太平洋酿造公司"的总经理。虽是一河南县城的小酒厂，每天除了生产"小鸡蹦"，还生产"茅台"。"小鸡蹦"两块五一瓶，"茅台"三百八一瓶。当年的窝囊废，三十年后，胆子长大了。这天李更生跟几个朋友来"祥记"吃饭，听说端菜的服务员是刘跃进的老婆，便把刘跃进从厨房揪出来，与他们一起喝酒。席间说些闲话，李更生的朋友问，大嫂在这里，一月挣多少钱?刘跃进说三百，李更生马上说，到我酒厂里装"茅台"，一个月给她六百。天上掉下个馅饼，刘跃进和端菜的黄晓庆自然满心欢喜。李更生指着刘跃进：

"不为别的，为你小时候踹过我。"

大家都笑。第二天，黄晓庆便离开"祥记"，到"太平洋酿造公司"装酒。第二年春天，黄晓庆又不装酒了，到了酒厂推销部，常跟李更生到全国各地卖酒。卖酒有提成，黄晓庆一个月，能挣到一千五百块钱，比刘跃进当厨子挣得还多。刘跃进以为是傻大个对同学的关照，见了李更生，还拉着他的手说：

"对哥好，哥知道，都在心里。"

但满县城都在传，李更生和黄晓庆好上了。满县城的人都知道了，就刘跃进一个人蒙在鼓里。"太平洋酿造公司"有一个门卫叫张小民，张小民是李更生表姐家的孩子，因为这层关系，才能看大门。这年冬至晚上，李更生在外喝酒。从晚上喝到深夜，喝醉了，开车回酒厂；张小民这天同学聚会，也喝了二两，在保安室睡着了。李更生叫门，里面无人应。这时天上飘起了雪花；李更生喝过酒，风一吹，身上一阵阵打战。李更生又叫，还无人应。李更生扒大门跳进去，一脚踹开保安室，抄起桌上的木棒；这根木棒，张小民值班时，挂在腰间，类似警棍；李更生趁着酒劲，对床上的张小民一顿棒打。早年的傻大个，现在已习惯打人。挥棒时，又将床头一面镜子打碎了，玻璃纷落，一块玻璃，将张小民脸上划了一道长口子。看张小民出了血，李更生还不依不饶，照他的血脸又啐了一口：

"妈拉个×，养你，还不如养一条狗！"

扔下棒子，走了。打张小民，骂张小民，张小民都能忍。半个月后，张小民脸上的伤也好了，但留下一道疤。这疤在左脸正中。因为这道疤，他女朋友跟他吹了，张小民就急了。这天中午，刘跃进正在"祥记"后厨炒菜，张小民跑进厨房，趴到刘跃进耳朵上，悄悄说了几句话。刘跃进放下炒勺，跟张小民风风火火跑到"太平洋酿造公司"，一脚踹开李更生的办公室，在办公室里间床上，将李更生和黄晓庆拿了个正着。两人都光着身子。刘跃进上去就打李更生。李更生挨了两下，没动；后来被打急了，也扑过来与刘跃进打。张小民见打了起来，跑了。黄晓庆没劝架，也穿上衣服走了。两人一场架打下来，穿着衣服的刘跃进，竟没打过光着身子的李更生。

现在的李更生，真不是当年的傻大个了。李更生把刘跃进打了一顿，还光着屁股蹲在椅子上抽烟：

"事儿就是这么个事儿，你告我去吧！"

老婆被人搞了，捉奸又被人打了，一场窝心事，转眼间成了笑话。当天，这笑话传遍了县城。像李更生当年在学校是窝囊废一样，刘跃进现在也成了窝囊废。上小学窝囊不被人笑，老婆被人搞了就是真窝囊。第二天一早，刘跃进带着一帮亲戚，重回"太平洋酿造公司"找李更生。但李更生带着黄晓庆，早到海南卖酒去了。刘跃进见不着人，带人闯到车间，将一车间的酒瓶子全打碎了，"茅台"酒流了一地。打过，刘跃进并没有解气，脑子倒成了空白。夜里躺在床上，他费解的不是老婆跟人好了，好了一年自个儿竟蒙在鼓里，而是两个人到底因为什么好上的。老婆跟李更生好，刘跃进还能想通，可以说她嫌贫爱富；李更生与黄晓庆好，到底又图啥呢？黄晓庆长得并不好看，细眯眼，瘦脸，鼻窝里还有一撮雀斑，人也三十多了，刘跃进都没觉出她好，李更生哪里找不着女人，非要跟她好呢？纯粹为了败坏刘跃进吗？就为上小学踹过他几脚吗？当时踹他的同学多了，现在都娶了老婆，个个搞去，搞得过来吗？出了这事，刘跃进只是窝心；这道理搞不明白，刘跃进会憋死。自个儿想不明白，刘跃进便去问他信得过的朋友。他信得过的朋友，莫过于在"祥记"旁边支了个摊子打火烧的老齐。问过，老齐翻着炉上的火烧，用油手搔着头说：

"我也正纳闷儿呢。"

又问其他他信得过的人，没有一人能说通这理儿，倒是觉得刘跃进有些异常，离精神失常已经不远了。但刘跃进心里明白，他比不出这事还正常。最后，他干脆谁也不问了，直接给李更生打电话。李更生带着黄晓庆，已从海南岛到了广州，又从广州到了上海，从上海到了西安，这电话是在西安接的。李更生一开始不接电话，后来接了；以为刘跃进要说别的，见是问这个，倒也一愣；但也不遮着掩着，说：

"不图黄晓庆别的，就图她个腰，一把能掐住。"

刘跃进的脑袋，"轰"的一声炸了。自个儿跟黄晓庆过了十三年，竟没觉出她的腰，这腰与别的腰的不同。这一腰撞得，比老婆让人搞了，还让刘跃进拧巴。这腰他没发现，李更生发现了；因为这腰，刘跃进成了错的，李更生和黄晓庆倒是对的。放下电话，刘跃进活了四十二年，所有的日子都变了颜色。但这话无法对打火烧的老齐说，也无法对别的朋友说。一说，这事又转成了另一个笑话。

刘跃进喝酒自此始。而且一喝就醉。醉前和醉后是两个人。醉了没啥，醉了挺高兴的，把一切都忘了；第二天上午醒来，突然伤心想哭。哭也哭不出来，坐那儿呆想。想着想着，突然想自杀。自杀不是因为出事，也不是因为这理儿，而是这理儿把刘跃进拧巴过去，拧巴不回来了。过去听说别人自杀，感到很可怕；现在自个儿想自杀，觉得是一种解脱。自杀的方式很多，或喝农药，或拿刀子割脉，或跳河，或触电，刘跃进独想上吊。一想到上吊，整个脖子都痒痒的；想着绳子接触脖子，脖子是甜的。有时夜里睡觉，刘跃进还在梦里喊：

"人呢，给我绳子呀。"

自杀虽好，刘跃进最后没有自杀。没有自杀不是因为刘跃进想着好做不到，而是因为刘跃进有一个儿子。黄晓庆出事之后，也牵涉到儿子。儿子当时都十二岁了；大家由黄晓庆的现在，开始怀疑她的过去；大家都说，这儿子是不是刘跃进的，也难说。刘跃进拉着儿子，进了县医院，俩人一块儿做了 DNA。结果是：俩人是父子。三个月后，刘跃进与黄晓庆离婚。离婚时，黄晓庆也想要儿子，刘跃进说，宁肯把儿子一棒子打死，也不会给她。黄晓庆自知理亏，也没坚持，只是说：

"你养也成，我每月给你抚养费。"

刘跃进正在气头上，冲口说了一句：

"人骚，钱也骚。俺爷俩儿拉棍要饭，也不要这骚钱。"

当时说得痛快，在乡里开离婚证的老胡都给刘跃进跷大拇指；但当时过了嘴瘾，六年下来，刘跃进才知道自个儿吃了大亏。为这话，他把自个儿绕进去了，把腰都累弯了。同时又觉得自个儿前后矛盾。既然知道对方钱骚，离婚之前，与李更生了结此事，刘跃进却提出让李更生赔偿六万块钱。钱就是钱，无所谓骚不骚。对钱，刘跃进说了过头话。

第五章

严 格

　　严格是"大东亚房地产开发总公司"的总经理。严格是湖南醴陵人，三十岁之前瘦，三十岁之后，身边的朋友都胖了，出门个个腆个肚子，严格仍瘦。三十二岁之前，严格穷，爹娘都是醴陵农村的农民，严格上大学来到北京；人一天该吃三顿饭，严格在大学都是两顿；也不是两顿，而是中午买一个菜吃一半，晚上买份米饭接着吃。大学毕业，十年还没混出个模样，十年跳槽十七个公司。三十二岁那年，遇到一个贵人；人背运的时候，黑夜好像没个尽头；待到运转，发迹也就是转眼间的事。严格回想自己的发迹，往往想起宋朝的高俅。当然，也不同于高俅。自遇到那个贵人到现在，也就十多年光景，严格从一文不名，到身价十几个亿。严格在大学学的不是房地产，不是建筑，不是经济，也不是金融，学的是伦理学；讲伦理严格没得到什么，什么都不讲，就在地球上盖房子，从小在村里都见过，倒让他成了上层社会的人。他的头像，悬在四环路边上的广告牌上；把眼睛拉出来，看着他的房产和地产。世界，哪有一个定论啊。没发迹的时候，严格见人不提往事；如今，无意间说起在大学吃剩菜的事，大家都笑。大家说，严格是个幽默的人。

严格富了之后，也有许多烦恼。这烦恼跟穷富没关系，跟身边的人有关系。四十岁之后，严格发现中国有两大变化：一、人越吃越胖，二、心眼儿越来越小。按说体胖应该心宽，不，胖了之后，心眼儿倒更小了。心眼儿小没啥，还认死理，人越来越轴了。他伺候的是一帮轴人。别人轴没啥，身边的朋友轴没啥，老婆也越吃越胖，心眼儿越来越小，人越来越轴，就让严格头疼。严格的老婆叫瞿莉，三十岁之前，瘦，文静；过了三十岁，成了个大胖子，事事计较，句句计较；一个CEO的老婆，家产十几个亿，为做头发，和周边的美容店吵了个遍。由老婆说开去，严格感叹：中国人，怎么那么不懂幽默呢?过去认为幽默是说话的事，后来才知道是人种的事。幽默和不幽默的人，是两种动物。拧巴还在于，人不幽默，做出的事幽默。出门往街上看，他们把世界全变了形，洗澡堂子叫"洗浴广场"，饭馆叫"美食城"，剃头铺子叫"美容中心"；连夜总会的"鸡"，一开始叫"小姐"，后来又改叫"公主"。严格走在街上，觉得自个儿是少数派。本不幽默，也学得幽默了。人介绍他：

"'大东亚房地产开发总公司'的严总。"

严格忙阻住：

"千万别，一盖房子的。"

人说他瘦，讲健身，他说：

"想吃胖啊，得有得吃呀。"

人说他生意大，北京半个城的房子都是他盖的，他摇头：

"搬砖和泥，粗活，不要见笑。"

人说他幽默。他渐渐也不幽默了。不幽默并不是幽默不好，而是因为幽默，严格吃过不少亏。周围皆是小心眼儿的大胖子，不管是生活，或是生意，皆是刺刀见红。水该一百度沸腾，他们五十度就沸腾了；水该零度结冰，他们五十度就结冰了；他们的沸点和冰点是一样的。本来是一句玩笑话，待朋友翻脸后，或没有翻脸，仅为一己之私，会把上次的玩笑，下回当正经话来说；时间一变，地点一变，人的态度一变，把同样的话放到不同的环境和气氛中，这话立即就变了味，一下就将严格置于死地，无法顺着原路回到原来。话的变味，比朋友翻脸还让人可怕。由此带来的拧巴，比人穷不

033

走运还大。严格摇头：

"不让幽默，我不幽默还不成吗？"

四十岁之后，严格发现自己最大的变化是，四十岁之前，自己爱说笑话；过了四十岁，开始不苟言笑。久而久之，对玩笑有一种后天的反感。人跟他开玩笑，如是部下，他会皱眉：

"不能正经说话吗？"

如是朋友，他不接这个玩笑；对刚才说过的事，不苟言笑重说一遍。或者，四十岁之后，严格除了瘦，其他方面也变得跟众人差不多了。不喜欢跟这些人说话，但话每天又得说；话不是不能这么说，只是觉得话越说越干涩，就像日子越过越拧巴，就像老婆整天说自个儿身上疼、眼干舌燥一样，就像发动机缺机油在干转一样，这日子早晚得着火。机油，你哪里去了？

"大东亚建筑有限公司"下边，有十几个建筑工地。十几个建筑工地，就有十几个包工头。任保良是其中之一。严格除了跟那些大胖子打交道，也常去建筑工地。建筑工地的民工，没有一个是胖的。见到这些民工，民工有河北人，有山西人，有陕西人，有安徽人，也有河南人；与大胖子说话，话越说越干涩；倒是到了建筑工地，全国各地的民工一开口，又让严格乐了。他们每天吃的是萝卜炖白菜，白菜炖萝卜，但一张口，句句可笑，句句幽默。或者说，是这些民工的话，把严格脑子中残余的一点儿幽默的细胞又激活了。所有的包工头，见严总来了，以为是来检查工程；工程是要检查，但主要，是来听民工们说话，透上一口气。古风存于鄙地，智慧存于民间；有意思的事和话，都让那些胖子就着鲍鱼和鱼翅吃没了；仅剩的一些残汁，还苟活于萝卜和白菜之中；奴隶们创造历史，毛主席这句话没错。

在十几个包工头中，严格又独喜欢河北沧州的任保良。任保良说话不但可笑，还愣。民工们跟任保良说话，觉得他很精；严格听起任保良的话，句句有些傻。或者不能说是傻，是粗；不能说是粗，是愣。但话愣理儿不愣。句句是大实话。初听有些可笑，再听就是实话。原来实话最幽默。一天傍晚，严格去任保良的建筑工地。一幢CBD的楼壳子，已盖到五十多层。两人坐着升降机，来到了楼顶上。夕阳之下，整个北京城，尽收眼底。严格感叹：

"好风光啊。"

任保良指着脚下的街道，街道上像蚂蚁一样蠕动的人群：

"'鸡'又该出动了。"

又啐了一口痰，狠狠骂道：

"婊子就叫婊子，还'小姐'！"

又说：

"严总，咱别盖房子了，开窑子吧。挣个钱，不用这么费劲。"

这话没头没脑，初听很愣，细听可笑。严格来时，正烦恼一事，现在弯腰笑得，把一切烦恼全忘了。本来晚上还有饭局，他又多待了一个小时。这时天安门华灯齐放，从没这么美丽过。渐渐，平均一个礼拜，严格要到任保良的工地来一趟。一是来听民工和任保良说话，遇到饭点，也到民工的食堂吃饭。民工们吃刘跃进的萝卜炖白菜吃腻了，一端起碗就吐酸水；严格却觉得好吃，连菜带汁，能吃上两碗，吃出一头汗。任保良看他吃得痛快，感叹：

"该闹革命了，一闹革命，你天天能吃上这个。"

严格又笑。

这天中午，严格又到任保良的工地来了。工地正在吃中饭。任保良吃工地食堂吃腻了，没去食堂，从外边买了一份盒饭，正蹲在他自个儿小院的台阶上吃。任保良的小院，不能说是院，离工棚三尺开外，靠一棵枣树，临时用废板子围成一个圆圈；房前，巴掌大一块地方，但你又不能说它不是院。任保良吃的是栗子烧鸡块，见严格来了，以为又来吃中饭，嘴里嚼着鸡说：

"等着，我让人给你打好饭去。"

但今天严格到工地来，既不是为了吃饭，也不是为了听民工和任保良说话，是为了找一个人。找这个人不是为了这个人，而是为了让他装扮另一个人。一番车轱辘话说完，任保良有些蒙：

"严总，你要演戏呀？"

严格：

"不是演戏，是演生活。"

任保良一愣，接着笑了：

"生活还用演，街上不都是？"

严格：

"一下没过好，可不得重演？"

接着一五一十，给任保良讲了这段没过好的生活的来龙去脉。严格遇事背别人，背那些大胖子，背老婆，但不背任保良这种人。原来，严格一直与当今一位走红的女歌星好，她得了厌食症。这天严格去她家里看她，两人该办的事办了，严格走时，她戴一墨镜，把严格送到楼下。楼下有一条小胡同，胡同里有钉皮鞋的、烤羊肉串的、修自行车的、崩爆米花的、卖煮玉米的、卖烤白薯的，一派人间烟火。两人分手之前，女歌星到烤白薯的炉子前，买了一块烤白薯。正好一个小报记者在对面小铺吃杂碎汤，看到这歌星，大吃一惊，顺手拍了一张照片。这照片别人拍到没啥，被记者拍到，第二天就上了报纸，占了半个版。照片有两张，一张是街头全景，熙熙攘攘的人，各种做生意的摊子；全景图片右上角，叠一张特写，烤白薯的炉子前，女歌星握着一块白薯，在往嘴里塞。图片下的标题是："厌食症也是炒作？"这事登报没啥，说是炒作也没啥，这事本身就是炒作，正着炒反着炒一样；问题是，歌星肩右，露出一严格的人头。图片上的严格，条瘦，倒像得了厌食症。严格对上报并不介意，他把自己的照片，整天挂在四环路的广告牌上；但报上不是他一个人，旁边还有女歌星，问题就大了；虽然他把照片挂在四环路边，世上没几个人能认出严格；问题是，严格的老婆瞿莉认识严格，瞿莉早就怀疑严格外边有人，现在报上登了这个，怀疑不就照进现实了吗？瞿莉上个礼拜去上海走娘家，下午就回北京。一下飞机，就会看到这报纸。瞿莉的头发没做好，就能跟美发店吵翻，现在看严格跟一个女人在一起，又上了报纸，怕是要拿刀子杀人。瞿莉还有一个习惯，动刀之前，爱搞追查；这个追查的过程，比杀人本身还可怕。照此推论，瞿莉看到报纸，便会去现场调查。为了蒙骗老婆，严格想把现场重新布置一遍，把昨天的生活重演一遍；待瞿莉调查时，众人皆说严格和歌星不是一起来的，把必然说成偶然，把两个关系亲密的人，说成互不认识；说不定能将案子翻过来，躲过这一劫。街头现场有十几个摊位，烤白薯的、烤羊肉串的、钉皮鞋的、崩爆米花的……严格都交代好了；就一个卖煮玉米的，安徽人，一说话就哆嗦，怕他露馅，得找一个人替他；演他，还得像他；像他的人，工地最多，就找任保良来了。一番话说完，把严格累着了，任保良也听明白了。但任保良怀疑：

"她要是看不到这报纸呢?我们不白张罗了?"

严格：

"她看不到，别人也会告诉她；她身边，都是大胖子。"

大胖子没好人的理论，严格也对任保良说过，任保良能听懂。但他又感叹：

"多费劲呀，如是我，早跟她离了，一了百了。"

严格瞪了任保良一眼：

"事情没你想得那么简单。如能离，我早离了。"

又说：

"电视上，每天不都在演戏?一个人去视察，周围都得布置成假的，和对付我老婆一样。各人有各人的难处。"

任保良明白了，这戏是非演不可了；但他搔头：

"可要说装假，你算找错了地方。工地几百号人，从娘肚子里爬出来，真的还顾不住，来不及装假。"

严格的手机响了，但他看了看屏幕，没接；端详任保良：

"我看你就行。"

任保良跳了起来，似受了多大的委屈：

"我咋给你这印象?剥了皮,世上最老实的是我。"

这时话开始拐弯:

"严总,咱说点儿正事,工程款拖了大半年了,该打了;材料费还好说,工人的工资,也半年没发了,老闹事。"

用手比画着:

"一个月不出,我的车胎,被扎过五回。"

任保良有一辆二手"桑塔纳"。严格止住他:

"我说的也是正事。我要被老婆砍死了,你到哪儿要钱呢?"

任保良一怔,正要说什么,小院的门被"哐当"一声撞开,刘跃进进来了。进来也不看人,也不说话,径直走到那棵枣树下,从腰里掏出一根绳子,往枣树上搭。任保良和严格都吃了一惊。任保良喝道:

"刘跃进,你要干吗?"

刘跃进把脖子往绳圈里套:

"干了半年,拿不着工钱,妻离子散,没法活了。"

原来,刘跃进刚送走韩胜利。这次韩胜利没白来,刘跃进从食堂菜金里,给他挤出二百块钱;这二百块钱的窟窿,还待刘跃进到菜市场去补;虽说是菜金,其实这二百块钱,早被刘跃进从菜市场找补回来了,只是不想还债,才找出这么个说法。但韩胜利不同往常,临走时说,连本带利,剩下的

040

三千四百块钱，只给两天时间；两天再不还，就动刀子。看他的神色，不像开玩笑。目前刘跃进身上，倒是还有三千多块钱；但这点儿钱，以备不时之用，一般不敢动；身上少了五千块钱，刘跃进心里就不踏实。韩胜利走后，刘跃进正兀自犯愁，儿子刘鹏举又从河南老家打来电话，说学校的学费，两千七百六十块五毛三，不能再拖了；也是两天，如果交不上去，他就被学校赶出来了。欠人钱，儿子又催钱，任保良欠他钱，三方挤对，刘跃进只好找任保良要账。儿子正好来了电话，也是个借口。他也知道，任保良手头也紧，想让任保良还钱，就不能用平常手段。上个月，安徽的老张，家里有事，辞工要走，任保良不给工钱；老张爬到塔吊上要往下跳，围拢了几百人往上看。消防队来了，警察也来了。任保良在下边喊：

"老张，下来吧，知道你了。"

老张下来，任保良就把工钱给了老张。刘跃进也想效仿老张，把工钱要回来。刘跃进本不想这么做，跟任保良，也是十几年的老朋友了；但因为工地食堂买菜的事，两人已撕破了脸；加上被事情挤着，也就顾不得许多。但刘跃进用这种方式刁难自己，还是出乎任保良意料。任保良马上急了：

"刘跃进，你胡呲个啥?你妻离子散，挨得着我吗?你老婆跟人跑，是六年前的事。"

又指严格：

"知道这谁吗?这就是严总。北京半个城的房子，都是他盖的。你给我打工，我给他打工。"

又抖着手对严格说：

"严总，你都看到了，不赶紧打钱行不行?见天，都是这么过的。"

严格倒一直没说话，看他俩斗嘴；这时轻轻拍着巴掌：

"演得太好了。"

又问任保良：

"是你安排的吧?你还说你不会演戏，都能当导演了。"

任保良气得把手里的盒饭摔了，栗子鸡撒了一地：

"严总，你要这么说，我也上吊!"

又指指远处已盖到六十多层的楼壳子，上去踹刘跃进：

"想死，该从那上边往下跳哇!"

严格这时拦住任保良，指指刘跃进，断然说：

"人不用找了，就是他!"

第六章

瞿　莉

　　这天下午，刘跃进穿着另一个人的衣服，装扮成另一个人，蹲在十字街头转角处卖煮玉米。另一个人刘跃进没有见过，严格告诉他，是个安徽人，高矮，胖瘦，脸上的黑，跟刘跃进差不多。其实模样有些差别也没啥，所有的装扮为了哄骗一个人，为了对应一张照片，无人能分清照片上一个卖玉米的和另一个卖玉米的细部；照片上，这个卖玉米的全身，只有豆粒大小，大体差不多就行了。何况，在这出戏里，这个卖玉米的并不是主角；主角是卖白薯的，和挨着卖白薯的那个卖羊肉串的。严格的老婆瞿莉如来现场调查，盘问他们的可能性最大。卖玉米的只是照猫画虎，以防万一。刘跃进平生第一次装扮别人，为了装扮这个人，严格付给刘跃进五百块钱。刘跃进接过钱，马上入了戏，他问严格：

"你说那人是安徽人，我是河南人，一张口，说话穿帮了咋办？"

严格一愣，觉得刘跃进说得有道理，这一点他没想到；再一想，觉得刘跃进说得没道理。人在照片上不会说话，这人是安徽人只有严格知道；待戏开场，瞿莉并不知道这人的来历；严格又松了一口气，对刘跃进说：

"你该说河南话，还说河南话，关键是不要紧张。"

又交代：

"不是主角，也不能掉以轻心；我老婆像黄鼠狼，有时候专咬病鸭子；不然我也不会把安徽人换下来。"

刘跃进点点头，撇下安徽人，又问另一个问题，指指报纸上的图片，又戳戳报纸背后：

"给人找这么大麻烦，照相的图啥呢？钱？"

严格叹口气：

"钱后头，藏着一个字：恨。恨别人比自个儿过得好。"

刘跃进点点头，明白了。图片的远景，有一新盖的综合商城；严格指着商城的楼顶：

"该在这儿埋个狙击手，嗖的一声，他脑袋就没了。"

刘跃进还有一个问题。这个问题，和任保良提出的问题一样，严格这么大的老板，出了这事，咋就不能敢做敢当呢？与一女的好了，还就好了；老婆知道了，也就知道了；和老婆离婚，跟那个唱歌的结婚不就完了？再也不用偷偷摸摸了；干吗还费这么大的劲，把生活重演一遍，去瞒哄老婆呢？在这一点上，严格还不如河南洛水"太平洋酿造公司"那个造假酒的李更生。李更生抢了刘跃进的老婆，倒是敢作敢为。但这话刘跃进没敢问，只是想着各人有各人的难处；这么大老板，原来也为老婆的事犯愁。由此，刘跃进对严格产生了一丝同情。或者，两人有些同病相怜。说是同病也不对，但在害怕揭开世界的真相上，两人倒是相同的。

　　严格交代刘跃进不要紧张，待穿上那安徽人的衣服，刘跃进倒没感到紧张，只是感到不舒服。不舒服不是不舒服装扮另一个人，而是这安徽人的衣服有味儿。一眼就能看出，这身衣服是从夜市的地摊上买的二手货；这身衣服，也不知经了几茬儿人；有些馊，又有些狐臭。不知是哪茬儿人，在这衣服上留下的痕迹。衣服虽有味，但这安徽人的玉米却煮得不错。一个大钢精锅，坐在一蜂窝煤炉子上；刘跃进一出摊，马上有人来买。而且能看出，都是回头客。可见卖一玉米，也能卖出名堂。刘跃进又佩服这安徽人。严格说这人胆小，一说话就哆嗦；刘跃进却觉得，这个哆嗦的人，做事倒认真。刘跃进想着，待哪天自个儿跟任保良闹翻了，也来卖玉米。刘跃进接手摊子时，严格交代得很清楚：

"安徽人怎么卖，你就怎么卖，一切不要改样。"

但刘跃进接手之后，马上改了样。别的样子他没改，只是改了玉米的价钱。煮好的甜玉米按穗卖，过去安徽人一穗玉米卖一块钱，刘跃进接手之后，马上改成了一块一。刘跃进把在菜市场买菜的经验，移植到了卖玉米上。一穗多出一毛钱，一百穗就多出十块钱；不能替安徽人白忙活。有顾客掏钱时问：

"不是一块吗?今儿咋改一块一了?"

刘跃进：

"昨儿怀柔下了一场冰雹，地里的玉米全砸坏了，可不就一块一了?"

人打量刘跃进：

"咋改人了?"

刘跃进：

"我弟昨儿晚喝大了，我是他表哥。"

但刘跃进埋头卖了仨钟头玉米，严格的老婆瞿莉还没露面，还没来调查。看看天色，今天是不会来了。来不来，刘跃进倒不在意；五百块钱的演出费已经挣到手了，锅里的玉米卖出一半，也有五六块钱的赚头；如果明天再演，明天再收演出费，明天再接着赚玉米的差价；就这么天天演下去，刘跃进还发了呢。但刘跃进的梦想马上破灭了。刘跃进正浮想联翩，一辆"奔驰"缓缓开来，停在路边；从车里下来一胖女人。车的另一侧，下来严格。刘跃进知道，锣鼓点敲响了，大幕拉开了，戏开场了。严格的老婆胖虽胖，但能看出，年轻的时候并不胖；现在虽然身子走了形，脸也走了形，但仍有八分颜色。她左手牵着一条狗，右手握着一张报纸。这张报纸，就是刘跃进看过的登着女歌星和严格的报纸。刘跃进抖了抖精神，做好了上台的准备。

瞿莉下午四点从上海飞到北京。本来两点该到，但上海有雷阵雨，飞机晚起飞俩钟头。瞿莉到上海是走娘家。本来她与娘家关系不好。瞿莉小时，与父亲关系好，与母亲关系不好；母亲脾气暴躁，动不动就打她；瞿莉有一妹妹，母亲对妹妹却不一样，骂是骂过，从无动过手；可见脾气也分对谁。家里分成两党：父党与母党。但父党弱，家里是母党的天下。上海人恋家，但瞿莉考大学，毅然考到北京，就是为了摆脱上海的母党。瞿莉与严格结婚第二年，瞿莉的父亲死了；瞿莉从此不再回上海。回上海，也不回娘家。但近一年来，瞿莉开始走娘家，有时一月一走；连严格也不知道这变化从何而来，是瞿莉变了，还是她母亲变了。但不管是谁，严格并不反对这变化；因瞿莉一走，北京就成了严格的天下，严格就可以放心约会女歌星和其他女人了。但严格不知道的是，瞿莉回上海，并不是为了走娘家，而是为了看心理医生。瞿莉认为自己得了重度抑郁症，只是背着严格没说。瞿莉与严格结婚十二年了。头五年，日子穷，两人老闹别扭；那时瞿莉还文静，与文静的人闹别扭，皆是冷战。五年后，日子富了，瞿莉变胖了，两人再闹，开始大吵大闹。大吵大闹五年，又不闹了，又开始冷战。这时的冷战，就不同于过去的冷战。冷战中，瞿莉突然发现自己有病。有病不在身体，在心，似总在担心什么。既担心严格变心，每天睡觉前，都偷偷到厕所检查严格的内裤；又担心自己；似又不是担心他们两人，而是担心整个世界。周围一发生变化，哪怕门口钉皮鞋的换了，或国家领导人变了，本来与她毫不相干，她都觉得世界乱了，全体不对劲。明显是抑郁症了。别人得抑郁症，应该睡不着觉，应该憔悴和瘦，瞿莉倒天天睡不够，越吃越胖。一烦心，就吃汉堡包。直到吃撑吃累，倒头便睡着了。于是就看心理医生。这抑郁症虽得在现在，说不定和童年也有关系，和母亲也有关系，在上海就地就医，也接地气；于是一个月一趟，飞上海看医生。别人看心理医生解开了心结，瞿莉越看心理医生，心结结得越大。给瞿莉看心理的医生是个男的，浙江奉化人，和蒋介石是同乡；三十多岁，也说浙江官话；但他没胡子，发型、手指的舞动，像个同性恋。但他看别人心理，倒是入木三分；一桩桩一件件，由表及里，由浅入深，透过现象看本质，说得头头是道。但他一开始也没说中，也是针对现象说现象，直到半年之后，盘问出瞿莉与严格结婚十二年，流过三次产，一个孩子也没保住，一切才豁然开朗。这蒋介石的小老乡，跷着兰花指，微微点头，用浙江官话说，这就对了，一切根源都在流产；和她的童年和母亲倒没关系。她担心的不是严格，也不是自己，也不是整个世界，而是孩子。检查严格的裤头，是怕他跟别人生孩子；又开始与严格冷战，做一个头发，却与周边的美发店吵了个遍，是在往外推卸责任；越吃越胖，是破罐子破摔。更进一步，根子也不在孩子，而是怕自己没有孩子，将来的家产落到谁手里。换句话说，是钱。原因找到了，医生豁然开朗了，瞿莉本也该开朗，但她没开朗，反倒更抑郁了。因为这根源她无法解决。本来对世界还没有那么担心，现在反倒更加担心了。本来担心的是整个世界，经过医生的指点，倒渐渐落到了严格一个人身上。严格在外的一举一动，一言一行，她都比以前留意。她也知道这种担心和留意会使事情适得其反，也许她要的就是适得其反；想用适得其反，用爆发，用一个恶劣的最坏的结果，用杀人，用血流成河，来证明错不在自己，把责任都推到对方和世界身上。过去担心严格在外边有人，现在严格在外边没人，她倒不放心；也许，严格在外边搞得越多越好；越多，越能让她的愿望早日实现。她这次去上海，本不是为看病，就是一个习惯；昨天，她北京的一个闺中密友，打电话告诉她，严格与女歌星的照片上了报纸。这闺中密友也是个富人的老婆，大胖子，密友感慨之下，有些兴奋，又让瞿莉看清了这密友的真面目。也是时刻盼着身边朋友倒霉的人。也是心里有病。但闺中密友不知道的是，瞿莉听到这消息，并没有沮丧，而是像密友一样兴奋；就像战马闻到了战场和血的气息，浑身的血液，立即沸腾起来。但她在电话里，又故作沮丧的样子，也让闺中密友上了一当。可她准备引而不发，她要消受这苦胆和毒汁；火山积得越久，喷发出的火焰越壮观。她从首都机场下了飞机，严格来接她，手里拿着一张报纸，她知道严格是在欲盖弥彰，抢占这事的先机。待上了车，瞿莉抱上狗，严格打开报纸，让她看照片，接着解释：

"你爱信不信，当时我买白薯时，都没留意她是谁。"

意图这么明显，倒把瞿莉的火拱上来了。本不想上闺中密友的当，这时又上当了；本想引而不发，突然又发了。她说：

"你紧张什么？我到现场问一问，不就清楚了？"

严格：

"昨儿的事儿了，谁还记得？"

瞿莉不理，让司机径直去照片上的街头。但她这样做，正好也上了严格的当。严格不是欲盖弥彰，而是欲擒故纵；他盼的就是瞿莉去现场；瞿莉过去也去过别的现场，让他提心吊胆；但这次与过去不同，这次经过周密布置，他担心他的戏白导了；他不是借此否定这一件事，而想借此否定整个瞿莉。严格也入戏了，装作不情愿的样子：

"你爱看不看。"

随瞿莉一块儿来到了昨天的街头。

刘跃进本来不紧张，看到瞿莉和严格下车，演出要开始了，刘跃进突然又有些紧张。毕竟过去没演过戏，更没演过生活。演生活，原来比演戏还难。让刘跃进感到紧张的还有，他整天跟工地的民工在一起，大家都是下层人，说的是同样的话，干的是同样的事，没跟严格瞿莉这些有钱人打过交道，不知道他们整天干些啥，遇事会说啥话，自己这戏该怎么接。瞿莉牵着狗，并没有急着上去调查，而是由着狗的性儿，随意在街角各个摊子前溜达。严格倒有些不耐烦，催她：

"不信，你问卖烤白薯的。"

瞿莉没去问烤白薯的，倒在其他摊前继续溜达。但她恰好又上了严格的当。瞿莉溜达回刘跃进的钢精锅前，刘跃进像安徽人一样，浑身开始哆嗦。瞿莉看刘跃进哆嗦，便停在刘跃进摊前，摊开报纸问：

"师傅，昨儿看到这歌星了吗？"

刘跃进说不出话来，哆嗦着点点头。瞿莉好像很随意地：

"她几个人来的？"

刘跃进磕巴：

"俩。"

严格在瞿莉身后，吓得脸都绿了。瞿莉：

"那个人是谁？"

刘跃进：

"她妈。"

瞿莉一愣：

"你咋知道是她妈？"

刘跃进：

"我听她说：'妈，你先吃玉米，我去买块白薯。'"

瞿莉松了口气。严格在瞿莉身后，也松了口气，悄悄给刘跃进跷大拇哥。看似一个民工，还真能演戏。瞿莉问完刘跃进，不再问别人；就是问别人，有这良好的开端，严格也不怕；瞿莉牵着狗，转身回到奔驰车旁。严格也跟了过来，似受了多大委屈，率先上了车，"嘭"的一声，关上自己一侧的车门。这时瞿莉对司机说：

"等一下，我也买根玉米。"

牵着狗，又回到刘跃进摊前。问：

"玉米多少钱一根？"

刘跃进这时不紧张了，还为刚才的紧张有些懊恼；原来演出这么容易。这时开始放松，真成了一个卖玉米的：

"一块一。"

瞿莉拨拉着锅里的玉米，又似随意问：

"这歌星，是昨天上午来的，还是下午来的？"

这一问把刘跃进问蒙了。没有台词提示，刘跃进只好随机应变，顺口答道：

"上午，我刚出摊。"

瞿莉点点头，笑了。刘跃进以为自己又演对了，也笑了。瞿莉挑了一穗玉米，掏出两块钱，递给刘跃进：

"不用找了。"

牵着狗，又回到车旁。刘跃进以为演出圆满结束了，严格在车上也以为演出圆满成功了；奔驰车在街上疾驶，瞿莉一直在埋头啃玉米。严格还有些得理不饶人：

"人家报上说的是吃饭不吃饭的事，你都能往男女关系上想，心术能叫正吗？"

又说：

"下次再这么疑神疑鬼，我真跟你没完。"

没想到瞿莉猛地抬头，将手里的玉米，摔到严格脸上，把严格的眼镜也摔掉了；脚下的狗也吓了一跳，仰起脖子，"汪汪"叫起来。严格急了：

"干什么，无理取闹是不？"

瞿莉这时满含泪水，指着报纸：

"严格，下次你要骗人，还要仔细些。卖玉米的说是上午，看看你们身后的钟表！"

严格从脚底下摸到眼镜，戴上，看报，原来，全景图片上，远处那座综合性商城，商城楼顶的犄角上，竖着一电子钟；虽然有些模糊，但能看清数字，17：03：56。严格傻了。

第七章

马曼丽　杨玉环

马曼丽是"曼丽发廊"的老板娘。"曼丽发廊"与刘跃进的建筑工地隔一条胡同；在胡同转角处，亮着转灯。发廊有十五平米大小，分里外两间。马曼丽既是老板娘，又给人剪头；雇了一个小工叫杨玉环，山西运城人，洗头打杂，也兼去里间按摩。店小，设备简陋，来"曼丽发廊"剃头按摩的，皆是附近工地的民工和集贸市场卖菜的。店小，价钱也便宜。别处美容店，理发二十元，干洗十元；这里理发五元，干洗五元，到里间按摩，二十八元；按摩中，再提出别的服务，也过不了百。但别的服务，杨玉环干，马曼丽不干；挣下钱，马曼丽和杨玉环三七分成。一天下来，小工杨玉环，比老板马曼丽挣得还多。钱挣得多没啥，杨玉环觉得是她撑起了这个门面，言谈话语之中，并不把马曼丽放到眼里；好像杨玉环是老板，马曼丽是雇工。有时到了中午，杨玉环明明闲着，在嗑瓜子，也不动手洗菜做饭，反倒等马曼丽剪过头，做饭给她吃。两人常为此斗嘴。但斗来斗去，没个结果，就是发廊里多了一份热闹。

马曼丽今年三十二岁，辽宁葫芦岛人。东北女人易满胸，但马曼丽例外，前边有些亏。但这亏，世上只有几个人知道；平日马曼丽戴一大钢罩，仍是满的。知道者，一个是她的前夫；她前夫叫赵小军；两人离婚时，老赵还说：

"你是女的吗？你男扮女装。"

另一个知道者，是她女儿。马曼丽有个女儿六岁了，马曼丽来北京，把她留在了葫芦岛老家，由她妈带着。女儿小时吃她的奶，奶不足，老哭。还有一个知道者，就是刘跃进。那天夜里一点，发廊打烊了，杨玉环被她男朋友用摩托接走了；店里就剩马曼丽一个人。马曼丽这天身上不方便，去里间换纸，顺便换了睡衣；因是一个人，马上就要关门了，就没戴钢罩；从里间转出来，刘跃进突然闯进店里。看马曼丽变了样，刘跃进吃了一惊，马曼丽也吃了一惊，马曼丽恼怒地叫道：

"撞啥，看你娘啊？"

刘跃进空闲下来，固定的去处，就是"曼丽发廊"。从建筑工地到"曼丽发廊"，穿胡同走过来，也就七八分钟的路程。来"曼丽发廊"不为理发，也不为按摩，就坐在发廊凳子上，踢着腿解闷儿。也不是为了解闷儿，是为了看人；也不是为了看人，是为了听听女声。工地几百号人，全是男的。任保良的外甥女叶靓颖倒是女的，但一个二百斤出头的大丫头，不用听，看着就够。按说听声别的地方也能听到，街上，商场里，或地铁里。在认识马曼丽之前，刘跃进空闲下来，喜欢坐在地铁口，夏天凉快，冬天暖和；不是图凉快和暖和，是为了看人；不是为了看人，是为了听声。一天忙完，听会儿女声，心里也安稳和平静许多。但马曼丽的说话声，又与别的女人不同。马曼丽胸平，说话的声音也有些沙哑，乍一听真像男的；但这沙哑不是那沙哑，不是嘶哑的沙，而是西瓜瓤的沙，听上去更有磁性；比正常的女声，还撩人的心。除了听声，刘跃进到这里来，还有一个原因。六年前，刘跃进的老婆黄晓庆被老家那个卖假酒的李更生抢去，刘跃进一开始不明白，李更生为啥喜欢黄晓庆，最后问明白了，喜欢她的腰，一把能掐过来；现在马曼丽的腰也细，也一把能掐过来。胸平的人，一般腰壮；但马曼丽胸平，却是马蜂腰。弄了半天，为了一个腰。这时刘跃进又感叹，真是走了的马大，死了的妻贤；和黄晓庆在一起生活了十三年，没觉出她的好；被人抢去了，六年之后，倒想着她的腰。马曼丽还有一处与黄晓庆相似，眼细。但也有不同于黄晓庆处，黄晓庆脸黄，马曼丽脸白；黄晓庆平日不爱说话，马曼丽的嘴，得理不让人。渐渐，刘跃进三天不见马曼丽，像缺了点儿什么。一次他对马曼丽说：

"你说，这能不能就叫爱情？"

马曼丽瞪了他一眼，朝地上啐了一口唾沫：

"你也想过你娘，能叫爱情？"

刘跃进兀自感叹：

"光棍儿打了六年了，连个情人也没混上。"

马曼丽指着墙角：

"那不，那儿，自个儿解决。"

刘跃进一笑，不答。刘跃进自离了婚，真是六年没接触过女人。有时也想找"鸡"，但又心疼钱；真像马曼丽说的，那事儿，全靠自己解决。但愈是这样，愈要听些女声。赶上工地食堂买肉，刘跃进去"曼丽发廊"时，会用塑料袋包半斤猪脖子肉，掖到腰里，给马曼丽带去。有时也带半塑料袋鸡脖子。马曼丽忙着，刘跃进在旁边坐着踢腿，马曼丽也支使刘跃进：

"别干坐着，有点儿眼色。"

刘跃进便起身，拿起扫帚和簸箕，去扫地上的头发楂。

刘跃进隔三岔五来，马曼丽倒不烦他，但小工杨玉环讨厌刘跃进。因一个男的老在发廊坐着，耽误她按摩的生意。有男的往发廊探头，本来想按摩，见一男的在里边坐着，转身又走了。刘跃进也觉出自己有些碍眼，但又不能不来，人往发廊探头，刘跃进主动说：

"没事，街坊。"

刘跃进说没事，那人还是转头走了。一见刘跃进进门，杨玉环就捧捧打打，给他脸子。杨玉环在山西运城叫杨赶妮，到北京后，改过几次名，叫杨冰冰，叫杨静雯，叫杨宇春，最后总觉那些名小气，干脆叫杨玉环。杨玉环来北京时，是个瘦猴；一年下来，吃成了一个肉球。因骨架子小，看上去虽无工地任保良外甥女胖，但身上的肉纹，都开裂着。这时又想减肥。但一个人吃胖易，想再减下来，就难了。大家都说她胖；也正因为这胖，倒能招揽按摩的生意；刘跃进知她想减肥，每次见她都说：

"玉环，又瘦了。"

为了一个"瘦"字，杨玉环才容忍刘跃进到"曼丽发廊"来。

马曼丽三年前与丈夫赵小军离婚。老赵是干什么的，刘跃进不知道；问过马曼丽，马曼丽也不说。刘跃进在发廊见过老赵几面，每次见到他，老赵都满头大汗，穿一身西服，像是跑小买卖的。老赵每次来发廊，没有别的事，就是要账。听他们吵架，两人虽然离了婚，还有三万块钱的纠葛。这钱也不是马曼丽欠的，是她弟弟借老赵的；她弟弟不知跑到哪里去了，老赵找不着她弟，便来找马曼丽。马曼丽不认这账，两人便吵。一次，刘跃进来"曼丽发廊"，老赵又来了；这次两人没吵，打起来了。理发台前的镜子，都让打碎了。马曼丽被打出了鼻血，糊了一脸。刘跃进忙上前拉架，那老赵撇下马曼丽，竟冲刘跃进来了：

"盐里有你，醋里有你?钱你还呀?"

刘跃进劝：

"都出血了，有话好说，别动手哇。"

那老赵：

"今天不说个小鸡来叨米，我让他白刀子进去，红刀子出来!"

又要上去打马曼丽。刘跃进看马曼丽一脸血，一时冲动，竟拉开自个儿身上的腰包，从里面掏出一千块钱，先替马曼丽还了个零头。那老赵接过钱，骂骂咧咧走了。他走后，刘跃进还说：

"婚都离了，还找后账，算啥人呀。"

但到了第二天，刘跃进就开始后悔。后悔不是后悔劝架，而是自个儿往里边填钱。盐里没他，醋里没他，人家以前是夫妻，这架吵的，说起来也算家务事，自己裹到里边算什么？如果和马曼丽有一腿，这钱填得也值；直到如今，嘴都没亲一个，充啥假仗义？这不是充仗义，是充冤大头。第二天晚上，刘跃进又到"曼丽发廊"来，话里话外，有让马曼丽还账的意思。马曼丽却不认这账：

"你有钱，愿把钱给他；要账找他，找不着我。"

刘跃进替人还账，又没落下人情，就更觉得冤了。好在钱不多。但一想起来，还是让人心疼。倒是因为这钱，刘跃进再到发廊来，多了一份理直气壮。

扮过安徽人第二天，刘跃进又到"曼丽发廊"来了。这回没穿家常衣服，换了一身夜市地摊上买来的西服，西服铁青色，打着领带；腰里系一腰包。碰到喜事，刘跃进爱穿西服。本来刘跃进没打算来"曼丽发廊"，要去邮局给儿子寄钱；穿过胡同去邮局，正好路过"曼丽发廊"，看看时间尚早，就顺脚来坐坐。本来只是坐坐，想到给儿子寄钱，便想借儿子这个茬口，再给马曼丽要账。刘跃进进来时，杨玉环正倚着门框抹口红。边抹，边看街上来来往往的人；看刘跃进进来，就像没看见，连门槛上的脚都没挪一下，刘跃进又觉出这山西丫头缺家教；本想再说一声她"瘦了"，赌气没说。发廊里，马曼丽刚给一客人洗完头，拉着满头流水的客人，到镜前吹风。刘跃进见她正忙，看到桌上搁一大桃，觉得口渴，拿起这桃来吃。吃完，又觉鼻毛长了，抄起理发台上一把剪子，对着镜子剪鼻毛。等那客人吹完头，交钱走人，刘跃进说：

"来跟你道声别。"

马曼丽倒吃了一惊：

"你要离开北京了？"

刘跃进摇头：

"不是离开北京，是离开这个世界。"

马曼丽更吃惊了。刘跃进接着说：

"昨儿儿子下通牒了，今天再不寄学费，他就离开我去找他妈。六年前，把他要到身边费多大劲呀，现在说走就走了。这六年我是咋撑下来的？投奔他妈，不就等于投奔抢我老婆那人了？我倒没什么，大家会咋看？被这事逼的，我不想活了。"

这段苦难史，刘跃进跟马曼丽说过，马曼丽也知道。看刘跃进在那里愤怒，一开始有些不信。刘跃进不管她信不信，继续演着；对着镜中的自己，似对着他的儿子：

"王八蛋，你还有点儿是非没有？你妈是啥人？七年前就是个破鞋；你妈嫁的是啥人？是个卖假酒的，法院早该判了他！"

又自个儿哀怜自个儿：

"世上就不容老实人了？胆大的撑死，胆小的饿死。别把我逼到绝路上，逼到绝路上，我不自杀，我拿刀子找他们去，让这对狗男女，白刀子进去，红刀子出来！"

也是昨天刚演过一场大戏，演戏有了体味；今天演出，比昨天入戏还快，愤怒起来，真把自己气得脸红脖子粗。又说：

"给你说一声，接着我就去火车站。"

马曼丽上他当了，也跟着入了戏：

"就这点儿事儿呀，这也犯不着动刀子呀。"

刘跃进对她嚷：

"学费三千多呢，一下交不上，你说咋办？"

这一嚷，马曼丽知道他在演戏，是变着法跟她要账。马曼丽：

"你可真行，为这点儿钱，拉这么大架势。"

也是不愿与刘跃进啰唆，也是觉得不该欠他这么长时间，或是觉得刘跃进小气，从抽屉拿出一把零票，五元十元不等，扔给刘跃进：

"以后别到这儿来了。"

刘跃进捡地上的钱，查了查，二百一。这时认真地说：

"谁拉架势了？真事。"

第八章

青面兽杨志

刘跃进这两天撞了大运。昨天在街角演了一场戏，得了五百块钱；钱并不重要，重要的是通过这场演出，他还认识了严格；严格是任保良的老板；以后任保良对他说话，怕也要换一种口气；今天又在"曼丽发廊"演一场戏，让马曼丽还了二百一；二百一也不重要，重要的是马曼丽还账开了头；开了头，就等于认下这账。加上原来积攒的，刘跃进腰包里，共有四千一。刘跃进去邮局的路上，步子走得理直气壮。街上满是汽车排出的尾气，刘跃进却走得神清气爽。儿子在电话里说，学费是两千七百六十块五毛三，刘跃进不准备给他寄这么多，只准备给他寄一千五；少寄钱并不是刘跃进还要留钱以备不时，而是担心儿子在电话里说的话有假；这个小王八蛋，也不是省油的灯；与他共事，也得走一步看一步。

邮局旁边有一报摊。报摊上，堆挂着几十种报刊。昨天那张有女歌星和严格照片的报纸，仍挂在显眼的位置。许多人不买今天的报纸，仍买昨天那张。刘跃进从报摊路过，看大家认真在看这报，心头不由得一笑。因为大家只知其一，不知其二；大家都觉得报上说的事是真的，刘跃进昨天却把它演成了假的；或者昨天的戏是假的，刘跃进把它演成了真的。看到大家在认真看报，刘跃进有世人皆醉我独醒的感觉。

刘跃进上了邮局台阶，突然又停了下来。因为他听到了乡音。在邮局转角邮筒前，一个五十多岁的老头，在拉着二胡卖唱。地上放一瓷碗，瓷碗里扔着几个钢镚儿。艺人卖唱没啥，但这卖唱的老头是河南人，正在用河南腔，唱流行歌曲《爱的奉献》；二胡走调，老头的腔也走调，"吱吱哽哽"，像杀猪，刘跃进就听不下去了。如果平日遇到这事，刘跃进也许没心思管；但昨天今天，连演两场大戏，皆旗开得胜，心气正旺，这闲事就非管不可了。管闲事也分说得起话说不起话；遇上比自己强的人，这闲事管不得；遇上比自己差的人，才敢挺身而出。刘跃进虽是一工地的厨子，但自觉比一个街头卖唱的，身份还高出半头。加上卖唱的是河南人，也是怯生不怯熟，刘跃进折回头，下了台阶，走到邮筒前。老头闭着眼还在唱，刘跃进当头断喝：

"停，停，说你呢！"

老头正唱得入神，被刘跃进吓了一跳。他以为碰到了城管的人，忙停下二胡，睁开眼睛。待睁开眼睛，看到刘跃进没穿城管的制服，不该管他，立马有些不高兴：

"咋了？"

刘跃进：

"你唱的这叫个啥？"

老头一愣：

"《爱的奉献》呀。"

刘跃进：

"河南人吧？"

老头梗着脖子：

"河南人惹谁了？"

刘跃进：

"惹了。你自个儿听听，你奉献的哪一句是不跑调的？丢你自个儿的人事小，丢了全河南的人，事儿就大了。"

老头还不服气：

"你谁呀，用你管？"

刘跃进指指远处的建筑工地：

"看见没有？那栋楼，就是我盖的。"

刘跃进这话说得有些大，但大而笼统；远处有好几幢CBD建筑，都盖到一半；其中一幢，虽不能说是刘跃进盖的，但是刘跃进那建筑队盖的；正因为笼统，你可以理解刘跃进是工地的老板，也可以理解刘跃进是一民工；但刘跃进两者都不是，就是工地一厨子；但一厨子，也可以模棱两可这么说。刘跃进话的语气，唬住了老头。老头看刘跃进一身西服，打着领带，以为他是工地的老板。也是见了比自己强的人，卖唱的老头有些气馁：

"我在家是唱河南坠子的。"

刘跃进：

"那就老老实实唱坠子。"

老头委屈地：

"唱过，没人听。"

刘跃进从腰包里掏出一个钢镚儿，扔到地上瓷碗里：

"我听。"

老头看看在瓷碗里转圈的钢镚儿，又看看刘跃进，调了调弦子，改弦更张，开始唱河南坠子。这回唱的是《王二姐思夫》。唱《爱的奉献》时走调，唱起《王二姐思夫》，倒唱得字正腔圆。他唱《爱的奉献》时没人听，现在唱《王二姐思夫》，倒围拢上来一些人。人围拢上来不是要听河南坠子，而是觉得两个河南人斗嘴有些好玩儿。老头见围拢的人多，以为是来听他唱曲儿，也起了劲，闭着眼睛，仰着脖子，吼起王二姐的心事，脖子上的青筋都暴出来了。刘跃进见自个儿纠正了世界上一个错误，有些自得，左右环顾，打量着众人。报摊前人堆里，一直站着一个人，在翻看报纸，见这边喧闹，也仰脸往这边看；刘跃进的目光，正好与他的目光碰上；那人也觉得这事有些好玩儿，对刘跃进一笑；刘跃进也会意地对他一笑。那人扔下报纸，也跟人围拢过来听曲儿，站在刘跃进身后。老头唱的是啥，王二姐说的全是河南土话，大家并没听懂；但这《王二姐思夫》，刘跃进过去在村里听过，自个儿倒入了戏，闭上眼睛，随着曲调摇头晃脑。突然，刘跃进觉得腰间一动，并无在意；想想不对，睁开眼睛，用手摸腰，原来系在腰里的腰包，已被身后那人，割断系带抢走了。急忙找这人，这人已钻出人圈，跑出一箭之地。由于事情太过仓促，刘跃进的第一反应是大喊：

"有贼！"

待醒过来，才想起自己有腿，慌忙去追那人。那人一看就是惯偷，并不顺着大街直跑，而是窜过邮局后身，钻进一卖服装的集贸市场。这集贸市场是一服装批发站，虽在一条小巷子里，卖的全是世界名牌，但没有一件是真的，图的是个便宜；所以生意特别红火。提大包小包的，还有许多俄罗斯人。待刘跃进追进集贸市场，卖服装的摊挨摊，买服装的人挤人，那人早钻到人堆里不见了。

由于事情太过仓促，刘跃进竟忘了那人的模样，只记得他左脸上有一块青痣，呈杏花状。

第九章

老蔺　贾主任

　　严格除了瘦，眼下基本吃素。这也是他瘦的一个原因。严格从湖南农村出来，小的时候，家里没钱买菜，炒一锅辣椒，就着米饭，一家人能吃三天，嘴里图个辣；或连辣椒都没得炒，就些酱或腌菜疙瘩，饭上图个咸。等大学毕业，到结婚，严格一直在不同的公司跳槽，没挣多少钱；加上老家还有父母兄弟需要接济，日子并不宽裕；这时吃菜，以萝卜白菜为主。后来富了，开始拼命吃肉，接着吃海鲜。有一段时间，严格迷上了鱼翅捞饭，中午吃，晚上也吃；请客时吃，一个人也跑到饭店吃。吃了三年，终于吃顶了；这时才知道，吃过的鱼翅，大部分是假的，海里没那么多鲨鱼；开始还原成萝卜白菜。转了一圈，又转回来了。有一段吃胖了，又瘦了下来。有时到任保良工地去，爱吃刘跃进做的萝卜炖白菜，是因为刘跃进炖的萝卜白菜，既不同于严格穷时吃的萝卜白菜，也不同于现在严格家厨子炖的萝卜白菜。穷时的萝卜白菜天天非吃不可，没吃出个滋味；现在家里的萝卜白菜又做得太精致，用小铫儿吊着，下边点着火，像个摆设；唯有工地食堂的萝卜白菜，大锅熬出来的，萝卜白菜众多，炖得拥挤，炖得比别处滚热，炖得比别处稀烂，有一种混合众人的味道；就两个热腾腾的大锅馒头，或泡着米饭，不但吃舒服了胃，也吃畅快了心。但贾主任的办公室主任老蔺，仍是食肉动物，不吃萝卜白菜，吃肉，吃螃蟹，吃龙虾，吃海参，吃鲍鱼，吃鱼翅捞饭。严格每次请他吃饭，仍得去有肉或有海鲜的地方。看来这老蔺，还没过那个阶段呀。今天两人约饭，两人倒没吃海鲜，老蔺说中午刚吃过，于是去了火锅城。火锅主要也是涮肉。等火锅上来，老蔺涮肉，严格涮菜。

严格跟老蔺认识六年了。老蔺今年三十八岁，七年前给贾主任当秘书，后来成了贾主任的办公室主任。老蔺是胶东人，山东出大汉，但老蔺例外，小骨头架，矮；一看小时也是穷孩子，也跟严格一样，瘦过，现在吃肉吃得，浑身滚圆；但他胖身不胖脸，脸还是小脸，刀条；加上骨头架小，倒也看不出胖来。山东人说话声高，老蔺又是个例外，说话声低，不仔细听，会漏掉句子；好在他说话慢，每说一句话，都想半天，才给你留下听的余地。老蔺近视，戴一深度白眼镜。每看到老蔺，严格想起他小时候的一位领导，张春桥。张春桥也是胶东人，身处高位，不苟言笑；从他的文章看，也算一个有野心的人。由于严格跟贾主任是老相识，老蔺是后来者，老蔺对严格倒客气。但严格见识过老蔺的厉害。一次两人正吃鱼翅捞饭，或者说老蔺在吃，严格陪着吃菜；谈笑间，老蔺接到一个电话，是贾主任下边一位局长，不知怎么说拧了，老蔺突然变了语速和音调，语速像打机关枪，声音震得房间的玻璃响；不知电话那头的局长怎么样，反正把严格吓了一跳。让严格知道了老蔺的另一面，原来他不是张春桥。

　　严格十五年前遇到了贾主任。严格认识他时，他还不是主任，是国家机关一位处长。当时严格在一家公司当部门经理。本来严格跟贾处长不认识，同时参加另一个朋友的饭局，相遇到一起。那天晚上，吃饭的人多，有十几个人；人多，吃饭就无正事；酒过三巡，大家开始说黄色笑话。说一段，笑一段。众人笑语欢声，唯一位贾处长低头不语。人问他原因，贾处长叹道：羡慕你们这些老总呀；在国家机关工作，就一点儿死工资，太清贫了。大家觉得这感叹不叫真理，叫常识，无人在意，继续喝酒说笑。严格却觉得这贾处长另有心事。正好两人座位挨着，严格又打问，贾处长才说，他母亲得了肝癌，住院开刀，缺八万块钱，没张罗处，所以犯愁；今天本无心思来吃酒，也是想跟有钱的朋友借钱，才勉强来了；看大家都在说笑，一时不好开口，所以感叹。严格问过这话，便有些后悔，不知接下去该如何回答。人家没说跟严格借钱，但也把他的心思说了；就是想借，严格当时也在公司当差，拿的也是薪水，手里并无这么多钱；加上初次相见，并不熟络；于是不尴不尬，没了下文。酒席散了，严格就把这事忘了。待第二天在公司整理名片，整理到昨日的贾处长，严格吃了一惊。昨日只知他是国家机关一个处长，没留意他的单位，今天细看名片，虽然是个处长，却待在中国经济的心脏部门。严格心中不由得一动，似乎预感到什么。忙放下手中的名片，打车去了通县，过通县再往东，就到了河北三河。严格有个大学同学叫戴英俊，河北三河人，上大学的时候，两人同宿舍。大二的时候，戴英俊因为失恋，几次自杀未遂；他爹把他领回三河，大学也不上了。谁知因祸得福，他和他爹办了个纸业厂，但并不生产纸，生产卫生巾，几年就发了。待严格大学毕业，两人也见过几面，戴英俊吃得肥头大耳，眼睛挤得像绿豆；一张口，满嘴脏话；严格知道，这时的戴英俊，已不是大学时为爱殉情的戴英俊了。戴英俊见严格来了，一开始很高兴，接着听说要借钱，脸马上拉下来了：

"我靠，咋那么多人找我借钱呢？我的钱，也不是大风刮来的。一片片卫生巾卖出去，让人把血流上去，不容易。"

严格：

"一般的事，我不找你，我爹住院了。"

听说是同学的爹住院，戴英俊才没退处，骂骂咧咧，找来会计，给了严格八万块钱。严格拿着钱，折回北京，去了这个国家机关。到了机关门口，给贾处长打电话，说今天路过这里，顺便看看他。贾处长从办公楼出来，让严格进机关，严格说还有别的事，接着把报纸包着的八万块钱，递给了贾处长。贾处长愣在那里：

"昨天，我也就是随便说说，你倒当真了。"

严格：

"这钱搁我那儿也没用。"

又说：

"如是别的事，能拖；老母亲的事，大意不得。"

贾处长大为感动，眼里竟噙着泪花：

"这钱，我借。"

又使劲捏严格的肩膀：

"兄弟，来日方长。"

虽然贾处长的母亲动了手术，也没保住性命；半年之后，癌细胞又扩散了，死了；但贾处长从此记牢了严格。严格认识贾处长时，贾处长已经四十六岁，眼看仕途无望了；没想到他接着踏上了步伐点儿，一年之后，成了副局长；两年之后，成了局长；再又，成了副主任，已是部级干部；接着又成了主任。严格认识他时，他身处低位，算是患难之交；当他由低位升至高位时，严格和他的朋友关系，也跟着升到了高位。交朋友，还是要从低位交起；等人家到了高位，已经不缺朋友，或已经不讲朋友，想再交就晚喽。贾主任成为主任后，一次两人吃饭，贾主任还用筷子点严格："你这人，看事挺长的。"

也是喝多了，又说：

"别的人都扯淡，为了那八万块钱，我交你一辈子。"

严格连忙摆手：

"贾主任，那点儿小事，我早忘了，千万别再提。"

老贾这个单位，主管房地产商业和住宅用地的批复。老贾发迹后，自然而然，严格便由原来的电脑公司出来，自个儿成立了房地产开发公司。十二年后，严格的身价已十几个亿。贾主任，就是严格的贵人。但贵人不是笑眯眯自动走到你跟前的，世上不存在守株待兔，贵人是留给对人有提前准备的人的。

但严格发现，十几年中，两人的关系也有变化。变化不是由严格引起的，而是由贾主任引起的。贾主任是一切变化的主动轮，严格只是被动轮，只能跟着贾主任的变化而变化，你不想变化也不行。两人说是朋友，但因地位不同，严格地说就不能叫朋友；贾主任可以把严格当朋友，严格不能把贾主任当朋友；或者说，贾主任是贾处长时，两人是朋友，当贾主任成为贾主任时，两人就不是朋友了；或者说，私下里是朋友，到了公众场合，还须有上下之分。严格是个懂大道理的人，不但公众场合，对贾主任毕恭毕敬，就是私下里，每一句话也有分寸。当然，严格有钱了，等于贾主任也有钱了。没有贾主任，还没有这些钱。在贾主任面前，严格从来没有心疼过钱。严格给贾主任过钱，也有讲究；贾主任从来不让过账，也不让往卡上存，只要现款；两人面对面，不给别人留下任何把柄。至于声色犬马，就更不须谈了。十二年中，严格有个深刻的体会，在钱和权势面前，人都不算什么，别说一个"性"了。不是人在找"性"，是"性"脱了裤子找不着人。贾处长成为贾主任后，人比以前更温和了，与人握手，手是软的，手心是湿的；一笑，圆脸成了西瓜。过去有话还直说，现在每一句话都绕弯，爱打比方，爱说一二三点，哪怕是说笑话。譬如他谈他喜欢的女人类型，说这人像鹿：一，头小；二，脖子长；三，胸大；四，腿细；让人听了，倒一目了然。但他说完这些，又说：

"群雄逐鹿，群雄逐鹿啊。"

又暗藏着一股不屑和杀气，让人摸不着头脑。不知他说的是女人，还是指别的。这时严格就知道贾主任不是过去的贾处长了。一次周末，严格拉着贾主任一家去北戴河看海。晚上两人在海边散步，风吹着贾主任的头发，贾主任忽然自言自语：

"不当官，不知道自己的官小呀。"

严格不明白他说的是什么，不敢接话。贾主任又感叹：

"看似在豺狼之间，其实在蛆虫之中。"

这话严格听明白了，是说当官不容易。贾主任突然说：

"死几个人，就好了。"

严格听后不寒而栗，不知这话指的是谁，为何让这几个人死，这几个死了，为何又"好"了，同样不敢接话。严格像当初预感到贾处长对他重要一样，现在也预感到，总有一天，贾主任也会抛弃他；两人交不了一辈子；他和贾主任的关系，不是单靠钱和"性"能维持长久的。总有一天，贾主任说翻脸就翻脸。等他翻脸的时候，严格只能让他翻，毫无还手之力。

这一天终于来到了。从去年起，两人共同遇到一个坎。去年四月底，贾主任开了一个重要的会，当天晚上，约严格吃饭，问严格手里可调动的资金有多少。严格想了想，保守地说：

"十来个亿吧。"

贾主任说，中国的金融政策，过了"五一"，可能会做一些调整，建议严格把钱投入金融市场，譬如讲，某种期货，某种股票等。贾主任晃着杯中的红酒：

"整天盖房子，钱挣得多累呀。要想赚大钱，就不能绕弯子，还得让钱直接生钱。"

严格当然想赚大钱。但他也不想赚大钱；多少钱才叫大钱？现在盖一栋房子赚一回钱，他觉得安稳。何况他不懂金融，不知这弯子绕得过来绕不过来。严格将这顾虑说了。贾主任：

"不懂可以学嘛，过去你不也没盖过房子？"

严格觉得贾主任说得有道理；就是没道理，严格也得听；因两人位置不同，看到事物的深浅就不一样；他刚在中南海开完会。于是，严格把盖房子赚的钱，全部投入了期货和股票市场。一开始果然赚了；但半年之后，开始往里赔。赔钱不是严格不懂金融，绕不过这弯子，而是"十一"之后，国家的金融政策再一次调整了，严格让国家给闪了。绕弯子，谁能绕过国家呢？一开始还想挺着，一年之后，不但投进去的十四个亿打了水漂，还欠下银行四个多亿。不但金融做砸了，整个房地产也受到牵涉。本来盖房子还有钱，如今十几个工地，材料费和工人的工资，都拖了半年没付。短短一年多，严格就不是过去的严格，严格从一个富豪，变成了一个债台高筑的穷光蛋。重回房地产收拾残局不是不可以，问题是收拾残局也需要钱，严格已欠银行四个多亿，利息拖了半年没付，银行不起诉他就算好的，哪里还敢再贷给他钱?严格只好再求助贾主任，让他给银行打个招呼。但这时贾主任撤了，开始推三挡四，说银行不归他管。过去银行也不归他管，他也打过招呼;如今摊子烂了，怎么就不打招呼了?本来是两个人遇到的坎，现在成了严格一个人的。当初不是贾主任让插足金融，严格老老实实盖房子，也不会出这乱子。但自出这事后，严格已经两个月见不到贾主任了。过去一打电话就接，现在打电话要么不接，要么转到了秘书台。给他的办公室主任老蔺打电话，老蔺倒仍温和客气，说马上转告贾主任，但接着就没了下文。严格觉出，终于，贾主任要抛弃他了。如是平日抛弃，严格没有怨言，但在生死关头，严格觉得贾主任缺乏道德。不说这乱子由他而生，不说十五年前严格帮他救过他母亲，单说这十二年来盖房子，贾主任帮严格批过地，但贾主任从严格手里，也没少获利。粗略算下来，一个国家干部，收入这么多钱，够掉几茬儿脑袋的。但严格又不想把关系闹僵，闹僵对严格也没好处。但在严格与女歌星的照片上了报纸第二天，贾主任的办公室主任老蔺，主动给严格电话，说要见严格一面。两人便来了火锅城。

虽然老蔺平日对严格很温和;严格对他也很客气;但在内心，严格对老蔺看法并不好。这个胶东人，不苟言笑，心里做事。心里做事的人易犹豫，老蔺从想到做，却很坚决。譬如讲，对钱。严格给贾主任送钱并不经过老蔺，那只是严格和贾主任两个人的事；老蔺也佯装不知，但会开口向严格借钱。虽然严格和贾主任是老朋友，老蔺只是贾主任一个部下；但老蔺整日待在贾主任身边，萝卜不大，长在埝上；正所谓一言兴邦，一言丧邦；严格又不敢得罪他。借过三回，哪里还等他再开口，也开始主动给他送。虽然给贾主任送的是大头，给老蔺送的是小头；同样是送，一个是主动给，一个其实是要，严格的感觉就不一样；如贾主任是佛，等着人来烧香；老蔺就是狗，是狼，动不动就咬人一口。贾主任收了钱，还说声"谢谢"，还说"下不为例"；老蔺收了钱，连声"谢"都没有，觉得是理所应当；而且吃过这口，还想着下一口。贾主任六十的人了，快退了，就说是受贿，这受贿也可以理解；老蔺不到四十岁，日子还长着呢，就开始主动去捞，何时是个头呢?严格不知老蔺这代人成为贾主任之后，社会又会怎么样。还有对女人，也能看出老蔺的凶狠。严格给贾主任找女人，有时是俄罗斯女人，或韩国女人；在酒店，于贾主任之前，老蔺竟敢先过一道。过后，还痛快地嘘一口气。严格就知道老蔺平日对贾主任的恭顺，全是假的。但考虑到他是长在埝上的萝卜，老蔺背后干的事情，严格又不敢告诉贾主任。老蔺见了贾主任，还一样恭顺。但老蔺越是这样，严格越畏惧他；对他的畏惧，甚至超过了对贾主任。严格这两天腹背受敌，生意上如临深渊，还拾掇不及，和女歌星的照片又上了报，出了另一场乱子。严格将生活复排了一遍，以为能骗过老婆瞿莉；方方面面都考虑到了，忘记一个钟表和时间，乱子倒惹得更大了。瞿莉先在车上大闹，回家之后，又闹离婚。离婚该闹哇，又突然跑了。她这一手挺毒的。虽然她没说，但大家都知道她有病，现在离家出走，好像是严格逼的。一个病人跑了，你又不能不找。严格这两天先放下一团乱麻的公司，四处寻找瞿莉。但她手机关了，也不知她跑到哪里去了。是在北京，还是去了上海，还是去了别的地方。该问的朋友都问了，没有。这时老蔺给严格打电话，要见严格。这见也许牵涉到生意，严格又不能不来；于是先放下瞿莉，来见老蔺。饭桌上，老蔺一直没说什么，只是低头涮肉。严格弄不清他的来意，也不好打问。一直等老蔺两盘肉落了肚，头上脸上出了汗，放下筷子，抽烟休息；严格才试探着问：

"这两天忙吗？"

老蔺没理这茬儿，从包里掏出一张报纸，摊在桌上。这张报纸，就是昨天登有严格和女明星照片的那张报纸。老蔺打了个饱嗝，用筷子点那照片：

"你可真行，听说昨天，将好好的生活，又复排一遍。"

见是说这事，严格松了一口气；摇头叹息说：

"没骗过我老婆，又惹出新的麻烦。"

将老婆离家出走，四处找不着她的情况说了。老蔺笑着听完，突然敛了脸色：

"复制的，为了骗你老婆；原版的，你要干吗?你给这拍照的多少钱?贾主任看了，很不高兴。"

严格见老蔺说这话，知道事情瞒不过老蔺。事情的第一层没有瞒过，事情的第二层也没有瞒过。原来，严格复排生活是为了蒙骗瞿莉；也不纯粹是为了蒙骗瞿莉，是怕把瞿莉这个炸药包点着，引爆另一个炸药包；但原版的照片，却不是被记者偷拍的，而是严格有意安排的。安排人拍这照片不为别的，只为贾主任一个人。严格生意上到了生死关头，贾主任见死不救，严格对贾主任产生了怨恨；怨恨并不重要，还是希望贾主任回头。于是铤而走险，想警告他一下。那个女歌星，三年前就与严格傍着；她能出名，全是严格用钱砸出来的。去年春天，严格带她与贾主任一起吃饭。一顿饭吃下来，贾主任吃得红光满面。饭桌上说起事情，贾主任打着比方，桩桩件件，一二三点，说得都比往常透彻和深入，女歌星听得频频点头；严格便知道贾主任对这女歌星有意。在权势和金钱面前，"性"算不了什么；暗地里，严格便把这女歌星，有意向贾主任推了一把。后来女歌星和贾主任也有了一腿。但两人时间不长，贾主任先放了手。毕竟是宦海沉浮的人，知道事情须适可而止。但时间虽短，不等于没事。现在严格两个月见不着贾主任，便将女歌星骗出家门，雇了一个人，偷偷拍了一张照片。本想悄悄把照片寄给贾主任，给他提个醒，没想到拍照的叛变了，把它卖给了报纸。说起来，这人叛变也不是冲着严格，拍照之前，他并不知道被拍的人是谁，后来见是女歌星，一个厌食症在吃烤白薯，觉得卖给报纸，赚的钱更多，便卖给了报纸，让严格也措手不及，接着又引出瞿莉一场事。但祸兮福焉，没想到贾主任见了报纸，让老蔺约了严格。严格听老蔺说贾主任很生气，心里不但不忧，反倒有些庆幸，这照片就没白拍。响鼓不用重槌。老蔺摊牌了，严格也不好再遮着掩着，对老蔺解释说：

"见报，真不是有意的。"

接着将拍照的叛变的事解释一番。又说：

"其实事情很简单，让贾主任再给那谁打一招呼，让银行拆给我两个亿，我也就起死回生了。"

老蔺冷笑：

"你再扯？就你这烂摊子，是一个亿两个亿能救回来的吗？"

老蔺的眼镜被火锅熏上了雾气，摘下擦着，叹口气：

"主任不是不救你，这仨月，他日子也不好过，有人在背后搞他。"

严格吃了一惊，不知这话的真假。但凭对贾主任和老蔺的判断，十有八九是个托词。严格急了：

"船破了，凭啥把我一人扔下去呀? 只要银行一起诉，我知道我该去哪儿。"

手往脖子上放了一下：

"说不定，连它也保不住。"

指指报纸：

"如果你们见死不救，我也就不客气了；能让一个厌食症去吃烤白薯，就能让她把跟主任的事说出去。"

老蔺倒不怵：

"这事吓不住谁。让她说去吧，顶大是一绯闻。"

严格见老蔺油盐不进，有些生气了；生气倒也是假的，生气是为了进一步摊牌。严格将那报纸夺过来，"刺啦""刺啦"撕了：

"这也只是一警告。不听，我也只好破釜沉舟了。"

接着从口袋掏出一 U 盘，放到桌子上：

"里边的内容，分门别类，也都给编好了。"

老蔺倒吃一惊：

"里面是什么?"

严格：

"有几段谈话，这么多年，谈的是什么，你也知道。还有几段视频，标着年月日，都是孝敬主任和你的场面。还有主任跟俄罗斯和韩国小姐，在酒店那些事。顺带说一句，从时间上看，你跟这些小姐在一起，都在主任前边。"

这是老蔺没想到的，脸上，脖子里又开始出汗，接着看严格：

"你可真行，来这一套。"

严格点一支烟：

"也不是我拍的，是我一副手偷干的。俩月前他出了车祸，从他电脑里发现的。他本想要挟我，没想到最终帮了我。"

轮到老蔺不知这话的真假。严格继续在那里感叹：

"真是深渊有底，人心难测。这人生前，我对他多好哇，什么话都跟他说，关键的事，都交给他办，没想到，你平日最信任的人，往往就是埋藏在身边的定时炸弹。"

又说：

"不过，现在物有所用，他也算死得其所。"

老蔺拿起那 U 盘，在手里把玩。严格：

"送你吧，也拿回去让主任看看，我那儿还有备份。"

也算刺刀见红。严格本不是这样的人，严格也看不起这样的人，刺刀见红的人，都是些大胖子；没想到事到如今，自己也变成了这样的人。令严格没想到的是，老蔺并没接这招，突然将 U 盘扔到了火锅里。U 盘裹着肉，在火锅里翻腾。

第十章

韩胜利

刘跃进丢了包，差点儿自杀。这回不是演戏，是真的。腰包里有四千一百块钱。这钱是他的命。但他自杀却不是为这钱，而是包里另有东西。身份证，电话本，一张纸上记着这月工地食堂的大账；正面是菜米油盐的正常流水，背面是在集贸市场讨价还价的差额；这些杂七杂八的东西就不说了，问题是，包里还有一张离婚证。与前妻黄晓庆离婚六年了，这张离婚证刘跃进一直留着。离婚证本是墨绿色，六年过去，已变成黑色。腰包随着刘跃进走，刘跃进长年累月在厨房里，腰包油腻了，这张离婚证也被油烟浸黑了；不但浸黑了，也变重了。按说，婚都离了，留张离婚证没用，除了看到它糟心；正是因为糟心，刘跃进才把它留下。有时半夜醒来，还拿出来看一看，接着自言自语：

"成，可真成。"

或者：

"这仇，啥时候能报哇。"

就像老地主夜里翻出变天账一样。但变天账丢了，刘跃进也不会自杀，他也知道，这仇，这辈子是无法报了。问题是，离婚证里，还夹着一张欠条。欠条上，有六万块钱。六年前，黄晓庆提出离婚，刘跃进向李更生提出六万块钱精神补偿费。李更生这回倒痛快，说：

"只要离婚，给钱。"

刘跃进知道这痛快不是冲着自己，而是冲着黄晓庆，冲着黄晓庆的腰。但李更生又说，六万给，但当时不给，六年后给；刘跃进六年不闹事，这钱才是刘跃进的；六年中闹事，钱就自动没了；闹，等于闹刘跃进自个儿。还说：

"成就成，不成就算。"

为了这六万块钱，刘跃进只好说成。李更生便给刘跃进打了一张欠条。欠条上，写着六年不闹事的条款。过后刘跃进才明白，自个儿在数目上，犯了大错。离婚时争儿子，刘跃进把儿子争到手，黄晓庆主动说，每月给儿子四百块钱抚养费，刘跃进意气用事，把这钱拒绝了；当时觉得李更生和儿子是两回事，才收下这么张欠条；几年后才明白，钱就是钱，出处并不重要。何况一个是欠条，一个是现钱。四百块乘以六年，也小三万块钱呢。越是这样，刘跃进越觉得这六万块钱重要。六万块钱身上，还背着三万块钱的包袱呢。现在离欠条到期，还差一个月。但在大街上听曲儿，没招谁没惹谁，"哐当"一下，包被人抢走了。包没了，离婚证就没了；离婚证没了，欠条就没了；欠条没了，再找李更生要钱，这卖假酒的能给吗？当年捉奸在床，刘跃进占理，李更生打了刘跃进一顿不说，还光着屁股，蹲在椅子上吸烟；现在欠条没了，李更生的反应，刘跃进现在就能想到，不还钱还是小事，接着会说：

"是丢了吗？本来就没有！"

或者：

"穷疯了？讹人呀？"

当时写这欠条，前妻黄晓庆也知道，现在欠条没了，黄晓庆可以作证；但黄晓庆已不是自己的老婆，成了别人的老婆，现在的刘跃进，对她又成了别人，她会一屁股坐到别人那头吗？六年之中，刘跃进仅见过黄晓庆一面。去年夏天，刘跃进从北京回河南，收地里的麦子；收罢麦子，又从河南来北京工地当厨子。到了洛阳火车站，买过车票，蹲在广场上候车。天热，渴了，没舍得买矿泉水，走到广场旅社前；广场旅社前，有一洗车铺；蹲下，就着人家的水龙头，喝了一肚子水。这时一辆奥迪停在旁边，车里下来两个人，一个是李更生，一个是黄晓庆，两人不知又到哪里去卖假酒，也来坐火车。李更生没发现刘跃进，黄晓庆下车之后，吩咐开车的司机回去每天喂狗，转过脸，看到了握着橡皮管的刘跃进。刘跃进不由自主站了起来，但黄晓庆看到刘跃进，却没跟刘跃进说话，随李更生进了车站。大家已经是陌路人了。刘跃进把欠条丢了，她会帮陌路人吗？如无人帮他，刘跃进等于把钱也丢了。这六万块钱对李更生不算什么，放到刘跃进手里，却要了他的命。他在六万块钱身上，还有好多想法呢。钱的来路虽然说不出口，但有这欠条在身上，却让刘跃进活得踏实。生活也有个盼头。六年到了，六万块钱就到手了。有时也是个武器。儿子在电话那头跟刘跃进急：

"咋还不寄钱呀，你是不是没钱呀？"

刘跃进可以理直气壮地说：

"没钱？别的不敢说，六万还有。"

儿子：

"那还等啥？寄吧。"

刘跃进：

"存着呢。定期。"

六万块钱，既给他壮着胆，也给他托着底。现在陡然一丢，丢的就不光是钱，还有心里那个底；如同楼板突然被抽掉了，"吧唧"一声，刘跃进从楼上摔了下来。包被贼偷走，撵了一阵贼，也没撵上；从服装市场出来，刘跃进蹲在大街上，脑子里一片空白。就像六年前，老婆被人搞了；感到再一次没了活路。从街上回到工地，刘跃进都不知是怎么回来的。到了工地，丢包的事，刘跃进没跟任何人讲。讲也没用。就是想讲，也无法讲。能讲包里的四千一百块钱，咋讲离婚证和欠条呢？老婆被人搞了，打下这么个欠条；现在欠条丢了，等于老婆被人白搞了；丢包是个窝囊事，这么一讲，又变成了笑话。只能憋在心里不说。这时不埋怨别人，就怨自己爱管闲事。本来是去邮局寄钱，听到卖唱的老头唱《爱的奉献》，过去纠正人家，让他唱《王二姐思夫》；如果当时专心寄钱，也不会出这岔子；老头唱的曲儿改了，自己的包丢了；别人是手贱，自个儿是耳朵贱，丢包活该。胡思乱想到晚上，突然想自杀。脖子上，再一次感到绳子的甜味。在工地上吊，倒不费劲，四处是钢梁架子，不愁没地方搭绳子；就是不去工地，在食堂，食堂棚顶的木梁，也经得起刘跃进的体重。但刘跃进没有自杀。没自杀不是想得到做不到，而是突然想起，那人抢过他的包，窜出一箭之地，又扭脸看了刘跃进一眼，对刘跃进一笑，接着又跑了。不为钱和欠条，仅为这一笑，刘跃进在自杀之前，先得找到这贼，把他吊死。

把他吊死，自个儿再上吊不迟。或者，能找到他，也就不用上吊了。

但大海捞针，单凭刘跃进，哪里能找到抢包的贼?刘跃进这才想起警察，慌忙跑到派出所报案。值班的警察是个胖子，天不热，一头的汗。刘跃进说着，他坐在桌后记着。包里的东西不多，但头绪多。说着说着，刘跃进说乱了，他也听乱了;这时停下笔，任刘跃进说，也不记了;对刘跃进说的，似乎不信。不信不是不信刘跃进丢了包，而是刘跃进说到离婚证和欠条那一段，他张嘴打了个哈欠。刘跃进还要急着解释，警察合上嘴，止住刘跃进:

"听懂了，回去等着吧。"

但警察等得，刘跃进哪里等得?刘跃进:

"不能等啊，那张欠条，他要扔了，我就没活路了。"

看刘跃进着急的样子，警察似乎又信了。但他说:

"我手头，还有三桩杀人的案子，你说，到底哪个重要?"

刘跃进张张嘴，没话说了。离开派出所，刘跃进知道警察对他没用了。这时想起了韩胜利。韩胜利平日也小偷小摸，和这行的人熟;说不定找到韩胜利，倒很快能找到这贼和腰包;比起找警察，倒是一条捷径。于是去找韩胜利。韩胜利见刘跃进主动找他，以为是来还钱，以为是他上次包着脑袋，威胁刘跃进起了作用，等刘跃进说他自个儿的腰包丢了，让他帮着找贼，马上失望了。待刘跃进说包里有四千一百块钱，韩胜利又急了：

"刘跃进，你人品有大问题呀。有钱，宁肯让人偷了，也不还我，让我天天躲人，跟做贼似的。"

待刘跃进又说出离婚证和欠条的事，刘跃进以为他会笑；韩胜利没笑，但也没同情他，而是往地上跺脚，愣着眼看刘跃进：

"刘跃进，你到底算啥人呀？"

又说：

"你这么有城府，咋还当一厨子呢？"

又感叹：

"我说我斗不过你，原来你心眼比我多多了。"

刘跃进见韩胜利把一件事说成了另一件事，忙纠正：

"胜利，你叔过去有对不住你的地方，咱回头慢慢说，赶紧帮叔找包要紧。"

事到如今，韩胜利倒不着急了，端上了架子：

"找包行啊，帮你找回来，有啥说法？"

刘跃进：

"包找到，马上还钱。"

韩胜利白他：

"事到如今，是还钱的事吗？"

刘跃进见韩胜利乘人之危，有些想急；但事到如今，有求于人，在人房檐下，不得不低头，又不敢急；想想说：

"找到，欠条上的钱，给你百分之五的提成。"

韩胜利伸出右手的拇指和食指，比了个"八"字。刘跃进见他得寸进尺，又想急；但急后又没别的办法，只好认头：

"给你六，你可得帮我好好找。"

韩胜利：

"空口无凭。"

刘跃进只好像当年李更生给他打欠条一样，又给韩胜利写了个欠条。如包找到，给韩胜利百分之六的提成云云。六万块钱的百分之六，也三千六百块钱呢。刘跃进又一阵心疼。韩胜利收了欠条，问：

"腰包在哪儿丢的？"

刘跃进：

"慈云寺，邮局跟前。"

韩胜利这时一顿：

"哎哟，你丢的不是地方。"

刘跃进：

"咋了？"

韩胜利：

"那一带不归我管。前两天就因为跨区作业，被人打了一顿，还倒贴两万罚款。这道儿上的规矩，比法律严。"

刘跃进见煮熟的鸭子又飞了，慌了：

"那咋办？"

韩胜利瞪了刘跃进一眼：

"还能咋办？我只能帮你找一人。"

第十一章

曹无伤　光头崔哥

　　曹哥本名曹无伤，河北唐山人，长脸，今年四十二岁。曹无伤来北京五年了，一直在北京东郊集贸市场杀鸭子。曹无伤的鸭棚不算小，四十多平米，过去是个洗车棚，改成鸭棚，水管倒是现成的。唐山产鸭子，河北白洋淀也产鸭子，北京怀柔、密云，也有养鸭子的。曹无伤一开始杀白洋淀的鸭子，后来杀唐山的鸭子，后来怀柔、密云的鸭子也杀。但门口的标牌永远是："白洋淀土鸭"。曹无伤患沙眼，青光眼，又患白内障，十步之外，一片模糊；与刘跃进在老家监狱的舅舅牛得草，大体一个毛病。刘跃进初见曹无伤，马上感到亲切。如曹无伤只是一个杀鸭子卖白条鸭的，永远是曹无伤；但他在五年之中，成了北京东郊贼的领袖，这时就不是曹无伤了，成了曹哥。在圈里，大家都知道曹哥，不知道曹无伤。曹无伤打小到现在，没偷过东西；就是如今想偷，也晚了，眼前一片模糊，弄不清人在哪儿，东西在哪儿。但一个眼前模糊的人，管着一帮眼快、手快和脚快的人。曹哥的鸭棚，成了小偷的训练营和大本营。但曹哥每天仍心平气和地杀鸭子；管理小偷，似乎是顺路捎带。五年前来北京时，曹哥和小偷还不沾边；但几个唐山同乡工作之余，常到曹哥的鸭棚来玩。小偷间，常因为生意和地盘火并，曹哥杀着鸭子，与他们排解过几次；几次即将发生的流血事件，都因为曹哥的调解，化干戈为玉帛。各路小贼，都佩服曹哥。下次遇到流血事件，还来找他。不知不觉中，曹哥成了贼的头目。地盘渐渐扩大，别的省市的小偷，开始与河北唐山的小偷火并；但是别的地方的小偷都是单兵作战，乱枪打鸟，背后没有曹哥；曹哥运筹帷幄之中，决胜千里之外，几次火并之后，唐山小偷的地盘越来越大，其他地方的散兵游勇或作鸟兽散，或改换门庭，直接投靠了曹哥。曹哥的队伍，越来越壮大。这时曹哥才露出他的真面目，原来他在唐山不是杀鸭子的，大专毕业，是个读书人。本在唐山郊区一中学教书，因患了沙眼、青光眼和白内障，看不清黑板，也看不清学生，便离开学校，到唐山一集贸市场卖鱼。除了卖胖头，也卖草鱼、白鲢和鲫瓜子。曹哥养的一只八哥，整天跟曹哥学话。曹哥唐山口音，八哥也唐山口音。曹哥在家教了八哥许多好话，如"来了""吃了吗""恭喜发财"等；后来曹哥把它带到集贸市场，集贸市场人多嘴杂，八哥又学会许多坏话，如"×你妈""找抽哇""去死吧"等。八哥恋曹哥，曹哥不怕它飞了，便不把它关在笼子里，就让它在鱼摊周围乱飞。这天曹哥去城外进鱼，曹哥老婆和八哥在集贸市场卖鱼。集贸市场有一卖炒货的老张，老张老婆来买鱼。因为秤头高低，老张老婆与老曹老婆吵了起来。八哥见有人与自家人吵架，张嘴骂道：

"×你妈！"

"找抽哇？"

"去死吧！"

老张老婆见八哥骂她，跳起身去打八哥；八哥飞了，老张老婆脚下一滑，一屁股跌坐在鱼池前的泥水里。老张老婆火了，爬起来，抄起一鱼砧，将老曹家的鱼池砸了。老曹家的胖头、草鱼、白鲢和鲫瓜子，在地上乱蹦。老曹老婆也火了，扑上去，将老张的老婆捺在泥水里，骑到她身子上，结结实实抽了她几耳光。这时老张来了，一把揪住老曹老婆的头发，还了几耳光不说，还用鱼抄子将八哥捕到，一下把八哥的头拧掉了。这时曹哥进鱼回来，别人砸他的鱼池他不急，别人打他老婆他也不急，一下把他八哥的头拧下来，曹哥急了。曹哥抄起一酒瓶，砸向老张。原也只是出口气，没想伤人；正因为眼前一片模糊，这酒瓶不偏不倚，砸在老张头上；老张应声倒地，头上"汩汩"冒血。曹哥以为砸死了人，趁着人乱，带着老婆孩子，逃离集贸市场，又连夜逃到北京，在东郊集贸市场，开了个鸭棚。一个月后，听说唐山卖炒货的老张没死，就是淌了一碗血。老婆孩子闹着回唐山，曹哥在北京待了一个月，倒待服了，觉得北京比唐山好，于是把老婆孩子打发回去，一个人继续在北京杀鸭子。原想只杀些鸭子，没想到无意之中，成了一个团伙的领袖。不当这领袖曹哥只想着杀鸭子，当着当着，似乎找到了另一种感觉。曹哥眼睛没坏之前，读书用功着呢；读着读着，也胸有大志。读《史记》，觉得自己像张良；读《三国志》，觉得自己像孔明；读《水浒》，觉得自己像吴用；吴用也是个乡村教员。书读罢，又掩卷叹息，怪自己生不逢时，大专毕业，只在学校教些顽皮孩子；讲课他们似乎听懂了，又似乎没听懂；后来又到集贸市场卖鱼，也是无人说话，才养八哥。还多亏与人打架，来到北京，杀着鸭子，入了盗窃团伙，使英雄终于有了用武之地。不生在乱世，成就不了一番大业，只好和些小毛贼，比画着去取另一番天地。贼们偷的是钱，曹哥领导他们却不仅为钱。同是眼前一片模糊，曹哥与刘跃进的舅舅牛得草的区别是，牛得草当年走到街上，熟人敢上去抹他的脖子；曹哥走在街上，不说前呼后拥，起码有几个小弟兄替他看路。

每天卖完鸭子，曹哥也与一帮小弟兄推推麻将。曹哥眼神不济，摸一张牌，要凑到眼睛上看半天。如换别处别人，同桌三个人早急了；这里的人不急，还抢着说：

"曹哥，不急。"

或者：

"曹哥，我这儿缺三条，千万别打三条。"

曹哥能有今天，说起来也因为一只八哥。尘埃落定，曹哥又养了一只八哥。为了不让八哥学坏，这回曹哥教了八哥几句话后，就用蜡将八哥的耳朵封上了，关进笼子。所以这只八哥只会说，不会听。八哥见人打招呼，永远只是三句话：一、"有话好说"，二、"和为贵"，三、"都不容易"。

曹哥早年毛笔字写得好，又写了一副对联，贴在鸭棚左右墙上：

　　一灯能除千年暗
　　一智能破万年愚

众小偷看了，不明白是啥意思；没人说好，但也没人说不好，就在那里挂着。

韩胜利领着刘跃进，穿过集贸市场来到鸭棚，曹哥正倚在一张太师椅上，用放大镜看报纸。看几行字，用一团卫生纸擦一下沙眼淌出的眼泪。墙角一个小胖子，正拿刀杀一鸭子。一看就是新手，刚来鸭棚；杀鸭子背着脸，一刀下去，鸭脖子"呼"地喷出一腔血，鸭子一弹蹬，血没喷到地上塑料盆里，横着一转弯，喷到墙上；小胖子慌了，忙摁鸭头，血又一转弯，喷了曹哥一报纸，也溅了曹哥一手。棚里有一光头，正看电视，电视里正走着一群光腿模特儿；光头放下模特儿，上去踹了小胖子一脚：

"妈拉个×，这下明白了吧?连个鸭子都不敢杀，还想上街?"

曹哥倒没急，扔下报纸，用擦沙眼的卫生纸，擦着手上的血，止住光头：

"想早点上街，也是好事。"

又和蔼地问小胖子：

"洪亮，街上都是啥?"

叫洪亮的小胖子愣在那里，想了想说：

"人。"

曹哥叹口气：

"那是你妈教你的，我告你，街上都是狼。"

光头啐了洪亮一口：

"出门吃了你!"

洪亮不敢再说什么，又去笼里抓鸭子。笼里的鸭子吓得

"嘎嘎"叫。韩胜利没敢进门,扒着门框喊:

"曹哥,忙着呢。"

曹哥看不清鸭棚门口;看来跟韩胜利也不熟,也没听出他的声,只是把头转向门口:

"谁呀?"

韩胜利:

"胜利,河南的胜利。"

曹哥似乎想起来了:

"胜利来了。"

韩胜利:

"曹哥,给您说一事,我一亲戚,在慈云寺落一包;我想着,那儿都是您的人。"

看来这话曹哥不爱听,皱了皱眉:

"也不能说是我的人,都是老乡,认识。"

接着拾起另一张报纸,拿放大镜看起来,不再理人。韩胜利和刘跃进有些尴尬。几只杀过的鸭子,还在地上扑棱。光头将这几只鸭子,扔到褪毛滚筒机里;滚筒机里的热水,冒着蒸气;接着推上电闸,滚筒机转动起来。这时光头拍拍手,来到门口:

"包里多少钱呀?"

韩胜利:

"崔哥,四千一。"

刘跃进在韩胜利身后跟着叫：

"崔哥，不为找钱，包里，有一信物。"

忙又说：

"偷我那人，脸上长一块青痣。"

光头崔哥没理这些啰唆：

"交一千定金吧。"

韩胜利看刘跃进，刘跃进愣在那里。他没想到，自己丢了包，找回来还得交钱。但想着这必是行里的规矩，不敢再问，慌忙从口袋里往外掏钱；但哪里还有整钱，也就是些十块五块的零票。凑起来，不过一百多。光头崔哥皱眉：

"是真想找，还是假想找？"

刘跃进：

"崔哥，身上就这么多，我马上回去给你借。"

这时曹哥从报纸上仰起脸，看着门口，想说什么；他头顶笼子里的八哥，刚才一直在睡觉，这时醒了，张口说了一句：

"都不容易。"

曹哥看看八哥，点头：

"是这意思。"

光头崔哥收起这钱，又去看电视。刘跃进忙向鸭棚里，似是对八哥，也是对曹哥：

"谢谢，谢谢啦。"

第十二章

瞿　莉

瞿莉被严格找到了。瞿莉离家出走，并没有去上海或别的地方，仍待在北京。这些情况，严格其实都知道。如想找到瞿莉，严格一开始就能找到，只不过假装找不到；找不到，仍假装在找。能找到瞿莉并不是严格掌握瞿莉许多线索，而是给瞿莉开车的司机，被给严格开车的司机收买了。也不能说是收买，是控制。瞿莉的司机，是严格的卧底。

给瞿莉开车的叫老温。说起来，老温还是严格司机小白的师傅；老温在北京机控车床厂开大货车时，小白给他打下手。小白能来给严格开车，还是老温介绍的。严格在北京南郊有一个马场，小白刚来时，并不是给严格开车，而是去马

103

场喂马。这时北京机控车床厂倒闭了；给严格喂马，比在车床厂拿的工资还高，小白也很喜欢。三年前端午节那天，严格吃过粽子，和一帮朋友来马场骑马。严格养一匹荷兰赛马叫"斯蒂芬"，母马，性格温顺，善解人意，严格总喜骑它。骑在它身上，"嘚嘚"走着，说快就快，说慢就慢，嘴动腿动，"两人"之间的默契，使严格想起与有些女人在床上的时候。但这马、这人并不多见。这天严格喝了点儿酒，骑着"斯蒂芬"在马场遛圈。其他朋友骑着其他马也在遛圈。边遛，边说些闲话。北京南郊有一军用机场，天上常飞战斗机，这天也起飞几架，在天上兜圈训练，大家也没在意。但突然，一架战斗机练习俯冲，紧贴着马场飞了过去，尾巴上还拉着红烟；草地上的草，次序伏倒在地。大家吃了一惊，其他马没事，独独"斯蒂芬"惊了。惊不是惊战斗机，而是惊战斗机尾巴里拉出的红烟。也是严格大意了，别的马都戴着护眼，严格觉得"斯蒂芬"温驯，这次没戴，恰恰就出了事。"斯蒂芬"一开始是惊，接着是疯，在马场横冲直撞，专门冲人和物去。一起来的朋友或惊呆了，或赶忙跳下马，躲到了马厩。几个驯马师也没经过这场面，由于猝不及防，也愣在那里。唯有新来的小白，正在马厩里铡草，从马厩冲出来，拉住"斯蒂芬"的缰绳。"斯蒂芬"拖着他跑，将他拖倒在地，他仍不松手，身子拖着地，被"斯蒂芬"拉着跑。直到"咣当"

一声，小白撞到一棵大树上，肋骨被撞断四根，"斯蒂芬"才停了下来。小白在医院住了三个月。出院，不再喂马，成了严格的司机。

老温今年四十八岁，祖籍湖北，早年当过兵，转业后留到北京。老温为人仗义，不贪钱财；但他有一毛病，那么大岁数了，好色。这毛病不是现在才有，年轻时就有。在北京机控车床厂时，就因为和单位一个女会计纠缠不清，被那会计的丈夫打豁了嘴。如今在严格家开车，和严格家一个安徽小保姆，又偷偷摸摸摸索上了。去年春天，这小保姆偷了瞿莉一些首饰，戒指、项链、耳环等。东西倒不是一天偷的，前后分一个月。但这些首饰不是一般的首饰。戒指上镶着蓝宝石，项链上镶着祖母绿，耳坠上，也滴溜着钻石。折合起来，值十几万块钱。但小保姆就住在严格家，偷过，无放处，便交给老温。老温并不赞成她偷，怕出事；但安徽小保姆不听他的，说瞿莉的首饰不计其数，偷了她也不知道；老温也奈何她不得。老温将这些首饰带回家，悄悄放到暖气算子里。一个月过去，瞿莉突然发现自己的首饰丢了，怀疑是小保姆干的；但家里有三个小保姆，弄不清哪个是贼。搜了三个小保姆的房间，没有；久而久之，事情也就淡了。这年国庆前一天，老温老婆在家里打扫卫生，突然在暖气算子里摸出几件首饰。发现宝石应该高兴，但老温老婆并不认识宝石的真假，以为是从地摊上买的假货。东西真假并不重要，一看是女人的东西，老温老婆便认定老温在外边又和别的女人勾搭；这些假首饰，是老温买给那野女人的。说勾搭野女人并不冤枉老温，只是这勾搭不是那勾搭。老温晚上回到家，老温老婆便与他大闹。老温一时也无法解释。老温老婆火气上来，除了把首饰摔了，还把家里的电视机砸了。每年国庆节前一天，小白都要看一下师傅；这习惯还是在机控车床厂养下的。这天小白扛了一箱饮料，提了一篮水果，又来看老温，正好遇上这场面。看到摔到地上的首饰，小白马上明白了怎么回事。但小白佯装不知，劝解一番，也就回去了。但第二天，小白开车跟严格出去的时候，在车上，悄悄将这事告诉了严格。背后毁人并不是小白的本意，何况毁的是自己的师傅；但老板和师傅，谁对自己有用，小白心里有数；何况他怕老温老婆将事闹大，瞿莉和严格知道了，再连累上自己；自己毕竟是老温介绍来的；将事情说到前边，也争取个主动。说后，他以为严格会急，接着将老温赶出家门；谁知严格听后，倒嘱咐小白不要声张，就当这事没有发生。严格这么做，小白以为是严格忠厚，老温在严格家干了这么多年，不忍翻脸，给老温一个改正的机会；谁知严格不是这意思，是为了让小白借此摆平老温，用"知道"收买老温，接着控制老温，老温在给瞿莉开车，从此让老温在瞿莉身边，当一个"卧底"。

106

从此瞿莉的一举一动，从老温到小白，又到严格，便可知道得一清二楚。严格这么做的初衷，本是明细瞿莉的一举一动，好给自己与其他女人的来往，留出一个安全的空间；但没想到它的用处不止这些，遇到其他事，严格也有了回旋余地。这时严格感叹：

"古人说得好，与人方便，自己方便。"

又感叹：

"这就是孟尝君结交鸡鸣狗盗之徒的用处。"

这些话，小白听得懂，但又听不懂。懂不懂，对他用处不大；只要老板高兴，小白就能坐稳自个儿的位置。这次瞿莉离家出走，瞿莉以为自己三天来的行踪只有自己和司机知道；还专门交代老温，不许告诉任何人；但她不知道，她的一举一动，老温马上打电话告诉了小白，小白马上告诉了严格，严格只是佯装不知，在继续寻找。严格这么做有两个目的：一是让瞿莉继续出走，弄清她到底要干些啥；同时也给自己留出时间；这次留出时间不是为了女人，而是用来处理他和贾主任和老蔺之间的事。据老温报告小白，小白报告严格，三天来，瞿莉先后去了八个地方，时间有白天，也有晚上；地点有酒店，有别人家，也有郊区和洗浴中心。严格问：

"都见了些什么人？"

小白：

"她进去的时候，都让老温在外边候着，是些什么人，老温也没见着。"

这时严格倒觉得有些蹊跷。蹊跷不是蹊跷瞿莉出走，四处见人，而是她见人的目的，好像跟严格和女歌星的事毫无关系。出走是为了这件事，出走后并不纠缠这事，好像另有企图，倒让严格心中不安。另外的企图到底是什么，严格一时也想不明白。

这边跟踪瞿莉没有结果，那边和贾主任和老蔺的事也在悬着。严格自和老蔺在火锅城见面，拿出 U 盘向老蔺摊牌后，贾主任那边一点儿回音也没有。严格知道，老蔺与严格见面后，会马上把见面的结果向贾主任汇报。虽然当时老蔺把 U 盘扔到了火锅里，好像毫不在意，但严格知道，那不过是虚张声势；见到报上严格和女歌星的照片，贾主任就慌了手脚；现在知道有个 U 盘在别人手里，贾主任肯定会大吃一惊。但把 U 盘抖搂出来，贾主任反倒沉默了。严格知道，不是在沉默中爆发，就是在沉默中灭亡。但严格又知道，事情没这么简单；抖出 U 盘，和抖出女歌星的事，性质完全不同。抖出女歌星的事，只能伤及贾主任的皮肉，正像老蔺说的，大不了是桩绯闻，伤不到他的筋骨；而 U 盘里的事抖出来，却能要了贾主任的命。贾主任不会坐以待毙，让事情就这么向深渊滑下去。这些事没发生之前，严格常请贾主任打高尔夫。一次打着打着，贾主任要撒尿。严格要开电瓶车送贾主任去厕所，贾主任说：

"不劳大驾。"

走出两步，转过身，解开裤扣，掏出家伙，就对着草地直接滋。严格也只好掏出家伙，陪他撒尿。这是严格第一次陪贾主任撒尿。不撒不知道，一撒吓一跳。也是憋得久了，贾主任尿线之粗，之浑浊，对草地冲击之重，尿味之臊，一闻就是老男人的尿；但又不同一般老男人的尿；它弥漫之有力，之毫无顾忌，让严格感到，贾主任温和之下，不但藏有杀气，似乎还有第三种力量。通过一泡尿，严格明白自己还嫩，不是贾主任的对手。但严格将球打给了贾主任，只能等着贾主任回球。在贾主任挥杆之前，严格也束手无策。他也不想走到大家共同毁灭的地步。扯出女歌星和U盘，只是为了挽回大家过去的关系。严格与贾主任事情的悬着，比严格与瞿莉关系的悬着，更让严格揪心。严格揪心的时候，爱拼命吃菠菜，就像瞿莉烦心的时候爱吃汉堡包一样；直到吃得肚圆，紧张才能缓解，才能舒心地嘘一口气；只不过汉堡包胖人，菠菜不胖人。这天严格正在吃菠菜，吃到一半，还没舒心，司机小白给他打电话，说瞿莉的司机老温给他打电话，说瞿莉现在正在银行。一听瞿莉去了银行，严格从沙发上"噌"地跳了起来。银行和钱连着。她去银行，就和去别

处找人不一样。严格终于明白了瞿莉的意图。严格不能再假
装寻找了，忙让小白开上车，去了那家银行。在银行门口，
堵住了瞿莉。三天没见，瞿莉似乎变了。瞿莉过去是个遇事
搂不住火的人，为做一个头发，跟小区周边的美发店吵遍
了；现在遇到这么大的事，她倒沉住了气；她没有因为这事
更粗暴，人倒变得更温和或者有些文雅了。瞿莉过去胖，三
天不见，似乎也变瘦了。她的变化，比她的态度，更让严格
摸不着头脑。瞿莉见到严格，既没有感到意外，也没有发火。
严格：

"咱们谈谈吧。"

瞿莉也没说不谈，只是用手指，轻轻指了指旁边的咖啡
馆。两人在咖啡馆坐下，严格想把话往回说。话往回说，就
不能像平常那么说，就不能再说些漫无边际的假话，总得有
些干货或硬通货；于是严格搓着手，把自己跟女歌星的关系
如实交代了。说完又说：

"跟这些人，有事，没感情。"

又说：

"都是逢场作戏，都是完事就走，没在一起，睡过一夜。"

他以为瞿莉听后会发火。如瞿莉发火，严格的目的就达
到了。两人就可以沿着女歌星这条路，趁着愤怒的翅膀，顺
原路折回到原来。但瞿莉没上严格的当，既没发火，对这事

似乎也不关心；好像在听一件别人的风流韵事。看来她已经走得很远了。如仅是这样，说不定事情还可挽救，没想到瞿莉干脆把两人间的把戏拆穿了。瞿莉用银勺搅着杯里的咖啡，低头说：

"严格，别再拿男女间的事说事了。咱俩的事，比男女间事大。"

说这话的时候，瞿莉眼里憋出了泪。正因为憋出了泪，说完这些，瞿莉长出了一口气，似乎轻松了。一件物什，就这么拆了；一盆水，就这么泼到地上了。事情或人，露出了真相和底牌，事情也就无可挽回了。见瞿莉摊牌，严格也只好换个话题摊牌，就像对老蔺和贾主任一样；严格指指窗外的银行：

"您开始准备后路了，对吧？"

瞿莉也看着窗外：

"夫妻本是同林鸟，大难临头各自飞。"

严格愣在那里。他甚至怀疑，瞿莉多年的抑郁症，也是假的。

第十三章

刘跃进

刘跃进的头被打破了。像前几天来工地要账的韩胜利一样，头上缠着绷带，外边戴一冒牌棒球帽。如是平日挨打，刘跃进不会拉倒；如是别人打的，刘跃进也不会拉倒；打破他头的人，是曹哥鸭棚的人；但这两项都不重要，重要的是，刘跃进得赶紧找包，也就顾不上头，没工夫与打他的人纠缠。

那天韩胜利带他去了鸭棚，托曹哥找包。离开鸭棚，韩胜利与他约好，第二天晚上，两人再来鸭棚听信儿。到了第二天下午，刘跃进动了个心眼，想甩开韩胜利，一人去听信儿。他已经见识了曹哥的威风，他知道曹哥出面，这包肯定能找着。在刘跃进和曹哥之间，韩胜利只是一个牵线的人；现在线头接上了，韩胜利也就没用了。何况曹哥也有白内障，十步之外，一片模糊，刘跃进见到他，像见到了舅舅。那天韩胜利把话说错了，曹哥已经生气了；付定金的时候，刘跃进口袋里的钱不够，光头崔哥不干，曹哥还替他说了好话。如曹哥把包找着了，有韩胜利在，按事先说的，当场就得还韩胜利钱，还有六万块钱的提成。但包里的钱，刘跃进还另有用处。儿子刘鹏举又来电话，说三天到了，因交不上学费，他已经被学校赶出来了。不管这话的真假，听他的口气，火燎屁股，这钱是不能再拖了。还有找包的定金，光头崔哥说要一千，当时被曹哥挡住了；现在钱找着了，他不知光头崔哥那里会不会再出岔子。包丢了，觉得为找包付韩胜利钱是对的；包找到了，又觉得付他钱有些冤。不是欠钱不还，是这钱可以再拖一拖。于是没等到第二天晚上，第二天下午，一个人来到鸭棚。

这回棚里没有杀鸭子，棚里有一帮人，在陪着曹哥搓麻将。那个杀鸭子的小胖子洪亮，在提着茶壶侍候牌局。曹哥干别的事认真，打麻将也认真，于是桌上的人都认真。曹哥摸张牌要凑到眼上看，出牌慢，带得众人都慢。慢也叫认真。牌桌上并无废话。桌上乱七八糟扔着些钱。刘跃进看人正忙着，又皆认真，没敢进去打搅，就在门口候着。待一局下来，桌上响起"呼啦""呼啦"的洗牌声，刘跃进才扒着门框喊：

"曹哥。"

曹哥从牌桌上仰起脸，往门口看；看不清是谁，对刘跃进的声音更不熟，问：

"谁呀？"

刘跃进：

"昨天跟胜利来的，丢包那人。"

蹭进门来。曹哥突然想了起来：

"噢，那事呀，对不住你兄弟，那人没找着。"

刘跃进满怀信心而来，没想到是这么个结果；幸亏手把着门框，才没跌到地上。一个包没找着，对曹哥他们算不得什么；但对刘跃进，却是晴天霹雳，把脑袋都炸晕了。晕间，还在那里思摸。思摸间，忘了说话的场合，只是照着自己的思路在说：

"那人是你的人，咋会找不着呢？"

刘跃进说出这话，曹哥就有些不高兴，就像昨天韩胜利说街上的贼都是曹哥的人，曹哥有些不高兴一样；但曹哥没说什么，只是皱了皱眉。光头崔哥见曹哥不高兴，朝刘跃进喝道：

"你脑子有病啊，他腿上长着脚，咋一准会找着呢？"

刘跃进脑子里一片空白，仍照着自己的思路说：

"那我昨儿的定金，不是白交了？"

突然想起什么，对棚里说：

"别是找着了，你们昧起来了吧？"

又说：

"昧钱事小，包里的东西，还我呀。"

曹哥见刘跃进这么不懂事，叹了口气；对刘跃进仍没说啥，对牌桌上的人说：

"我又犯了个错。"

牌桌上的人见曹哥这么说，有些不解，也有些紧张。曹哥接着说：

"孔子说过，唯小人与女子难养也。"

这话桌上的人没听懂，有些愣怔。曹哥又说：

"从今往后，我不帮人了，帮人就是得罪人。"

这话大家听懂了。懂与不懂并不重要，重要的是，曹哥开始检讨自己，就证明曹哥彻底生气了。曹哥一生气，从来不怪别人，只检讨自己。这是曹哥跟别人的区别。光头崔哥见气着了曹哥，从桌前蹿起，冲到门口，照刘跃进踹了一脚：

"妈拉个×，会不会说话？"

这一脚踹到刘跃进心窝上，刘跃进猝不及防，后仰身，直挺挺倒在地上；鸭棚门口，摞着一筐筐鸭毛；刘跃进倒时，把鸭毛筐也带翻了，鸭毛在鸭棚里，飞了个满天。平日这么踹刘跃进，刘跃进不敢对光头崔哥这样的人计较，踹了也就踹了；现在包、包里的钱和欠条，统统无望了，刘跃进就失去了理智；本来他胆子没这么大，现在也顾不得了；从鸭毛堆里爬起来，没理光头崔哥，抄起案上一把杀鸭刀，往前又蹿了一步，晃着对众人：

"我倾家荡产了，知道不知道？"

牌桌上的人，都愣在那里。愣在那里不是怕刘跃进手里的刀，他们整天杀鸭子，或跟人火并，都是白刀子进去，红刀子出来；而是惊奇刘跃进的反应和态度。曹哥皱了皱眉，推开麻将，出鸭棚走了。光头崔哥见刘跃进搅了牌局和曹哥的心情，又要上去蹿刘跃进；但没等光头崔哥上手，牌桌上另一大胖子，捷足先登，先一脚将刘跃进手里的刀踢掉，又一脚踢在刘跃进小腹上；看他胖，身子竟灵活，踢的是连环脚；连吃两脚，刘跃进的身子先被踢到空中，又落在杀鸭子的案前；身子前冲，头一下磕在案角上，登时就出了血。脑袋一出血，倒让刘跃进清醒了，蜷在地上，不敢再说什么；想想又委屈，捂着脸，"呜呜"哭起来。

刘跃进从曹哥鸭棚回到工地食堂，用绷带把脑袋缠上了。好在磕的口子不大，缠上绷带，血倒是止住了。躺在床上，一夜没睡。包丢了就够倒霉的，没想到又挨了一顿打。挨打该去报仇，可丢了的包，又比挨打事大；时间拖得越长，这包越不好找；又暂时顾不得报仇，还得先找包。可这包接着怎么找，他又犯了愁。警察指不上，曹哥指不上，韩胜利这

116

样的人也是白找，条条道都堵死了，可谓山穷水尽；到了窗户上发亮，刘跃进做出一个新的决定：既然别人都指不上，只好指自己了；别人不帮自己找贼，只好自个儿上街找贼。

第二天一早，刘跃进向包工头任保良请了三天假。但他没说自己丢包的事。一是怕任保良笑话，二是这事从头至尾说起来，两句三句也说不清楚。只说自己在街上被人打了，要去医院看伤。任保良一开始不信，但看刘跃进的头，绷带上浸着血；张张嘴，倒没说什么。刘跃进戴上一棒球帽，骑一自行车上了街。第一个要去的地方，就是自己丢包的邮局门口。邮局转角邮筒前，那个五十多岁的河南老头，仍在拉着弦子唱曲儿。不过不再唱河南坠子，又改回流行歌曲；不再唱《王二姐思夫》，又改回《爱的奉献》。刘跃进倒没心思跟他计较这个，从丢包那天起，他就盼着偷包那贼，又回到邮局门口；于是每天给河南老头两块钱，让他替他盯着。也是昨天刚挨了打，看老头又闭着眼睛，在拼命唱《爱的奉献》，跟没事人似的，刘跃进气不打一处来，上去又喝老头：

"停，停。"

老头睁开眼睛，见是刘跃进，停下唱说：

"你说的那人，一直没来过。"

刘跃进急了：

"你老这么闭着眼睛唱，他来了，你也不知道。我每天给

117

你钱呢。"

老头见他这么说，也急了：

"不就两块钱吗?就把我看死了?我退你还不成吗?"

又嘟囔：

"到底谁有毛病啊，你想他傻呀?偷罢东西，还能再回来?"

刘跃进一愣，觉得老头说得也有道理。但他顾不得与老头理论，再理论也没用，转身骑车走了，另去别的地方寻贼。

刘跃进在街上寻了一天。原想着寻贼就是个寻，待到上了街，到哪里去寻，却是个问题。刘跃进知道贼都有地盘，就算他不回邮局门口，每天出没，大概离邮局也不会远。邮局附近的集贸市场，服装市场，公交站，地铁出口，凡是人多的地方，刘跃进都去了个遍。人多的地方，就是贼容易出没的地方。但一天下来，见到无数的人，却没找到偷他包的那贼。也找到几个人，背影像，一阵惊喜；待转到前边，又不是，一阵失望；或前面也像，但左脸上又没有青痣。待街上的路灯开了，才想起一天下来，只顾找人，忘了吃饭；一天没吃饭，肚子也不觉得饿。本想回去，明天再接着找；但想着晚上也是贼出没的时候，就在路边买了一个煎饼，吃过，又骑车在街上找。转到八王坟一十字街口，地铁里拥出许多人。刘跃进扎上自行车，蹲在路边，细细看这些人，贼没在其中。站起身，又骑车往前走。骑在车上，只顾看左右的行人，没注意前边有一辆轿车，缓缓停在了路边。开车的人打开前门，刘跃进只顾看左右，没留意前边，"哐当"一声，撞到刚打开的轿车前门上。猝不及防，刘跃进一下被摔到马路牙子上。自行车的前轮，马上扭成了麻花，但还努力在空中转。这车是辆"凌志"，开车的是个中年胖子，被吓了一跳。待明白事情的前因后果，下车没管刘跃进，先查看自己的车。车的前门被撞凹进去一窝，后门也被自行车的车镫子，剐下一长道漆。中年胖子马上火了，冲向刘跃进：

"找死呀？"

刘跃进摔到马路牙子上，胳膊腿虽没摔断，后腰被马路牙子硌着了，而且硌在腰眼上，疼得差点儿昏过去。他想爬起来，但没爬起来。待挣扎着坐起来，腿又觉得钻心的疼；拉开裤管，腿上也被撞出一大块青瘀。中年胖子没管这个，只顾吼：

"知我这车值多少钱吗？"

刘跃进疼之外，觉得自己这些天咋这么倒霉，包丢了还没找着，又撞了人的车；一波未平，一波又起；尽是想不到的事，接二连三都找来了。他的第一反应是：

"我没钱。"

中年胖子听刘跃进口音，看他的穿戴，知他是一民工，

119

挥着拳头嚷：

"就是把你家的房子卖了，也得赔我。"

刘跃进揉着腿：

"我的房子在河南，没人买。"

那人还要说什么，一交警骑着摩托，闪着警灯，从这里路过。看这里出了事故，便把摩托停在了路边。路边还停着几辆开往唐山和承德的长途汽车，这些车皆是无照的私车，趁着夜色，在招揽顾客，有人拿着喇叭在喊；看到交警，几辆车慌忙开走了。交警没理这些长途车，关上摩托上的警灯，打量事故现场。他肩上的步话器，不时传出别处的断续的呼叫声。中年胖子跟着交警，愤怒地叫着：

"叫他赔，不然他下次还不长记性。"

交警摘下头盔，露出一国字脸，二十多岁，一看是个新警察。他昨天在四环路处理了一起交通事故；由于没有经验，分别被双方的事主骗了，事故处理得有些乱；把甲方的部分责任，算到了乙方头上；把乙方的部分责任，算到了甲方头上；弄得双方都不满意，今天告到了交通队。队长刚才把他叫到办公室，训了一顿。现在正没好气。如中年胖子平心静气跟他说话，他会再打量一下事故现场；见中年胖子用命令的口吻跟他说话，他马上皱了皱眉。加上中年胖子说这话时，脸贴他很近，口气喷到了他脸上；口气中有些晚饭还没消化的酸臭；这些有钱人，嘴里都酸臭；他们在车里开着空调，风吹不着，雨打不着；自己一天到晚骑个摩托，风吹日晒，在街上吸些尘土和汽车尾气；本来就没好气，这时就更不耐烦了。他先用头盔将中年胖子往远处推了推，事故现场也不打量了，不紧不慢地说：

"谁不长记性了？我怎么觉得怪你呀。"

中年胖子一愣，马上跟交警急了：

"你看清楚，我的车没动，是他撞的我。"

年轻交警看中年胖子：

"这是人行道，是你停车的地方吗？"

中年胖子这才想起，自己停车停错了地方。刚才还气势汹汹，一下偃旗息鼓。他先是支吾：

"我就买包烟。"

忽然又说：

"我认识你们队长。"

不提队长还好，一提队长，年轻交警干脆不理他了，上去看刘跃进。刘跃进这时又倒在马路牙子上，口吐白沫，似乎昏了过去。加上头上本来就缠着绷带，交警以为他伤势严重，扭头对中年胖子说：

"快拉人去医院吧。"

中年胖子慌了，以为真把人撞坏了；或这人在"碰瓷"，要讹自己；顾不上追究别人，转身想开车溜。警察倒喝住他：

"哪儿去？"

中年胖子不敢再动。这时刘跃进见自己占理，从地上又"骨碌"爬起来，原来他口吐白沫是假的。他对交警说：

"我不去医院，叫他赔我自行车。"

年轻交警看中年胖子。中年胖子看看刘跃进，看看交警，又看看腕上的表，从口袋掏出二百块钱，扔到地上：

"这叫什么事呀。"

又瞪了交警一眼，开上自己受伤的车，走了。刘跃进这时对交警解释：

"不是不去医院，还有别的事，顾不上。"

这时年轻交警跟刘跃进也急了：

"别以为你就没事，骑车不看路，想啥呢？"

因年轻交警帮了他，刘跃进便把这交警当成了自己人；也是好几天无人说话，又刚被撞过，有些委屈，便把交警当成了亲人，从自个儿丢包开始，包里都有些啥，如何报案，如何找人，如何自个儿上街找贼；没跟任保良说的话，跟一个陌生人说了。但说着说着乱了，年轻交警也没听出个头绪。只是听他说丢了六万块钱，有些不信，趴刘跃进脸上看了看：

"就会说假话。"

骑上摩托，闪着灯走了。刘跃进愣在那里。

第十四章

青面兽杨志

青面兽杨志这些天有些郁闷。四天前，他在慈云寺邮局前偷了一包。本来那天他不想偷东西，那天他工休。一个礼拜，青面兽杨志偷五天，歇两天；这是他和其他小偷的区别；和大家到公司或单位上班是一样的。但他一般休在周三和周四，周六、礼拜天不休；这是他和上班族的不同。在慈云寺邮局前偷这包，等于加班。同时，慈云寺一带，并不是他的地盘；在这里偷东西，等于跨区作业；而跨区作业，违反行内的职业道德，青面兽杨志一般不冒这种风险。就像人做生意一样，挣钱是没尽头的，须讲个适可而止。青面兽杨志本该这天休息，最后没有休息，加班抢了个包，是被抢那人，那天太可气了。那人身穿西服，挎个腰包，在呵斥一卖唱的老头；青面兽杨志虽然是个贼，最看不得恃强凌弱；又见那人指天画地，指着远处一片 CBD 建筑，说是他盖的；不是大楼的开发商，起码是个小工头。看他的腰包，鼓鼓囊囊，估计里边钱不少。当众欺负人，当众露富，都让青面兽杨志瞧不过去。这才临时加了个班。待腰包抢到手，逃脱那人的追赶，躲到一公厕里，打开腰包，却让青面兽杨志失望。原以为包里起码有几万块钱，谁知只有几千块钱；几千块钱并不是不值得偷，而是跟原来的设想有些落差；剩下的，皆是些乱七八糟的杂物，青面兽杨志也懒得翻。这时才知上了那人外表的当。一个好端端的工休日，被他搅了。从公厕出来，青面兽杨志也就把这事忘了。

但令青面兽杨志没想到的是，这腰包在他身上还没焐热，仅待了三个多小时，就又被别人给抢走了。那天青面兽杨志还另有心事，顾不上别的，这也是他那天不准备偷东西的另一个原因。从公厕出来，先到澡堂洗了个澡，又到"忻州食府"老乡老甘处吃饭。吃饭中，碰到一甘肃女子张端端。如张端端像"鸡"，也就没了后面的事；正因为"鸡"不像"鸡"，才打动了青面兽杨志，与她去做了一回露水夫妻。没想到这是个圈套，两人夫妻正做着，"哐当"一声，门被撞开了，闯进来三条大汉，把青面兽杨志身上的钱，连同那个腰

124

包给抢走了。这个张端端，原来也是个贼。如果只是把钱和腰包抢走，青面兽杨志只好自认倒霉；也算大水冲了龙王庙，自家人不识自家人；问题是，钱被抢走没啥，包被抢走也没啥，当时他正跟张端端做那事，门"哐当"一声被撞开，他被吓住了。人被吓住没啥，胆子被吓住也没啥；胆子吓小了，还可以慢慢长大；问题是：他下边被吓住了，突然就不行了。当时只顾慌张，只顾抢衣服往自己身上搭，还没抢到，没过多留意；待被抢了个干净，又被他们踹了几脚，灰溜溜回到自个儿住处，才突然觉得下边不行了。青面兽杨志出了一身汗。这就不是小事。本来是件小事，现在变成了大事。被抢是件大事，现在变成了小事。青面兽杨志还不甘心，自个儿躺到床上摆弄，谁知越摆弄越不行。青面兽杨志开始恐慌，拿上些钱，又上街找"鸡"。找到，到了床上，还是不行。又换了一"鸡"，胖的，胸大的，到了床上，仍是不行；胖的，还不如刚才那瘦的。还不甘心，又找了一不胖不瘦的；路上还有些躁动，到了床上，下边早变成一根软条条。青面兽杨志满头是汗在那里鼓捣；身下的"鸡"一开始让他鼓捣，半个小时过去，急了，想翻身起来：

"你有完没完呀？"

又说：

"自个儿不行，折腾我干吗？"

青面兽杨志"啪"地扇了那"鸡"一耳光，倒把那"鸡"给吓住了，又躺下，不敢再动，任青面兽杨志动。但这时青面兽杨志不动了。他知道事情彻底完了。自己抢别人，只是抢包；这三男一女，抢的不仅是包，还有人的命。这时他不恨那仨抢包的大汉，单恨那甘肃女子张端端。床上是床上的事，咋能拿这事吓人呢？从第二天开始，青面兽杨志开始反过来找那三男一女。老甘的"忻州食府"去了；被抢的那间小屋去了；凡是有"鸡"的街头和地段都去了；但再没找到张端端和那三个男人。越是找不到，青面兽杨志越着急。三天来，青面兽杨志没偷东西，就顾找人了。不找到一女三男，青面兽杨志不会再干别的。找到他们，不为别的，不为那仨男的，只为张端端；解铃还须系铃人；找到，一刀宰了她，解了心头之恨，才能剜出心中那个怕，说不定身子下边，才能恢复正常。说起来，引起这一切，全因为一个腰包。但青面兽杨志正在气头上，只记得他的腰包被人抢了；由这腰包，又引出别的枝杈；现在要杀人报仇；已完全忘记这腰包的来路，他也是抢别人的；世上还有一个叫刘跃进的人，不是工地的老板，只是工地一厨子，也正在满世界找他。这包要了青面兽杨志的命，也要了厨子刘跃进的命。

通惠河边有一小吃街。通惠河在民国水是清的，还行船；现在成了一臭水沟。但臭水沟左岸，矗起一大片 CBD 建

126

筑；右岸，沿着河，晚上是一望无际的小吃摊。白天这里倒安静，但一片脏乱；到了晚上，灯火通明，地上的脏乱，倒被夜色掩盖了。本是一河浑浊的臭水，现在星星点点，映着左岸的高楼大厦，竟显出都市繁华。水往东流着，沿着右岸，卖烤串的，卖杂碎汤的，卖卤煮火烧的，卖麻辣烫的，卖麻辣小龙虾的，卖朝鲜冷面的，卖土耳其烤肉的，一片烟气弥漫；熙熙攘攘的吃客，拥挤不动。吃客中，还有许多外国人。靠河边栏杆，站着许多晚上出来工作的小姐。青面兽杨志找人找了三天，没有结果，这时想起，张端端是甘肃人；那三条大汉，说话也西北口音；在行里打听，甘肃有帮窃贼，常来通惠河边小吃街作业；这地界在行里属三不管，边远地区一些毛贼，便来这里小打小闹；于是改寻找为蹲守，第三天晚上，到小吃街来等那几个西北人。也不是干等，挨摊打问；在一家卖麻辣烫的摊上，打问出常有三个甘肃男人，带一甘肃小女孩，到这里吃夜宵；便认定是张端端他们，便在这麻辣烫摊前坐下，等几个甘肃人自投罗网。从晚上六点，等到深夜两点，他们没来。卖麻辣烫的摊主是个陕西人，以为青面兽杨志在等熟人，也感到奇怪：

"天天来呀，今儿咋不来了呢？"

青面兽杨志不答，也不急，第二天晚上又来等。这天等着等着，甘肃三男一女还没露面，刘跃进来了。刘跃进能找

127

到青面兽杨志，知他在小吃街待着，还得感谢在曹哥鸭棚里杀鸭子的小胖子洪亮。这天刘跃进寻了一天贼，仍没寻着；本想夜里接着寻，但上午淋了一场雨，身上有些发烧，便提前收工，回到工地食堂。工地食堂山墙上，临时用碎砖垒出一小屋，是刘跃进的住处。既住，夜里又看食堂。趁着工地晃过来的光亮，刘跃进正撅着屁股开门，突然有人从后边拍他肩膀，把他吓了一跳。扭头，竟是在曹哥鸭棚里杀鸭子的小胖子。一见曹哥鸭棚的人，刘跃进就气不打一处来，恶声问：

"找打呀？"

小胖子知刘跃进误会了，一边解释：

"那天在鸭棚打你，我可没动手。"

一边单刀直入：

"想跟你做个小买卖。"

刘跃进仍没好气：

"我没空跟你扯淡。"

小胖子洪亮：

"给我一千块钱，告你抢你包的人在哪儿。"

刘跃进愣在那里。一开始有些激动，接着有些不信；这贼曹哥都没找着，一个连鸭子都不敢杀的小胖子，哪里能找着他的踪影？以为小胖子来骗他的钱，嚷道：

"上回你们收的定金，还没还我呢！"

又上去踢他：

"再惹我，真不饶你！"

小胖子挨了一脚，并没后退，倒伸出手，向刘跃进坚持。刘跃进看他神色非常认真，又有些疑惑。也是找贼心切，欲先信他一回；如是假的，再跟他计较不迟；于是从身上掏出一百块钱；还是昨天在八王坟撞车，那车主给的；那人给了二百，刘跃进掏出一百：

"就这么多，拿命换来的。"

小胖子接过这钱，又伸手坚持；这回刘跃进有些信他了，但扬起胳膊：

"不信你搜，身上发烧，连瓶水都没舍得喝。"

小胖子收手，这时弹着那钱：

"不为这点钱，为偷你包那人，打过我。"

又说：

"我本该告诉曹哥，可崔哥他们也打过我，也没对他们孙子说。"

又说：

"我今儿晚上偷着上街，去了通惠河小吃街；没偷着东西，却看到你找那人，正吃麻辣烫呢。"

刘跃进撂下小胖子，骑上自行车，飞驰到通惠河边。自行车那天被撞坏了，换了一个二手圈，花了三十。夜里八九点钟，小吃街正是人多的时候。刘跃进锁上自行车，开始在人群里蹓摸。小胖子说那贼在吃麻辣烫，刘跃进就专门寻麻辣烫的摊子。但麻辣烫摊位不止一家，刘跃进寻了一家，又寻一家。终于，挨着通惠河大铁桥，一家麻辣烫摊前，看到了青面兽杨志。仇人相见，分外眼红。找了几天没找到，原来却在这里；这里前天晚上刘跃进也来过，没有特别留意；正是踏破铁鞋无觅处，得来全不费工夫；花了那么大工夫没寻见，寻见，竟因为一个杀鸭子的小胖子。本来身上正在发烧，现在意外找着了贼，浑身来了精神，竟不烧了。找着贼，就找着了自己的包；找着包，就找着了自己的钱；这些都不重要，重要的是，找着包，就找到了那张欠条；心中的惊喜和畅快，似乎找的不是自个儿的包，而是丢了的整个世界。东西失而复得，往往比丢失的原物，还让人珍惜呢。刘跃进喘喘气，定定神，想猛地扑过去；但察看左右，小吃街的吃客熙熙攘攘，拥挤不动；担心两人打起来，又被这长着青痣的贼走脱。观察这贼，看他左顾右盼，不像在吃东西，也似在寻人；便不敢大意，将棒球帽的帽檐往下拉了拉，坐到麻辣烫旁边的一馄饨摊上，要了一碗馄饨，边吃，边盯着青痣；待小吃街人少后，再下手不迟。既然找到他，就不能让他走脱。接着又想，只要在外面，就不能说十拿九稳，扑打起来，贼都有可能走脱；更好的办法，不是扑打，是跟踪；他在，盯着；他走，跟着；一直跟到他的住处，待他睡下，再去工地叫几个人，将他堵在屋里，瓮中捉鳖，才万无一失。这样想下来，终于想明白了，心里也不焦急了；不存在扑打，只存在跟踪，心里也不发怵了。这时才感到肚子饿了，又是一天没吃东西，便安心吃自个儿的馄饨。又担心头上缠着绷带引人注意，低头摘下棒球帽，将绷带一圈圈解下，又戴上棒球帽。好在离在鸭棚挨打，已过了两天，头上的伤已结了痂，并无大碍。帽子重新戴到头上，显得有些空。馄饨吃完，那青痣还在麻辣烫摊前坐着，没有走的意思。一直等到夜里十一点，青痣不着急，刘跃进不着急，卖麻辣烫的陕西人见青痣在他摊前坐了一晚上，老占一个座位，耽误他生意，有些急了，寒着脸对青痣说：

"都啥时候了，别等了。这时候不来，不会来了。"

青痣看看左右，站起来，朝通惠河铁桥走去。刘跃进也慌忙结了馄饨账，找到自己的自行车，推上，跟了上去。过了铁桥，穿过一条巷子，到了宽阔的大街上。青痣上了一公交车，刘跃进忙骑上车，跟着公交车。公交车一站一停，从车上下人，又从车下上人；幸亏是晚上，乘客不多，如是白天，下车上车的人熙熙攘攘，非跟丢不可。那青痣坐了五站，下车，又换了一辆去郊区的公交车，刘跃进又跟这车。

这车走了六站，青痣下车，朝一条胡同走去。刘跃进松了口气，青痣住的地方，终于到了。刘跃进将自行车锁到胡同口一槐树上，悄悄跟进胡同。胡同里有些脏，手挨手，仨公共厕所；厕所里的污水，溢到胡同里；路灯坏了，下脚要看地方。走到胡同底，拐弯儿，又是一条胡同。那青痣又向这条胡同走去。终于，走到胡同底，有间房子，房门就开向胡同。墙上的石灰缝，横七竖八，抹得跟花瓜似的，能看出这里过去没门，屋门是临时从墙上圈出来的。屋门是块大芯板；门框，是用几根木条钉巴起来的。门上挂着一把锁。刘跃进知道，地方到了；这里，也像一个贼待的地方。但令刘跃进没想到的是，青痣来到这门前，并没有弯腰开锁，而是扒着窗户，往屋里张望，似乎又不是他的住处；看过，又用手拽那锁，那锁锁在门上，纹丝不动。突然，那青痣发狂了，抬起脚，踹门一脚；头一脚把门踹晃了，又一脚把门踹烂了，第三脚，"哐当"一声，门被踹倒了；那青痣才啐口唾沫，作罢。刘跃进躲在墙角，不明就里，愣在那里。踹完门，那青痣有些垂头丧气，沿原路返回胡同口。这里既然不是他的住处，刘跃进只好再跟着他。看他垂头丧气，放松了警惕，又想扑上去把他摁翻；快刀斩乱麻，也早点有个了结；跟来跟去，何时是个尽头？这贼要转悠一晚上，不回住处呢？到了明天早上，街上人一多，贼逃脱起来就更方便了。从这条胡同

132

转到另一胡同，刘跃进悄悄接近青痣，正要一跃而起，突然从胡同口闪出两个人，正面拦住青痣，又把刘跃进吓了一跳，忙又躲进胡同口的厕所，扒着墙角往外看。

正面拦住青面兽杨志的两人，一个是曹哥鸭棚的光头崔哥，另一个穿着饭馆服装，留着分头，学生模样。曹哥这边，寻找青面兽杨志也四五天了。寻找青面兽杨志不是为了给刘跃进找包，而是与青面兽杨志另有过节。同在找一个人，找的目的不同。本来目的可以有部分重合，那天让刘跃进在鸭棚一闹，彻底闹没了。单说曹哥等人与青面兽杨志的过节，青面兽杨志是山西人，曹哥等人是唐山人，同城为贼，各有各的地盘。全北京的贼都知道，唐山人不好惹；惹了唐山人，要么没了，要么投奔了唐山人。其实事情很简单，不到唐山人的地盘跨区作业，井水不犯河水，大家也相安无事。青面兽杨志半年前乍来北京，一是不熟悉地面，二是不知人的深浅；加上他在贼的十八般武艺中，最善溜门撬锁；别人撬这门被抓住了，青面兽杨志第二天再去，仍能满载而归；也是艺高人胆大，没把唐山人放到眼里；一个月之中，先后四次，到唐山人地盘跨区作业。头三回安然无事，第四回，没被偷的人家抓住，被曹哥的人抓住了；偷的东西被没收了不说，还把他吊在鸭棚，用皮带抽。曹哥叹息：

"兄弟，让你三回了。"

又说：

"这么聪明的人，咋就不知道事不过三呢。"

青面兽杨志这才知道了曹哥的厉害。本想像其他地方的贼一样，要么退避三舍，再不到唐山人的地盘；要么投奔唐山人，有生意大家一块儿做。唐山人占的地盘，全是富人区和商业繁华区。富人住的和去的地方，才能偷些东西；穷人待的地方，去偷些穷气呀？但入乡就得随俗，入了唐山帮，又怕太受唐山人的限制，一时还没拿定主意。但不打不成交，青面兽杨志一个礼拜作业五天，剩下两天，便时常到鸭棚来玩。大家一起搓麻将。青面兽杨志溜门撬锁行，搓麻将差些；几个礼拜下来，已欠下曹哥、崔哥小四万块钱。越输越不服，越不服越输，到上个月底，已欠下二十多万。这时突然明白，也许输钱事小，这赌钱本身，说不定是个圈套。明白这一点已经晚了，这一点又不好挑明；从此偷东西就不是为了自己，而是为了曹哥。偷了钱，就得赶紧还债。为唐山人偷钱，唐山人的地盘又不能去，只能去穷人待的地方小打小闹，如此这般，这债何时能还完？这时便恨曹哥等人阴险。啥是贼呢？贼偷人不叫贼，贼偷贼才叫贼呢。人被偷了，还可以报案；青面兽杨志被曹哥等人偷了，只能打碎牙往肚里咽。不马上抢银行，一时三刻，这二十多万就难以还上。为了躲债，青面兽杨志不敢再到曹哥的鸭棚去。曹哥鸭棚里的人，便开始找他。这是青面兽杨志老

134

闷闷不乐、藏在心里的另一桩烦心事。青面兽杨志以为曹哥他们找他是为了让他还钱，其实曹哥找他，另有别的事。正是因为有别的事，事来了，就找得紧；没事，或事过去了，就放松了。或松或紧。但这松紧，曹哥这里知道，青面兽杨志不知道。这月上半月没事，还松；这几天又有事了，于是便紧了。本来找了几天，没有找到青面兽杨志；再过两天，等事过去，就又松了；也是因为杀鸭子的小胖子，今天晚上偷偷上街；偷偷上街，也违反纪律，回来被光头崔哥抓住，扇了几耳光；崔哥扇他仅为上街，但小胖子做贼心虚，以为他干的事，崔哥都知道了；崔哥扇着问：

"街上都见谁了？"

只是随口一问，小胖子顺嘴秃噜，便把青面兽杨志的行踪，也交代出来；但他没交代把这事告诉了刘跃进；因刘跃进给了他一百块钱，怕交代出去，这钱也被收走。所以青面兽杨志离开小吃街，不知刘跃进在后面跟踪；刘跃进跟着青面兽杨志，不知同时跟踪的还有光头崔哥两人。只是刘跃进骑着自行车，光头崔哥两人开着一辆二手"桑塔纳"，一方走的是人行道，一方走的是快车道，相互没注意罢了。崔哥在胡同口拦住了青面兽杨志，不但青面兽杨志吃了一惊，刘跃进也吃了一惊。青面兽杨志见被曹哥的人堵住，知道事情发了，向光头崔哥解释：

"崔哥，咱的事，回头再说；我在找人，比那事急。"

接着从后腰里，抽出一把刮刀，在路灯下闪着寒光。光头崔哥见刀倒没在意，将这刀抽过来，用手拭着刀锋；但把躲在厕所墙角的刘跃进吓了一跳，幸亏有光头崔哥两人横插一杠子，否则刚才自己上去扑青面兽杨志，他身上带着刀，不知会是个啥结果。光头崔哥拭着刀锋问青面兽杨志：

"找谁呀？"

青面兽杨志本想将自己偷包又被劫，劫包事小，下边又被吓住的遭遇，向光头崔哥说一遍；一是这话不好出口；二是说也白说，不解决任何问题；三是说出下边被吓住，一件烦心事，怕转成笑话；便忍住没说，说：

"你别管，找谁谁倒霉。"

光头崔哥用手止住他：

"先把你的事放放，说说咱的事；你欠大伙的钱，可过期好多天了。"

听到这话，青面兽杨志倒有些发忧，解释说：

"崔哥，杀人偿命，欠债还钱，这道理我懂，我没躲的意思。"

光头崔哥又止住他：

"曹哥说了，钱是小事，做人是大事。"

青面兽杨志：

136

"这是大道理，我也懂。"

光头崔哥还要说什么，穿饭馆服装的学生模样的人拦住他：

"崔哥，既然老杨懂大道理，咱就别啰唆了，还是商量正事要紧。"

这时从口袋掏出一张纸：

"老杨，今晚辛苦你一趟。"

将纸摊开，纸上画着一张草图，用手指这图：

"就这地儿，贝多芬别墅；就这家，天天夜里打麻将，叫外卖。"

光头崔哥也戳那张纸：

"曹哥的意思，让你立功赎罪；室内作业，也是你的强项。"

又掏出一支烟点着：

"没拿你当外人，这里，也是曹哥的地盘。"

又说：

"也是为你好。有钱人家，轻松走一趟，你欠大家伙的钱，也就全结了。"

青面兽杨志愣在那里。刘跃进躲在远处，听不清他们说些啥，只见三人围着一张纸，指指戳戳，刘跃进在厕所里干着急。

第十五章

青面兽杨志

　　待青面兽杨志换上饭馆的服装，骑着一辆外卖车在街上走，刘跃进又骑着自行车在后边跟踪。现在的跟踪，跟刚才的跟踪，又有不同。刚才跟踪只为找自个的包，盼青痣有个安定的时候，好一举擒住他；现在横出另一条岔子，这贼更不安定了，又去干另外一件事；刘跃进找包之前，先得跟踪另一件和自己毫不相干的事。但他一不敢上去阻止青痣，光头崔哥又把那把刀，还给了青痣，青痣又把它掖到了腰里；同时他也不敢不跟踪，好不容易找到这贼，怕他又跑了。只能眼睁睁看着这贼又去干别的事；只能等他干完这件事，安定下来，或返回老窝，另想办法擒他。青痣换上了饭馆的服装，马上变成了另外一个人。刘跃进一是纳闷儿，不知他要去哪里，去那里干啥；同时又觉得改头换面，要去干的，肯定不是小事；小打小闹，还用乔装打扮吗?青痣在前边骑车倒不紧不慢，刘跃进骑车跟在后面，倒比刚才跟踪公交车轻松。待到了红领巾东桥，青痣看看腕上的表，在桥下下车，扎上外卖保温车，坐在马路牙子上，开始抽烟。刘跃进也只好在桥的另一侧，下车等他。青痣抽着烟，望着马路上来往的行人和车辆，面无表情。夜深了，行人和车辆不像白天那么多。青痣望着空旷的马路，突然叹了一口气，又自言自语一句什么；接着又低头抽烟。这神态，这叹气，接着又自言自语，刘跃进倒有些熟悉。刘跃进遇到烦心事儿时，也这么望着远处叹息，接着自言自语。一个贼，原来跟自己在许多方面有些相像。刘跃进也不禁叹了一口气。但贼就是贼，想办法擒住他，让他还包要紧。青痣吸完烟，又骑车上路。刘跃进又骑上车跟踪。顺着大街，过了七个红绿灯，开始向左转；又过了三个红绿灯，转进一条胡同。从一条胡同又转到另一条胡同。从这胡同出来，眼前豁然开朗，原来到了一别墅区。夜深了，别墅区门前的水池子里，两只石狮子嘴里还在喷水。别墅区大门上，闪着彩灯。灯下的石壁上，写着几个大字：贝多芬别墅。两个保安，头戴贝雷帽，身穿"伪军"服，在门口站着。青痣在路上还无精打采，一看到灯火处，精神突然抖擞起来。刘跃进也跟着抖擞起来。青痣不慌不忙，骑着外卖车到了别墅区门口。刘跃进在胡同里下车，躲在墙角，看他动静。青痣从口袋里掏出一张纸，指着那纸，对保安说着什么。保安拿起手里的对讲机，与人通话；放下对讲机，挥手让青痣进去。青痣推车进了大门，一骗腿儿，上了外卖车，向别墅深处骑去。一开始还能看到他的身影，渐渐就看不见了。这时刘跃进有些着急，不知贼接着去哪里；辛辛苦苦跟了半夜，别再把人跟丢了；也想进别墅区跟踪，但想不起进别墅的理由；也怕把理由说不周全，再让保安把他当成贼。又想着这贼进去，不管干啥，总会有完事的时候；完了事，总会出来；出来，总会经过大门。于是扎上自行车，蹲在地上抽烟，耐心等青痣。烟抽着抽着，也不禁像刚才的青痣一样，叹了口气，自言自语道：

"妈的，这叫啥事呀？"

青面兽杨志不知后边有人跟踪。来贝多芬别墅的时候，心头还是乱的。乱不是乱将要去偷东西，是乱这几天的遭遇。抢他包的那三男一女，找了四天还没找到。有股气在体内憋着，下边越来越不行了。前天一个人时还行，见了女的不行；从昨天起，一个人时也不行了。正一点点往深渊里坠。他担心不及时找到张端端，拖得时间长了，那时找到，把人杀了，怕也救不了自个儿了。这时又横出一岔子，被曹哥鸭棚的人

140

拿住了，派他来贝多芬别墅偷东西。本来死的心都有了，哪里还有心思偷东西？但情势所迫，又不能不来。不过青面兽杨志毕竟是职业盗贼，就像职业球员一样，在场下千头万绪，一上球场，把场外的一切都忘了，精力马上集中起来；青面兽杨志看到一园林别墅区矗立在自己面前，也像球员上了灯光闪耀的球场一样，精力马上集中了，人也抖擞了。这是职业和非职业的区别。正是因为精力集中，对之前的烦恼，倒有些放慢；事情一放慢，心里一下似轻松了。于是又感谢这场偷盗，使自己暂时忘了一连串的烦恼。为什么要当贼？是因为能忘记烦恼。精神抖擞后，欲比以往的偷盗，更大干一场。青面兽杨志边骑车，边留意一幢幢别墅的楼号。拐了七八个弯，到了别墅区俱乐部；夜深了，俱乐部已黑灯瞎火；过了俱乐部，下车看一幢别墅的楼号；又掏出那张纸核对；接着上前摁这别墅的门铃。门铃响过两遍，别墅的门开了。门开处，里边传出"呼啦""呼啦"的洗麻将声，及男男女女的喧闹声。一男人，留着长发，穿一睡衣，走了出来；出门，先仰天打了个哈欠，足足打了一分多钟，打得鼻涕眼泪的，总算打透了；接着又活动颈椎，颈椎传来"嘎嘣""嘎嘣"的骨头错位声；看来牌局时间不短了；做完这一切，那人才看了青面兽杨志一眼。青面兽杨志率先入了戏，成了饭馆送外卖的；憨厚地看着那人：

"老板，和昨天一样，八份炒饭，五份炒面。"

接着打开车后座上的保温箱，往外提十三份盒饭。那人接过盒饭，青面兽杨志又将饭单搁在一托板上，从口袋掏出一碳素笔，用嘴咬下笔帽，递上，让他在上边签字。那人接过笔，又打量青面兽杨志，这时一愣：

"换人了？"

青面兽杨志不慌不忙：

"那兄弟病了，老板让我替他一天。"

那人也没在意，签过字，又仰天打了个哈欠，拎着盒饭回屋，"哐当"一声，关上了房门。

这时青面兽杨志将饭单翻过来，原来后边还贴着一张纸，纸上又有一张草图，画着别墅区的全景；一个箭头，从这栋别墅，指向了另一栋别墅。青面兽杨志骑上车，没回别墅区大门口，按着箭头的标示，又往别墅区深处骑去。别墅区的小路崎岖蜿蜒，草地里有虫子在鸣。又往里走，深处有一人工湖。湖边有鹤栖息，不时传来几声鹤鸣。青面兽杨志绕着湖走，到一转角别墅前，青面兽杨志下车，借路灯看了看门牌，又看看左右无人，只闻鹤鸣，便将外卖单车藏在路边草丛里，从保温箱里掏出一鱼皮口袋，绕到这别墅后身，从腰带上拔出一钢丝，拨开窗户，跳了进去。

这别墅面积甚大，上下打量，有五百多平米；一楼中空挑高；虽然屋里黑着灯，但路灯从窗外映进来，能模模糊糊看清屋里的摆设。大厅正中，放一台球案子。青面兽杨志抄起一台球，在案子上滚动。球"骨碌骨碌"从这头滚到那头，屋里既没有狗叫，也没有人的动静；青面兽杨志知道，别墅里确实没人，曹哥鸭棚的人没有骗他。于是踏实下来。偷也分两种，一种踏实，一种不踏实；无人就踏实，有人就不踏实；偷富人踏实，偷穷人反倒不踏实。但青面兽杨志也不敢耽搁太长时间；时间太长，出别墅区对保安不好交代。于是观察好地形，便开始下手。从客厅到书房，从起居室到卧室，从厕所到储物间；从一楼到二楼，从二楼到三楼，青面兽杨志有条不紊地工作着。常替别人整理房间，一切倒是轻车熟路。表面的抽屉可以放过，书柜里层，厨房的抽屉，沙发底衬，往往有意外的收获。二楼储物间有一保险柜，掩在一堆拖把后，但死死嵌在墙上，青面兽杨志没跟它较劲。二十分钟后，除去保险柜，家里值钱的东西，钱、首饰、珠宝、手表、照相机、摄像机、两部没用过的手机等，都入了青面兽杨志带来的鱼皮口袋。粗估下来，以首饰珠宝为主，也够还鸭棚那些人的账了。这一趟没有白来。富人是贼的好朋友。一番洗劫过，家里还纹丝不乱，不显山不露水。这是青面兽杨志和其他贼的区别。也是专业和非专业的区别。翻东西的过程中，青面兽杨志也翻出些蹊跷的东西。如在一楼书房，翻到书柜里层，除了翻出一沓美元，还翻出两盒壮阳药；青面兽杨志便想，这房子的男主人，说不定和他一个毛病；将这壮阳药，揣到怀里。在三楼卧室床垫夹层里，除了翻出两张银行卡，还翻出一花花绿绿的盒子；打开，竟是男人的假家伙；青面兽杨志又有些不解。想想又解，和一楼的壮阳药就对上了。但男人的东西对青面兽杨志没用，又规规矩矩放了回去。从储物间暖气罩里，除了翻出一盒首饰，还翻出一盒名片；首饰放到隐蔽处可以理解，名片是给人看的，也故意藏起来，不知是何用意。抽出一张看，屋里光线模糊，只见一片字，看不清上边写的是啥。这名片形状也有些出奇，别的名片是四方形，它是三角形。青面兽杨志觉得好玩，也揣到怀里一张，自言自语道：

"明人不做暗事，留个纪念吧。"

整个别墅整理完，青面兽杨志扎上鱼皮口袋，背在身上，准备下楼收工；这时突然听到窗外有汽车轮子轧马路的"沙沙"声，接着这车停了，有人用钥匙扭这别墅的门锁；门开处，有人说话；说起话来，有男有女。青面兽杨志吓了一跳，曹哥鸭棚的人说这别墅没人，谁知还是有人。青面兽杨志自言自语：

"妈的，又上了他们的当。"

拨开窗户，欲跳下去，窗外就是湖边；但这别墅楼层高，

144

三层的高度，相当于平板房的五层；怕跳下去摔断了腿；就是腿摔不断，也会弄出声响；于是赶忙又回到三楼卧室，先躲起来再说；欲待这房子里的人消停了，自己再悄悄溜走不迟。谁知楼下说过一阵话，有人开始上楼；上了二楼，又上三楼；接着向卧室走来。青面兽杨志这时有些慌了，先将鱼皮口袋藏在电视柜里，看看自个儿无处躲，只好躲在窗帘背后。卧室的门被打开，屋里的灯被打开，青面兽杨志在窗帘后发现，进来的，是一个三十来岁的女人，胖，但面目长得，倒有八分颜色。那女的进来，先踢掉自己的高跟鞋，把她的手包、手机扔到床上，就开始脱衣服；从上衣，到裙子，又到乳罩，又到裤头，说话间，人是光的。这女人虽有些胖，但皮肤白嫩，屁股是翘的。这女人光着身，走向浴室，关上玻璃门，开始淋浴。隔着浴室门的毛玻璃，能看着这女人在花洒下冲澡的裸影。青面兽杨志看得呆了。不知不觉，下边竟挑了起来。只是挑了起来，青面兽杨志还没知觉。待知觉，不禁心头一喜。被甘肃女子张端端吓住的下边，原以为被彻底吓垮了，不杀张端端，它咽不下这口气；没想到因为一场偷窃，在被偷的人家，看到一个素不相识的女人，它突然又恢复过来。这一趟没有白来。没白来不只偷了些东西，可以还债；比这重要的是，青面兽杨志，又成了青面兽杨志。世间事情的闪躲腾挪，真是难以预料。你想转弯儿的地方，找不到弯儿；你无望了，亮儿自个儿走到了你面前。青面兽杨志正在感叹，突然床上的手机响了，青面兽杨志又被吓了一跳，慌忙去捂自己的下边。接着浴室的门开了，那女人裹着浴巾，来接电话。窗户与浴室的门一对流，窗帘拂动，那女人突然看到窗帘下有一双脚。那女人先是愣住，接着一声尖叫。这尖叫，又把青面兽杨志下边给吓回去了。但他这时顾不得下边，因为一楼的人听到楼上尖叫，同时有两个男声喊：

"怎么了？"

接着是脚步杂乱上楼的声音。青面兽杨志不能束手就擒，拉开窗户，往下张望；楼还是那么高，这时就顾不得了，跨窗户就往下跳；只是可惜整理出的那一鱼皮口袋东西，刚才藏到电视柜里，现在顾不上取回；但贼不走空，临往下跳，又探身抄起床上的手包，跳了下去。

这房子的楼层果然比别处的楼层高，青面兽杨志从楼上跳下，虽无摔伤身子，但崴了脚。但他顾不得脚，沿湖边拼命跑。沿圈跑过这湖，便是别墅区的高墙。青面兽杨志攀上这墙，跳到墙外。但他在湖边奔跑，已被湖边的监视探头发现了；跳墙时，又使别墅区门口警卫室的警报响了。门口两个保安，一人向别墅区内跑，一人向别墅区外追；两人边跑，边拿对讲机喊话喊人。

青面兽杨志跳出别墅区，并没有马上逃，而是趴在一树棵子后不动；待那保安跑过去，才一跃进了对面的小胡同，拼命撒丫子跑起来。但他躲过了保安，正好撞上了刘跃进。刘跃进在这胡同里等了一个多小时了，一直盯着别墅区门口不放。看看青痣不出来，又看看还不出来，以为他不会出来了，或从别墅区其他门出去了；自己跟了一晚上，又跟丢了，有些懊丧。早知这样，还不如在小吃街扑上去呢。虽然青痣身上有刀，但那里人多，打斗起来，也许别人会上来帮他；一直跟着倒是保险，但跟着跟着跟丢了，等于没跟。一个人老躲在胡同里，也让人生疑。刚才一老头从胡同里穿过，看刘跃进在墙角候着，以为他是个贼，欲上前盘问；刘跃进忙站起来，主动找老头借火，说自己在这里等个人，那人进别墅送外卖去了；虽然说的是实话，老头也借了他火，但又狐疑地看了他一阵，才转身走了。正在无望，突然听到别墅区警铃大作，看到保安四处乱跑，刘跃进大吃一惊；又见青痣窜了过来，又一阵惊喜；虽然不知青痣在别墅区干了什么，惊动了警铃和保安，但趁机擒住他，才是正理。于是大喊一声：

"有贼！"

但担心他身上有刀，没敢扑上去。青面兽杨志看到刘跃进，也一愣怔，一方面不知他为何会出现，感到有些拧巴；另一方面才突然想起，自己被劫之前，还偷过别人的包。但他顾不得那么多，看刘跃进堵住他，果断从后腰里拔出了刀；但也无心恋战，晃着刀，越过刘跃进继续往前边跑。刘跃进看他跑，又在后边追。青面兽杨志崴了脚，跑不过刘跃进，看看刘跃进逼近，又转身甩出手里的手包，砸到刘跃进脸上。刘跃进猝不及防，没被包砸倒，脚下一绊，自己将自己绊倒在地。待爬起来，又往前追，青面兽杨志已转向另一条胡同，跑得看不见了。煮熟的鸭子，眼看又飞了，刘跃进有些丧气。这时听到别墅区门口众声喧闹，突然想起什么，又转身回到刚才那条胡同，拾起青痣砸他的手包，也急忙从第三条胡同溜了。

第十六章

严　格

　　老蔺与严格又见了一面。这次两人没吃海鲜，也没吃涮肉，在"老家粥棚"，每人喝了一碗粥。严格喝了一碗凉粥，银耳莲子粥；老蔺喝了一碗热粥，鱼翅粥，老蔺喝的，还是跟肉有牵连。一碗热粥喝下来，老蔺喝得风平浪静；那么烫嘴的粥，老蔺没喝出汗；严格喝的是凉粥，一碗粥喝下来，却出了一头汗。他不知道这次见面是福是祸。自上次见面，严格与老蔺摊牌，由他和女歌星的照片，到拿出一U盘；向老蔺摊牌，就是向贾主任摊牌；五天过去，没有动静。严格如热锅上的蚂蚁，坐立不安。摊牌不是为了决裂，而是为了修补已断的裂缝；这是严格摊牌，和其他人摊牌的不同。别

149

人摊牌是为了断裂，严格摊牌是为了修补。但五天过去了，贾主任和老蔺那里没有动静。严格再一次体会到，在他和贾主任的关系上，不但发展朋友关系，严格是被动的；就是在朋友关系的断裂上，断裂到何种程度，能不能回头修补，严格也做不了主。严格想修补，贾主任也想修补，这裂缝就能修补；严格想修补，贾主任想断裂，这修补就成了断裂。接着又体会到，有钱人，在有权人面前，也就是只"鸡"；就像"性"在钱面前一样，不是人在找"性"，而是"性"脱了裤子找不到人。当然，彻底断裂，对谁都没有好处；严格的船翻了，贾主任的船也不会平稳，说不定会同归于尽；如果断裂为了同归于尽，这断裂就成了赌气；赌气导致的结果，没有任何技术含量；又是严格不愿意看到的。如果严格认识不到这一点，仅是傻有钱，贾主任也不会和他交这么长时间的朋友。问题是，有钱人如今成了穷光蛋；由身价十几个亿，变成了负债累累；严格已经不是过去的严格，这才出此下策，用了威胁的手段。威胁本身也是赌气，也没有技术含量。更大的问题是，他除了用这没有技术含量的低劣的手段，也没有别的出路。自己本不是这样的人，我本有义，皆是情势使然，使自己与贾主任的交往，质量降低了，品种降低了，由繁花似锦，变成了一地鸡毛。两人都不是过去的两人了。严格喜欢的，还是十五年前，自个儿去朋友处借钱，又给贾处

150

长送去，贾处长拉着他的手，眼里噙着泪花的场面。那情形，才叫朋友。两人也是从感人的场面开头，经过诸多演变，成了今天这种局面。如果仅是两人的关系，断裂还是修补，严格也不会在意；问题是，严格如今的命运，就攥在贾主任手里；是恢复成过去的有钱人，或是彻底变成穷光蛋；是仍待在上流社会，或是进监狱；直到是死是活，都在贾主任的转念之间。但是，事情的性质不是这样的。严格由一个有钱人，变得如此倒霉，如果是严格一个人造成的话，严格不会怪别人；问题是，其中有一大半原因，要怪贾主任。酿成后果，又见死不救；如果说这事情中有小人的话，贾主任首先是个小人，然后把严格逼成了小人。严格船翻时，把贾主任也拉下船，不仅为了他见死不救，而且因为他也是个小人。这就不是事情本身的事了。五天来，严格思前想后，也没理出个头绪。他也知道，想也没用；一切还看贾主任怎么想。第五天下午，他突然接到老蔺一条短信：晚六点半，"老家粥棚"见。没打电话，就发了一条短信；用的不是商量的口气，而是命令的口气；又让严格撮火。但严格身在险境，有求于人，又不敢不来。严格来时，做好了两种思想准备：一、贾主任回心转意，帮他；二、与严格反摊牌，趁着这件事，落井下石，彻底将严格置于死地。大家已经撕破了脸，中间的道路是没有的。将事情这么拖下去，任其发展，也不是贾主任这个老男人的性格。严格闻过他的尿。老蔺在这点上与贾主任相似，但又不相似。贾主任遇事态度分明；起码会对老蔺分明；但这态度转到老蔺手来，又变得没态度；一条短信，面无表情，让严格摸不清老蔺的意思；摸不清老蔺的意思，就等于摸不清贾主任的意思。越是摸不清意思，严格对他们的态度越没底，接到这短信，顾不上追究这态度，只好乖乖前来喝粥。这时严格又有些伤感，早年虽然贫困，但不用经历这么多风险；经历风险倒没啥，不用跟这么多凶险的人打交道；时时处处，要看凶险的脸色。无非凶险的脸色，有时以笑脸出现。劳动人民虽然愚不可及，但也没这么多花花肠子，没这么多凶险的心眼；让他们有，他们也没有；想有，也不知哪块地里能长出来。本来自己是头羊啊，怎么一不留神，就误闯到狼群里了呢？如果当初自己考不上大学，还在湖南农村种稻子；虽然日出而作，日落而息；劳其筋骨，但也不苦其心志；娶个贤良的妇女，生一到两个孩子；日子虽苦些，倒也其乐融融。为何其乐融融？因为你不知道那么多。都是上一个大学，害了自己。这么思前想后，胡思乱想，除了感叹人生和命运未可料定，对挽救他目前的处境，毫无帮助。由于忐忑不安，心中燥热，喝一碗凉粥，也喝出一头汗。严格为自己的失态有些懊恼。老蔺看他出汗，"噗嗤"笑了；喝完热粥，心平气和地给严格递上一张餐巾纸，示意他擦汗。这

152

就等于嘲笑严格了。严格想恼，从大局计，又压在心里。在人房檐下，不得不低头。老蔺打了一个饱嗝，这时说话了：

"贾主任说了，想跟你做个小生意。"

严格吃了一惊，他没想到这次谈话会这么开头。他一愣：

"什么生意？"

当然这话问得也没有技术含量。老蔺这回倒没嘲笑他，点上一支烟说：

"贾主任说，你，交出 U 盘；他，帮你贷八千万。"

这结果出乎严格意料。心中不由得一阵惊喜。刚才的懊恼，似被一阵风刮走了。看来威胁还是起作用。看来 U 盘的威力，还是比照片大。严格欠银行四个亿，虽然八千万不能解决根本问题，但起码可以救急。既能还银行一部分利息，又可以使几个工地运转起来。人犯了心脏病要死了，八千万，等于一粒速效救心丸。严格不知怎么转变自己的态度，只是感激地说：

"这怎么叫生意呢？这是贾主任和你对我的帮助。"

又说：

"我忘不了贾主任，更忘不了你。"

又说：

"我以前做得不对的地方，请贾主任和你原谅我。"

说的是照片和 U 盘的事了。但老蔺没接受他这些感激，

153

面无表情地说：

"不，过去帮忙归帮忙，这回，生意就是生意。"

严格愣在那里。这下彻底明白了老蔺也就是贾主任的意思。严格用照片和U盘跟贾主任和老蔺摊牌，贾主任和老蔺也用八千万跟严格摊牌了。帮忙和生意，是两个不同的概念。帮忙是含混的，生意是清楚的；帮忙是无尽头的，生意一桩是一桩，潜台词是：一切到此为止。为什么只帮着贷八千万，不多，也不少，是因为贾主任算得清楚，贷给严格八千万，严格就能救急；既不会饿死，但又撑不着。过了八千万这道坎，从此大家一刀两断。以后的事，就是严格自己的事了。帮着贷八千万，与照片和U盘，是桩生意。严格这时意识到老男人的厉害。但八千万对于严格，恰是救命稻草。就是碗毒药，也只好喝下去。严格明白了贾主任和老蔺的意思后，这次没有失态，没有把这层窗户纸捅破，仍感激地说：

"谢谢贾主任，更谢谢你。"

虽然这桩生意的代价有些大，生意做过，就等于失去了贾主任；失去了贾主任，就等于失去了十多年来发财的源头；失去的不光是一个人，而是一棵大树；失去的不光是人和树，而是十多年来积累和沟通的成本；物与钱获得是容易的，与人沟通是最难的；等于丢了一个西瓜，得到一粒芝麻。但这粒芝麻是速效救心丸，严格也只好吞下。问题还在于，在两

154

人关系和关系的变化上，贾主任是主动轮，严格是被动轮；贾主任说要生意，严格就无法不生意；不生意，连这桩生意都没有了。贾主任毒就毒在这个地方。但吞下这粒速效救心丸，人还是缓过来了。如同要沉的船卸了半船货物，这船又浮上来了；人还是感到轻松。严格又想，事到如今，也只好缓过这口气再说。至于以后，再说以后；失去贾主任，再去找甄主任；无非再花些沟通和积累的代价罢了；车到山前必有路，船到桥头自然直。左右一想，心情也好了起来。又想：或者，流氓就是这么锻炼出来的。

严格能接受这桩生意，还有一个原因，在这桩生意之前，严格刚跟妻子瞿莉也做了一桩生意。他通过自己的司机小白，控制瞿莉的司机老温，弄清楚瞿莉出走之后，这些天的行踪。原以为跟人有关系，最后是跟钱有关系。仅跟钱有关系，倒是比跟人缠在一起好办；像他跟贾主任和老蔺现在的关系一样。但也不是这么简单。那天严格把瞿莉堵在银行门口，两人在咖啡馆摊牌谈了一次，也只是知道她在转账，不知道这账的来路和去路，及钱的多少。但通过瞿莉这个举动，严格意识到什么；回头在自己公司调查，从一个财务主管嘴里，终于弄明白，从八年前开始，公司的每一笔生意，瞿莉都从背后插了一手。严格在瞿莉身边安的有卧底，瞿莉在严格身边安的也有卧底，就是两个月前出了车祸的公司那个副总。

公司的每笔生意中，瞿莉联合这个副总，都暗中切了一刀。每次切口都不大，切下的蛋糕都不多，所以不易发现；正因为这样，次次不落，也积少成多；这是瞿莉聪明和恶毒的地方。原来瞿莉跟他，早就不是一条心。但为什么是八年前，因为一件什么具体的事，让瞿莉在心里跟他分道扬镳，他一时也想不起来。因为一个女人?因为一笔钱的用途?因为一个日常举动?因为一句话?还不知瞿莉跟那个死了的副总，到底是什么关系。世界如此纷繁，倒让严格心惊。联系到瞿莉一趟趟去上海，还不知在搞什么名堂。这时不但怀疑瞿莉的抑郁症是假的，甚至怀疑她由瘦变胖，由文雅变暴躁，也是假的。当然不可能全是假的，但有没有演戏的成分呀?现查出，八年来，瞿莉在背后一刀刀切下的小蛋糕，一笔笔钱攒起来，共有五千多万。放到过去，这钱对严格不算多；放到现在，船要沉了，这钱就不算少。严格又跟瞿莉摊牌。瞿莉听说他查出她八年来的举动，并不惊慌，好像早就知道会有这一天，又让严格吃惊；瞿莉好像还有些不耐烦：

"事到如今，赶紧说怎么办吧。"

事到如今，严格只好跟她做生意。这生意做得，不像与贾主任和老蔺那么爽快。两人争执半天，严格一让再让，最后达成协议：一、从瞿莉的五千多万中，分出一半给严格救急，待严格缓过劲儿来，再把这钱还给瞿莉；二、瞿莉借给严格钱，瞿莉过去的所作所为，都一笔勾销；三、严格借瞿莉的钱，要打欠条；四、瞿莉提出，瞿莉借给严格钱之日，就是两人离婚之时，也算一刀两断。在这宗交易中，严格虽然感到屈辱，那钱本来就是严格的，现在成了借的；本想全借，现在只能借一半；加上，瞿莉背后这么干，本来就违法和不道德，现在倒反客为主。但严格又想，夫妻离婚，不也得分人一半财产吗?只是现在不该分钱，应该分欠人的账；如今成了，账是严格的，钱是瞿莉的。但两千五百万，放到过去不算什么；放到现在，也算一根救命稻草；争执半天，严格也就同意了。两天来，严格跟生活中最亲密的两方人，一头是家里的，老婆；一头是社会上的，贾主任和老蔺；先后做了两桩生意。但两千五百万，加上八千万，也一亿出头，严格就能救下自己。又想，交易交易也好，大家全清楚了。只是昨天夜里，严格睡醒一觉，突然想起一件事，又出了一身冷汗：过去十多年中，瞿莉连连流产，不知是不是故意的。如果是故意的，她早就做好了跟严格分手的准备不说，另一个心思就更毒了：不与严格共有后代；或者：让严格断子绝孙。还有一种可能，她流产流下的，是不是严格的孩子呀?会不会是死去的那个公司副总的呀?越想越怕，最后感叹：世上最近的人，往往可能是最恶毒的人；就像出了车祸的那个副总，你最信任的人，往往就是定时炸弹一样。

也是物极必反，两桩生意做过，严格心里倒安稳了。世上就剩下自己一个人，这人倒清爽了。与老蔺达成协议，严格带着老蔺，便去严格家里取U盘。U盘并不放在严格现在的住处；严格现在住在郊区马场；严格高兴时爱跟马在一起，烦恼时，也爱跟马在一起；马总比人有道德；U盘放在城里的住处，好久不住的贝多芬别墅。贝多芬别墅的钥匙，不在严格手里，在瞿莉手里。本来严格手里也有一套钥匙，前年夏天，严格与一电影演员在里头鬼混，被瞿莉抓了个正着；瞿莉大闹之后，便将这房子的门锁给换了。严格又感叹，瞿莉的背叛，自己也不是没有责任。正是因为这样，严格便把这U盘，这天大的秘密，放到了这里，放到了瞿莉和别人想不到的地方。那天去放U盘，是趁没人的时候，悄悄拨开后窗户，从窗户翻进去的。去自己家，倒像是做贼。但现在带着老蔺，就不好翻窗户；于是开车接上瞿莉，一块去了贝多芬别墅。再与瞿莉见面，两人生意已经做过，马上要成陌路人了，倒显得客气许多。到了贝多芬别墅，瞿莉上楼去了卧室，严格在楼下给老蔺收集U盘。U盘一共有六个备份；别墅里是木地板；六个U盘，分别藏在客厅几块不同的木板下。大家在客厅里走来走去，并不知道脚下藏着这么大的秘密。看严格撅着屁股，趴在那里用改锥起地板，老蔺不禁笑了：

"你可真成。"

严格拿出U盘，又将木板一块块放回；走到窗户下，按一藏在窗户台下的按钮，窗下一块桌面大的墙开了，原来是块假墙；从里面又拿出一笔记本电脑，连同那六个U盘，全部放到了茶几上：

"所有的，都在这儿。"

老蔺又面无表情：

"是不是所有，那是你的事。"

又说：

"贾主任常说，钱是小事，做人是大事。"

严格刚才折腾半天，又出了一头汗。这时擦着头上的汗：

"这是大道理，我懂。"

又显得有些狼狈。但还没等严格懊恼，楼上传来瞿莉一声尖叫。严格和老蔺都吓了一跳：

"怎么了？"

慌忙往楼上跑。待跑到三楼卧室，才知家里来了贼。初像瞿莉一样，两人也有些惊慌；但检查屋子，发现贼只身跳下了楼，贼偷的东西，藏在电视柜里，并没有带走，又松了一口气。这时严格庆幸自己把U盘藏到了地板下，把电脑藏在了墙壁里，都是贼想不到的地方。只要这些东西不出意外，其他东西就是被贼偷走了，也无大碍。严格拎着贼的鱼皮口袋，大家下到一楼。这时老蔺倒有些担心：

"咱们刚才说的，贼不会听着吧?"

严格：

"他在三楼，没事。"

这时有人"梆梆"敲门，严格打开门，拥进来四五个别墅区的保安。进门不由分说，有要到各房间找贼的，有要打电话报警的。严格还没说什么，老蔺上前拦住他们：

"不用报警。"

又指鱼皮口袋：

"这是个笨贼，偷了半天，把东西落下了。"

严格突然明白什么，也说：

"虚惊一场，就别报警了。报警对我们没什么，保安公司，又该怪你们了。上回小区出了一回贼，不是解雇了你们几个人?深更半夜，都不容易。"

几个保安明白过来这个道理，马上点头说：

"谢谢严总，谢谢严总。"

又千恩万谢，才退着身走了。待屋里剩下严格老蔺瞿莉三个人，瞿莉穿着浴衣，抄起老蔺放到茶几上的烟，点着一支，一屁股坐到沙发上：

"怎么没丢东西?我的手包，可让贼抄走了。"

严格吃了一惊：

"这包倒值钱，英国牌子，全世界没几个。"

瞿莉：

"包我倒不心疼，可惜里边的东西。"

严格挥挥手：

"手包里，能有多少钱，算破财免灾吧。"

瞿莉：

"我告你们，手包里，也有一个 U 盘。"

严格加上老蔺，都大吃一惊。严格忙问：

"U 盘里是什么？"

瞿莉用烟头点点茶几上的 U 盘，大大方方地说：

"和它们一样。"

严格加上老蔺，又大吃一惊，愣在那里。严格突然明白什么，猛拍一下自己的脑袋：

"原来那副手拍这些，是你指使的。"

又愣着看瞿莉：

"你到底是什么人呀？跟你过了这么多年，我咋不认识你呀？"

瞿莉吐了一烟圈：

"你先背后骗的我。对像你这样阴毒的人，我不能不防。"

老蔺问瞿莉：

"被贼偷走的 U 盘，设密码了吗？"

瞿莉：

"以防万一，该设密码；以防万一，怕被人暗算，就没设密码。"

老蔺和严格都愣了。严格跳起身，要打瞿莉，这时被老蔺拉住。严格向老蔺抖着手：

"这下可完了。"

老蔺叹口气，接着笑了，看着严格：

"这样也好，我们之间，就不是面对面，而是要共同面对了。"

突然又有些怀疑：

"别墅区这么多房子，贼咋单偷这栋呢？"

马上显得有些紧张。严格明白老蔺的意思，怀疑这场偷盗是场阴谋，是否跟严格和老蔺与贾主任的事有关系。也紧张起来。其实这场偷盗不是阴谋，跟严格与老蔺和贾主任的事也没关系。但贼偷严格家别墅，也不是偶然的。这贼是青面兽杨志；偷严格家，是曹哥鸭棚的主意。但这主意不是临时产生的，是早有人惦上了严格家。惦上不是因为严格，而是因为瞿莉的司机老温。老温自与严格家保姆的事爆发之后，在严格家没爆发，在老温家爆发了；老温倒改邪归正，不再与那安徽小保姆来往。想来往也不能了，严格家三个保姆，今年换了两个，其中就有那个安徽小保姆。但不勾搭女

162

人，又不是老温。除了能与保姆好，老温又勾搭不上别的女人。说起来这事也不怪老温，老温虽然四十八岁，这方面还行，老婆却不行了，所以在外边找人出火；这是老温现在勾搭女人，和年轻时勾搭女人的不同。勾搭不上别的女人，遇到煎熬不住的时候，老温便上街找"鸡"。贝多芬别墅这栋房子，严格家久不住了，搬到了马场。这天瞿莉让老温去别墅取一件东西。这两天老温正煎熬不住，便想趁取东西时，在街上找个"鸡"，同时解决一下自己的问题。开着瞿莉的"宝马"车，路过一发廊，停下；相中一按摩女，讲好一百块钱，让那"鸡"上车，到了贝多芬别墅。取东西之前，老温先与那"鸡"在沙发上办事。办完事，提上裤子，为嫖资，两人起了纠纷。两人在发廊讲好一百，但这"鸡"看老温开着好车，带她到别墅，以为老温是这车这房的主人，全不知老温只是个司机；这时开口要五百。老温立马急了，怪"鸡"说话不算话；"鸡"说，在发廊是一百，出台是五百。老温不是出不起这钱，是生气上当受骗。两人先是争执，后是扭打。老温扇了那"鸡"一巴掌，指着电话：

"信不信，我马上打电话叫警察抓你！"

那"鸡"孤身一人，斗不过老温，拾起老温扔在沙发上的一百块钱，哭着跑了。但记恨上老温，和这幢别墅。恰巧这"鸡"有一个姐妹叫苏顺卿，苏顺卿除了给别人按摩，还与一饭馆送外卖的小伙子靠着。这小伙子，就是与光头崔哥一起拦截青面兽杨志的那位。这小伙子读过高中，喜欢拽文。傍一野鸡，自比柳永。"今宵酒醒何处，杨柳岸，晓风残月。"与野鸡傍着，却被"鸡"管着。苏顺卿叫他往东，他不敢往西；让他打狗，他不敢打鸡。苏顺卿可以名正言顺与别的男人睡觉，"柳永"却只能与她傍着。傍"鸡"也不是好傍的，比傍一个良家妇女还要花钱。"柳永"在一饭馆送外卖，傍不起一个"鸡"，便投奔曹哥，做些通风报信的事，图些额外的收入。恰巧被老温打了的那"鸡"与苏顺卿好，将自己在贝多芬别墅受的委屈，哭诉给苏顺卿。苏顺卿无意中告诉了"柳永"。贝多芬别墅，正好离"柳永"的饭馆不远，"柳永"常去贝多芬别墅送外卖；为了在苏顺卿跟前逞能，便想施展一下手段，惩罚一下欺负那"鸡"的房子的主人，自己也得些收入。也是把老温当成了房主。再送外卖时，便留意这房。观察了半个月，向曹哥汇报，说这别墅常年无人住，但里面东西齐全；一套富贵在那里摆着，不取白不取；接着便有了青面兽杨志偷严格家别墅的事。事出一只"鸡"，但在老蔺和严格这里，事情好像更复杂了。或者说，不管这事与严格和贾主任的事有无关系，现在已经有关系了；因为有一个U盘，已经被人偷走了。

第十七章

刘鹏举　麦当娜

刘跃进捡了个包，像是偷的。他将这包揣到怀里，拼命往外跑。慌不择路，到底钻了几条胡同，跑过几条街道，换了几趟夜班车，怎么跑回的工地，他根本不记得。身后似有千军万马在追赶他。待回到工地，回到食堂，打开自己的小屋，进来，插上门闩，一头栽到床上，才觉出身上的衣服，从上到下全湿透了。五天来天天找包，都没这么累；捡了个包，把人累虚脱了。这时才知道，贼也不是好当的。又突然想起，自己只顾往回跑，把自行车落在了贝多芬别墅对面的胡同里。但又不敢再回去取。好在自行车本来就破，前两天又被撞过，值不了几个钱；但又可惜前两天刚换了一个前圈，虽是二手货，也白花了三十块钱。直到定下神来，才打开屋里的灯。刚打开，又关上。从枕头下边，摸出一把五号小手电，揿亮，用嘴叼着，端详捡的这包。这包的形状，以前没有见过，瓜牙形。摸了摸，比塑料包、皮革包软和。但包就是个包，没特别在意。然后打开这包，开始翻里边的东西。不翻这包觉得自己捡了个便宜；虽然跟踪青痣半夜，又被他走脱了；丢了的包，还得再找；但丢了一包，又捡到一包；这包是富人的，里边不定藏着多少钱和钻戒；否则青痣也不会乔装打扮去偷这包；丢了只羊，说不定捡回头马；谁知翻过这包，刘跃进大为失望。包里倒有五百多块钱，但除了这钱，剩下的就是些银行卡、女人的化妆品和化妆用具：粉盒、眉刷、镊子等；还翻出两贴卫生巾。银行卡倒值钱，但没有密码，等于无用；就是知道密码，对方一挂失，也不敢去银行冒险。刘跃进气不打一处来，但他不气这包，气青痣那贼，不禁骂道：

"×你姐，偷穷人你偷钱，偷富人，你偷些女人的东西，变态呀？"

接着又翻出一U盘。但刘跃进不懂电脑，也不懂U盘，不知是何物。看着方方长长，倒很精巧，以为又是女人的用物，只是不知有何用途。正端详纳闷儿，外边有人"梆梆"敲门。刘跃进以为有人追来了，忙将手电摁灭，将那U盘揣到怀里，将手包扔到地上一坛子里；厨子的房间，地上倒不缺坛坛罐罐；然后将坛子盖上，又赶紧躺到床上，盖上被子，假装用刚醒来的声音问：

"谁呀？"

门外的人很不耐烦：

"我，开门！"

刘跃进听出声来，是工地看料场的老邓。听出是老邓，刘跃进放下心来。但又不放心，担心追赶他的人，让老邓来诓门。又问：

"还有谁呀？"

老邓在门外有些没好气：

"我一个人还不够哇？没给你带小姐。"

刘跃进才放下心来，掀开被子，去给老邓开门。打开门，老邓跟他急了：

"你夜不归宿，干吗去了？"

刘跃进开始装糊涂：

"回来半天了。"

又做出奇怪的样子：

"我睡觉不死呀。"

老邓倒没跟他啰唆，说：

"有人一直在找你，知道不知道？"

刘跃进又吃了一惊：

"谁？"

老邓：

"你儿子。一个钟头，来了五个电话，让你到北京西站接他。"

虽然不是追他的人找他，刘跃进也愣在那里：

"他个王八蛋来北京了？我咋不知道？"

老邓埋怨道：

"知不知道我失眠？让他这么一折腾，我今晚上又交待了。"

又说：

"任保良这个王八蛋，非把电话安在料场。我回去就把它砸了！"

刘跃进来到北京西站，已是夜里两点。白天，火车站人挤人；半夜，广场上冷清许多，走动的人很少。但广场地上，横七竖八躺满了人。人的各种睡姿：瞪眼的，打呼噜的，磨牙的，毫不掩饰也毫不在乎地呈现在这个世界上。也有人不睡，蹲在台阶上啃面包，眼睛滴溜溜乱看；也有人坐在行李上，有一句没一句瞎聊，聊着聊着，张嘴打了个哈欠。也有几对不知从何地来的男女，女的倚着柱子，男的搂着她啃。刘跃进在广场上溜达了三趟，没有找见他的儿子刘鹏举。这

168

时刘跃进有些着急。儿子头一回来北京，别再把他弄丢了；或者儿子缺心眼，让人贩子给拐走了。把儿子丢了，比把包丢了，事情还大。正是因为包丢了，该给儿子寄学费，刘跃进没寄，说不定儿子焦急，直接找北京来了。如果儿子丢了，也是这包引起的。刘跃进一边又骂偷他包那贼，一边又在广场寻找。这回寻到广场西沿，从一圆柱折身往回走，有人猛地向他咳嗽；他扭脸一看，圆柱后，站着他的儿子刘鹏举。半年不见，儿子变了许多；高了，也黑了，嘴唇上钻出密密麻麻的胡髭；也胖了，高高大大，黑胖；爹越来越瘦，儿子倒吃得越来越胖；怪不得从这里路过三趟，没有发现他。但刘跃进没有发现他，他应该发现刘跃进呀，怎么不提前打个招呼，让刘跃进多焦急半天。接着让刘跃进吃惊的是，儿子身边，还站着一个二十四五岁的女子，大半夜，描眉涂眼；上身穿一件吊带衫，包着大胸；下身穿一半截粉裤，包着屁股；脚踏一没有后跟的凉鞋；也许刚才刘跃进路过时，儿子正跟这女子亲嘴，没有发现刘跃进。事情变化得如此突然，刘跃进有些蒙；双方见面，不知从何处下嘴。正是因为不知如何开口，刘跃进一开口就急了：

"不在家好好上学，到北京干啥？"

说完这话，刘跃进又有些后悔，话不该从这里开头；儿子到北京来，正是因为刘跃进没及时给他寄学费；这话问的，

不是自己打自己耳光吗?没想到高大黑胖的儿子没理这茬儿,干脆说:

"还提上学,实话告诉你,仨月前,我就不上了。"

刘跃进愣在那里,接着勃然大怒:

"说不上就不上了?也不提前跟我打声招呼。"

接着又急:

"既然早就不上了,你还三天两头催学费,连你爸你都骗呀?"

更让刘跃进生气的是,正是因为去邮局给儿子寄学费,他的包才让抢了;如果儿子不骗他,这一连串的倒霉也就没了。刘跃进想上去踹儿子一脚,但看他身边还站着一露胳膊露腿的女子,又忍住了,厉声问:

"不上学,你整天干吗?"

儿子刘鹏举:

"我妈让我跟我后爸卖酒。"

这话更让刘跃进吃惊。六年前,和老婆黄晓庆离婚时,刘跃进把儿子争到手,又为争口气,没要黄晓庆的抚养费;正为这口气,六年来把腰累弯了;没想到六年熬过来了,儿子一声招呼不打,就投奔了他妈;等于刘跃进六年白熬了,这口气也白争了。刘跃进痛心疾首地跺地:

"你投奔你妈了?你知道你妈是个啥?七年前就是个破鞋!"

又骂：

"还后爸，你知道你后爸是个啥？是个卖假酒的，法院早该毙了他！"

刘鹏举满不在乎地：

"你说的是过去，现在生产真的了。"

又说：

"你嚷什么？昨天，我跟他们闹翻了，就找你来了。"

刘跃进对事物的变化猝不及防，又蒙了：

"咋又闹翻了？"

刘鹏举：

"上个月，我妈生了个小孩。自有了这野种，他们待我，就不如以前。我想把这野种掐死，没敢下手。"

刘跃进又愣在那里。前妻黄晓庆已四十出头，那个卖假酒的李更生，也四十五六，他们还能在一起生出孩子？他们可真成。刘跃进又痛心疾首：

"他们这么做，违反计划生育，还有人管没有？"

父子俩在这儿捺下葫芦起来瓢地争吵不清，旁边穿吊带那女子悄悄拉了拉刘鹏举。刘鹏举反应过来，对刘跃进说：

"忘了给你介绍，这是我女朋友，叫麦当娜。"

刘跃进也止住争论，正式打量这个叫麦当娜的女子。打量半天，刘跃进心里又犯嘀咕。这回嘀咕的不是她的扮相和穿戴，而是她对这扮相和别人看她的态度：满不在乎。一看就不像良家妇女。"曼丽发廊"的杨玉环，才对自己和世界露出这神情。如果是只"鸡"，这扮相和态度还说得过去；如是儿子的女朋友，刘跃进有些不放心。刘跃进把儿子扯到圆柱另一侧，倒也不敢直接说她是"鸡"，突然想起什么：

"麦当娜，这名字咋这么熟呀？"

刘鹏举：

"跟你没关系，她一开始叫麦秸，嫌那名儿土，改叫这个。"

刘跃进顾不得计较这名字，悄声问：

"啥时候谈的？"

刘鹏举不耐烦：

"俩月了。"

刘跃进还绕圈子：

"我看着比你大好多呀。"

刘鹏举反问：

"是你谈，还是我谈？"

开始不理刘跃进，又回到圆柱这侧。刘跃进只好又跟回来。对他们的窃窃私语，儿子的女朋友麦当娜倒不在乎；见他们父子俩又说杠了，一笑，主动上前跟刘跃进打招呼：

"叔，老听刘鹏举说，您在北京混得体面；鹏举跟他妈那边闹翻，我们就想来北京发展。"

听她说话，刘跃进又蒙：

"发展，发展什么？"

刘鹏举在旁边嚷：

"你不老在电话里说，你有六万块钱，快拿出来吧。"

指着麦当娜：

"麦当娜会捏脚，俺俩想在北京开一洗脚屋。"

刘跃进欲哭无泪。过去儿子跟他要钱，刘跃进手头紧时，两人便在电话里吵架；吵起架来，儿子怀疑他没钱，刘跃进常拿那六万块钱说事儿；但儿子既不知道这钱的来路，也不知道这钱还不是钱，只是张欠条；而这欠条，几天前，也随着那包丢了。

第十八章

赵小军

儿子刘鹏举和女朋友来到北京，刘跃进马上无家可归。刘跃进领着儿子和他的女朋友麦当娜从火车站去建筑工地，父子俩又吵了一路。儿子刘鹏举追问刘跃进到底有没有六万块钱，刘跃进一时解释不清，只好说：

"有是有，现在还不能花。"

刘鹏举：

"既然有，为啥不能花？"

刘跃进：

"银行，存的是定期；马上取，会吃大亏。"

这话刘跃进在电话里说过一百遍了，刘鹏举开始怀疑这话的真假。接着刘跃进又怪刘鹏举，这时不怪儿子不打招呼，就投奔了他妈和那个卖假酒的，而是怪他既然去了，就不能便宜那对狗男女，就该趁机多搂他们的钱；怎么仨月下来，还两手空空?这不是白叛变了?偷鸡不成，反蚀一把米。儿子也急了：

"你要这么说，你不给我寄钱，就是故意的，故意把我往人家那逼，让我去搂人家的钱。你这么做对吗?"

刘跃进有些气馁：

"我倒不是这个意思。"

突然想起什么：

"我倒发现，我跟你妈这事，你倒钻了不少空子。"

突然又跟那个卖假酒的急了：

"过去是个卖假酒的，现在竟成真的了?就这么瞒天过海蒙过去了?还有人管没有?"

这样吵了一路，待刘跃进把他们领到建筑工地，领到食堂自己小屋前，开门，拎着行李进屋，两人不吵了。因刘鹏举和麦当娜看到屋里的陈设，地上的坛坛罐罐，一脸失望。住着这样地方的人，哪里会有六万块钱呢?儿子嘟囔：

"几十年了，就会说瞎话。"

刘跃进有些气馁，没有还嘴。接着开始发愁仨人怎么住。刘跃进还没想清楚，儿子刘鹏举没好气地问：

"爸，我们俩住这儿，你住哪儿？"

刘跃进一愣，没想到刚刚见面，儿子就反客为主。这本是刘跃进的住处，儿子却问他去住哪里，分明是要把他赶出来；另一个让刘跃进生气的地方，把刘跃进赶走，说他俩住这儿，分明是住在一起；这哪里是搞对象，分明是胡搞。刘跃进刚想发火，儿子的女朋友麦当娜说：

"叔，您这里不方便，要不我们去住旅社吧。"

虽然让了刘跃进一步，意思也是，俩人要住一起。看来住在一起，也不是一天两天的事了。刘跃进就是想管，也来不及了。大半夜了，吵也吵累了，刘跃进黑着脸：

"你们住你们的，北京我可去的地方，能挑出十个。"

待刘跃进刚出门，儿子"啪"的一声，就把门关上了。刘跃进扭身，屋里的灯还没关，儿子就一把抱住了他的女朋友麦当娜；窗帘上，映出俩人厮缠在一起的身影，接着俩人倒在了床上；接着灯灭了；一阵窸窸窣窣，接着传出两人的大呼小叫。刘跃进愣在那里。愣在那里不是要听儿子的墙根，而是刘跃进想起自己十九年前，跟前妻黄晓庆刚结婚时，瘾头也是这么大。不是感慨自己老了，而是觉得一切都恍若隔世。

待刘跃进离开小屋，又觉得自己无处可去。睡觉的地方不是不好找，单说工地，工棚里睡着几百号人，哪里挤不出一个铺位？但刘跃进不愿去工棚。不愿去工棚不是嫌那里脏，而是跟这些人说不到一块儿。过去能说到一块儿，现在说不到一块儿。没事扯淡行，满腹心事，找他们不合适。这些人还爱打听闲事，遇事爱问个底儿掉；说着说着，话又下路了；把一件事说成另一件事，把另一件事说成第三件事，或把三件事又说成一件事；工棚去不得。但刘跃进今天遭遇这么多事，憋了一肚子话要说；不说，肚子就爆炸了；与工棚的人说不得，有一个人却想对她说，就是"曼丽发廊"的马曼丽。但现在夜里三点多了，估计马曼丽早睡了，这时去叫门，又怕马曼丽跟他急。但脚下不知不觉，穿过胡同，又走向"曼丽发廊"。远远望见"曼丽发廊"，一阵惊喜，原以为发廊早打烊了，没想到里面还亮着灯。刘跃进加快步子，来到发廊。待到发廊，又吃了一惊，发廊的门虽关着，但能听出里边正在吵架。趴到窗户上往里看，戏还是老戏，马曼丽的前夫赵小军，正在发廊跟马曼丽撕巴。发廊小工杨玉环早下班了，屋里就他们两个人。刘跃进以为赵小军又来要账，要马曼丽弟弟欠他的三万块钱，双方发生争执，又打了起来；谁知这回不是要账，赵小军喝大了，红头涨脸，脚下有些拌蒜，正抱着马曼丽往里间拖：

"一回，就一回。"

原来想与马曼丽成就好事。这事比要账更严重了。赵小军虽然喝醉了，但劲头仍比马曼丽大；或者说，正是因为喝醉了，劲头比平日还大；马曼丽被他抱住，脚已离地，腿像小鸡一样踢蹬；无抓挠处，便用手把着里间的门框，撅着屁股：

"× 你娘，咱早离了，你这叫强奸，知道不知道？"

赵小军嘴里语无伦次：

"强奸就强奸，不能便宜你！"

两人在较劲这里屋的门框。谁知里屋的门是临时圈出来的，门框是用木条临时钉巴上去的，赵小军又一用劲，连门带人，"呼啦"一声塌到地上。赵小军直接摔到地上，脑袋磕到凳子上，凳子也被磕得散了架，半天没爬起来；马曼丽摔到赵小军身上，倒无大碍，爬起来，从剪发台上抄起一剪子：

"再来浑的，我捅了你！"

赵小军脑袋被摔晕了，半天反应不过来；待反应过来，看着马曼丽手里的剪子：

"不那样也行，还钱！"

终于又回到了钱上。马曼丽仍不买账：

"不欠你钱。"

赵小军：

"都是你们家人，他跑了，就该你还。"

马曼丽：

"他跟你来往，就不是我们家人。"

赵小军努力往起爬：

"不还钱也行，复婚。"

马曼丽啐了一口唾沫：

"想什么呢！"

赵小军手拽着剪发台爬起来，也抄起剪发台上一剃刀，不过没挥向马曼丽，朝自己脖子那比画：

"你要不复婚，我就自杀！"

刘跃进在窗户外吓了一跳。吓了一跳不是说赵小军要自杀，而是没想到赵小军还惦着与马曼丽复婚；赵小军隔三岔五来要账，过去刘跃进以为他就是个要账，谁知他除了要账，还另有想法。既然要复婚，当初为何离婚呢？没想到马曼丽不吃这套，说：

"别光比画，往筋筒子上捅。"

又说：

"耍光棍儿呀，不像！"

伎俩被戳穿，赵小军有些恼羞成怒，挥着剃刀扑向马曼丽；马曼丽挥着剪子在抵挡。眼看要出人命了，刘跃进顾不得别的，一脚踹开发廊的门，抱住了赵小军。但人家是前夫前妻在打架，刘跃进不知该如何劝解；要账和复婚的事，刘跃进也不好插嘴；过去要账插过嘴，就插得一身臊；只好拿赵小军喝醉说事，抱住赵小军使劲摇晃：

"醒醒，你醒醒，喝了多少哇。"

赵小军也是真喝大了，被刘跃进一摇，脑子更乱了；就

179

是本来不乱，也被刘跃进摇乱了；他踉跄着步子，一头扎到刘跃进怀里：

"你谁呀？"

刘跃进一愣。这话平日好回答，现在倒不好回答，笼统着说：

"朋友。"

心里说：

"× 你妈，你还欠我一千块钱呢。"

赵小军听说是"朋友"，愣着眼看刘跃进，一时反应不来；刘跃进趁势拿下他手里的剃刀，趴他耳朵上喊：

"有事，咱换个地方说去。"

赵小军舌头打不过来弯：

"去哪儿？"

刘跃进：

"咱还喝酒。"

这时能看出赵小军是真喝大了，一听说喝酒，倒忘了刚才，高兴起来：

"别哄我，我没喝多。"

刘跃进：

"知你没喝多，咱才接着喝。"

顺势把赵小军架了出来。待出了"曼丽发廊"，刘跃进又不知道把赵小军弄到哪里去。说喝酒只是个托词，不过想把他骗走罢了。架赵小军出门时，刘跃进看到，马曼丽扔掉剪子，坐在倒在地上的门框上，哭了。待把赵小军处置一个地方，刘跃进还想回到发廊，安慰一下马曼丽，也趁势打听一下他们离婚复婚的事。平日马曼丽对刘跃进爱搭不理，这些事不好问；今天有这个茬口，她就不好再摆架子了。刘跃进把自己的一腔心事，倒暂时忘到了脑后。他想把赵小军架到大街上，架到公交站；那里有候车的长椅子，把他放到上边，既能醒酒，人又在大街上，不会出别的事。没想到赵小军虽然喝大了，别的记不得，但记得刘跃进说喝酒的话。看刘跃进把他往大街拖，又瞪眼睛：

"哪里去?骗我是吧?"

又往回挣：

"我还得回去，事儿还没说清楚呢。"

事到如今，刘跃进只好又把他往街角架。过了两个街角，有一二十四小时饭馆。这饭馆是内蒙古人开的，叫"鄂尔多斯大酒店"。说是大酒店，其实里边就五六张桌子，卖些烤串、牛羊肉的炒菜或面食罢了。刘跃进只好把赵小军架到这里。赵小军看到酒店，高兴了。已经是下半夜了，店里一个顾客也没有。厨子早睡了，烤串热菜也没了；柜台的玻璃橱柜里，摆了几碟小凉菜；凉菜在橱柜里摆的时间长了，已经累了，也就蔫了。一个蒙古族胖姑娘，两腮通红，两眼也通红；罗圈腿，大概是骑马骑的；给他们上过酒菜，回到柜台前，头一挨柜台，转眼就睡着了。刘跃进本不想让赵小军再喝了，但赵小军不干，拿起酒杯，"咣""咣""咣"，自个儿先喝了仨，接着又要与刘跃进碰杯。这时刘跃进想起自己的满腹心事，丢包捡包的事，儿子和他女朋友来北京的事，一起涌到心头，无心喝酒，赵小军在桌子那头急了：

"啥意思?看不起我是吧?"

抄起一凳子，要与刘跃进较量。刘跃进只好喝下这杯。喝了一杯，就有第二杯。接着就收不住了。赵小军喝着喝着还那样，刘跃进几杯酒下肚，也是五天来找包找累了，今晚上又马不停蹄，跑了大半个北京城，竟也喝大了。原以为喝大是件坏事，没想到喝大了就把别的事忘了，心里竟一下痛快起来。又"咣""咣"碰了两杯，刘跃进忘了这喝酒的起因，及对面喝酒的人，与自己是什么关系。两人本也不熟，就见过几面，赵小军还欠刘跃进的钱，现在突然亲热了。说话间，刘跃进脑子还在挣扎，似要打问赵小军什么。突然想起，是要打问赵小军和马曼丽之间的事，当初为何离婚，现在又为何想复婚，这些来龙去脉。谁知不提这事还好，一提这事，赵小军"哇"的一声哭了，探身抓住刘跃进的手：

"哥，说起这事，我上自个儿的当了。当时离婚，不为别的，为另外一骚货。也没别的，胸大；我那老婆，不仔细看，就是个男的。那时我有钱呀，离个结个不算啥。现如今，钱没了；上个月，那骚货跑了。哪儿都找了，没有。一前一后，俩都没了。我想我亏呀，凭什么让我一头儿得不着呀？"

又说：

"姓马的也不是东西，她跟那骚货，本也是好朋友，是不是编个圈套，让我钻呀？"

又恨着牙说：

"三年前，她也跟一人好，以为我不知道。有喜欢这种男扮女装的。"

说得有点儿乱，刘跃进也没听出个头绪。只听出，马曼丽并不是他认识的马曼丽，她比原来的马曼丽复杂。倒是听赵小军说他第二个老婆跑了，突然跟他的一桩心事，撞到了一起。刘跃进的前妻黄晓庆，也跟人跑了。接着一阵酒又涌上来，刘跃进也拍打着桌子：

"要说跑老婆，咱俩一样。"

突然停住，想了想，自己的老婆不是跑了，是被人抢了，又摇头：

"也不一样。"

突然又急了，但不是急向赵小军，而是急向所有人：

"不就老婆叫人抢了吗？老说，说得我心里都起了茧子。

可叫人一捅，还疼。"

赵小军晃着脑袋：

"哥，活着没意思，想死。"

刘跃进又大为感慨，这次感慨到了一起：

"知道呀。六年前，我离上吊，就差一步。"

两人越说越近。这时赵小军跟跄着步子，绕过桌子，与刘跃进并排坐在一起，向刘跃进伸手：

"是朋友，就借我钱。我做生意，做一桩赚一桩，亏不了你。"

刘跃进拍着胸脯：

"信你，我借。"

突然想起什么，又哭了：

"想借呀，不是丢了吗？"

也是好多天没说心里话了，憋的，趁着酒劲，刘跃进也将自己这几天的遭遇，从丢包到捡包，一直到不着调的儿子带女朋友来北京，一桩一件，从头至尾，给赵小军讲了。跟多少熟的人没讲，跟一个陌生人讲了。但刘跃进喝大了，舌头短了，讲着讲着，乱了，或忽然断了；再想接，又一时找不到头绪，在那里干着急。好不容易讲到现在，天也亮了，才发现赵小军根本没听，早歪到桌子上睡着了。刘跃进上去摇他，赵小军如一摊泥一样，"咕咚"一声，倒在桌子下。

第十九章

老　邢

老邢是"智者千虑调查所"的调查员。在中国叫调查员，在西方叫私家侦探；这种侦探所，也是近两年，在中国兴起来的。老邢是河北邯郸人，今年四十五岁。说是四十五，看上去有五十四。头发花白，脸上的皱纹横七竖八；头发跟眉毛连着，人显着土气，看上去也老。他穿上农村的衣服，就是一冀中平原的农民；穿身工装，像邯郸轧钢厂的工人；现在穿上西装，打着领带，也像民工来北京串亲戚，不像一个利索精明的侦探。严格初见他，大感失望。接着发现老邢爱笑。一个人爱笑不算毛病，问题是他爱偷笑。一篇话说下来，你说得正经，不知他觉得这些话里，哪一句有漏洞，偷偷捂着嘴笑了，也让人窝火。老邢吐字也慢，严格丢了U盘，说话有些急，老邢倒劝他：

"慢慢说，不着急。"

严格能不着急吗?这U盘里，牵涉着几条人命呢。U盘在严格手里，这U盘是用来威胁别人；现在U盘丢了，这威胁就转了向，也威胁到严格自己。U盘里有十几段视频，有几段是贾主任和老蔺嫖娼的场面，和严格干系不大；嫖娼之前，还有几段视频，是严格向贾主任和老蔺行贿的镜头。贾主任和老蔺受贿算犯罪，严格行贿也算犯罪呀。受贿的数目，一次次加起来，够上枪毙。贾主任和老蔺收人钱受到惩罚罪有应得，送钱的也受到威胁，这威胁还源于自己，严格就感到有些冤。本来威胁只对着贾主任和老蔺，现在对贾主任和老蔺威胁有多大，对严格威胁就有多大。更大的问题是，如果U盘落到固定的人手里，这U盘还好找，现在被贼偷了，贼飘忽不定，要找到U盘，先得找到偷包那贼，这寻找就难了。更可怕的是，如果这贼懂U盘，看了里面的内容，事情麻烦；但如果这贼不懂U盘，随手把它扔了，落到不该落的人手里，事情就更麻烦了。本来这U盘，牵涉到严格和贾主任的生意，严格把U盘交出来，贾主任帮他从银行贷八千万；这八千万虽不能解渴，但能救命；现在U盘丢了，做生意没了本钱，这生意就自动停止了。严格这命，本来操在贾主任手里，现在由贾主任手里，自动转到了这贼手里。昨天夜上，老蔺听说 U 盘被贼偷了，一开始感到这事啼笑皆非，像"智者千虑调查所"的老邢一样笑了：

"这样也好，从今往后，我们就不是面对面，而要共同面对了。"

接着突然怀疑，也许这是个阴谋，马上紧张起来，收拾起严格从地板里撬出的六个 U 盘，从窗户下墙壁里掏出的电脑，匆忙走了。凌晨五点，老蔺又给严格打了一个电话，说这事向贾主任汇报了；贾主任说，十天之内，必须找到丢失的那个 U 盘；如果十天能找到，事情照原来说的办；如果十天还没找到，就别找了，大家都等着完蛋吧。听贾主任这么一说，严格出了一身冷汗。出冷汗不是贾主任给他期限，给期限证明贾主任也很着急；而是为什么不多不少就是十天？十天之后，大家为什么完蛋？严格猜不透这日子，也猜不透这个老男人。但两人身处的位置不一样，贾主任这么说，肯定有他的道理。还有一个麻烦，因为 U 盘被贼偷了，瞿莉也发生了变化。本来他跟瞿莉也有生意；八年来瞿莉在背后切了严格五千万，两人说好，瞿莉借给严格两千五百万，两人心平气和地离婚，各走各的；现在因为丢了 U 盘，这事也搁下了。按说瞿莉和贾主任和老蔺不同，U 盘里的事，牵涉着贾主任和老蔺的性命，跟瞿莉没关系。说是没关系，也有关系；

U盘里的谈话和视频，就是瞿莉指使公司那个副总干的；干这事是她，现在丢U盘也是她；房前屋后都是她，按说瞿莉本该理屈，但瞿莉和贾主任的态度，截然相反。贾主任还知道着急，瞿莉把U盘丢了，一点儿不着急。好像丢的不是一个天大的秘密，而是这秘密早该公布于众。昨天晚上老蔺走了，她也像"智者千虑调查所"的老邢一样笑了：

"看来要同归于尽了。"

又说：

"同归于尽也好，早完早了。"

说完，竟上楼睡觉去了，也让严格吃惊。做一个头发，能跟人大吵大闹，遇上这么大的事，她倒心平气和。自己跟她过了这么多年，果然不认识她。U盘丢了，这两千五百万也自然搁下了。再说，不把U盘找到，大船翻了，跟贾主任那头完了，抓住这根小稻草，也无济于事。严格顾不上跟瞿莉计较，从大局计，抓紧先寻找U盘。把U盘找到，跟贾主任和老蔺的事，包括跟瞿莉的事，才能重新救起来。到了寻找，这事拧巴还在于，丢了东西，严格又不敢报警。U盘到了警察手里，还不如在贼手里。这时想起了私家侦探。私家侦探也不敢乱找，这时想起两年前，在一朋友的酒席上，曾碰到过一"调查所"的所长。这人是天津人，满脸油光；人问他最近调查什么，他便说了一连串稀奇古怪的事，大部分

188

是男女私情；大家笑了，严格也笑了；笑后，又觉得他不该把别人的隐私，拿到这酒桌上当笑话。但酒宴结束时，这人又正色说：

"刚才的话，都是瞎编的，我虽然干的是脏事，但它也有个职业操守。"

又让严格对他刮目相看。但隔行如隔山，严格当时并不找侦探，交换过名片，过后也就把他忘记了；现在突然想起，开车去了郊区马场，把一抽屉名片，倒在地上，还真翻出了这个人，原来他的调查所叫"智者千虑调查所"。智者千虑，必有一失呀，严格不禁感慨。给这人打电话，谁知竟通了；到底是搞侦探的，两年没有见面，严格一说出姓名，他马上说出两年前喝酒的地点和同桌的人。严格说有件私事，想找一个侦探，帮自己搞明白；事不大，但急，想找一个精明的。这个天津人果然让严格放心，既没问严格是什么事，又说严格找的这个"精明的人"，一个钟头后到。但一个钟头后，这人没到；严格又打电话，天津人说调查所最精明的人，现在保定，正在调查另一件案子；已经让他停止手里的案子，来接严格的案子，正往北京赶；严格又等。中午时分，有人按门铃，严格打开门，老邢站在门前。严格以为他是一个花匠，走错了地方，那人递上一名片，却是"智者千虑调查所"的调查员。严格看这人模样，就不精明；也许刚从保定赶过来，满头大汗；穿着西服，像个民工；让这样的人去找贼，贼没找着，又让贼偷了；又怪那个满脸油光的天津人不靠谱。但坐下，聊了十分钟，像两年前在酒桌上，对那个天津人看法的转变一样，对这个叫老邢的人，看法也发生了转变。由于不放心老邢，严格一开始没切入正题，没说 U 盘的事，先扯了些别的。老邢吐字慢，爱偷笑；但你每说一段话，他都能马上抓住重点；重点时点头，你说乱了他才笑；待你一番话说完，他用三句话，就把这事的筋给剔出来了。看似憨厚，原来内秀。也许正因为外表憨厚，像个民工，才适合调查呢。真是人不可貌相。扯过些别的，严格开始调查老邢过去的业绩：

"你过去都调查什么？"

老邢望着窗外走动的马匹，倒不避讳：

"还能调查什么，第三者。"

严格：

"去年抓住多少对？"

老邢想了想，说：

"实数记不清了，怎么也有三十多对。"

严格大为感慨：

"社会太乱了。"

又指着老邢：

"你给社会添的乱，比第三者还大。"

老邢点头，同意严格的说法：

"真不该为了钱，去破坏别人的家庭。"

严格又端详老邢：

"你这工作有意思，整天就是找人。"

老邢这回不同意：

"找人有意思吗？也看找谁。吃饭找熟人有意思，素不相识，满世界找他有意思吗？"

严格想了想，觉得老邢说得有道理。又问他的过去，老邢也不避讳，说他在大学是学考古学的，毕业后去了中科院考古所；也是耐不得寂寞，不愿整天跟死人打交道；加上从小是农村孩子，耐不得清贫；就是自个儿耐得住，老家的亲人也耐不住；于是辞职下海，跟人经商。生意做了十年，赚过钱，也赔过钱，总起来说，赔的比赚的多，不是做生意的材料。想明白这一点，已经晚了，欠下一屁股债。生意做不下去，几经辗转，干上了这个。老邢感慨：

"毛主席早说过，人吃亏就在不老实。一辈子挖挖人骨头，摆到展览馆，把一千年说成一万年，骗骗大家，多好；事到如今，只好抛下死人，又找上了活人。"

又感慨：

"真是从古代回到了现实。"

这话似乎也触动了严格什么，严格也要跟着感慨；但老邢看看腕上的表，突然转了话题：

"你要调查什么？"

严格还没有从感慨中抽出身来，老邢已经回到了正事；严格还在水中扑腾，老邢已上了岸；慌乱之下，严格便知道老邢比他理性，接着说话也有些慌乱：

"我不是调查第三者，也就找个贼。"

老邢想了想，说：

"找贼不找警察，找我，证明这贼不简单。"

严格：

"贼倒也简单，偷的东西不简单，他偷了我老婆一个手包。"

老邢不再打问，耐心等着严格。严格只好往下说：

"手包里没多少钱，其他东西也不重要，但里边有一个 U 盘，里面全是公司的文件，牵涉到公司的核心机密，找警察怕打草惊蛇……"

老邢点点头，明白了：

"见到这贼了吗？"

严格：

"我没见到，我老婆见到了，这人左脸上有一大块青痣，呈杏花状；还有，他落下一送外卖的单车，箱子上有他餐馆的名字。"

也像老邢一样想了想：

"当然，他肯定也从这餐馆跑了。"

老邢点点头，这时打开皮包，掏出一沓文件：

"这单我接，下边说一下我公司的价格。"

严格用手捺住老邢的文件：

"这事有些急，最好五天能找到。如果这事拖久了，贼把U盘扔了，落到别人手里，找起来就难了，所以咱特事特办，你两天找到他，给你二十万；三天找到他，给你十五万；五天找到他，给你十万。"

严格以为老邢会感到意外，或又捂嘴偷偷笑；但老邢没笑，一本正经地说：

"严总，别以为你给多了，我也就这个价儿。"

严格愣在那里。

第二十章

刘跃进

　　刘跃进在马路牙子上睡到中午，让热给闷醒了。马路牙子旁边，有一幢高楼；清晨这里还是凉阴，到了中午，太阳移过来，成了蒸笼。刘跃进醒来，首先发现自己的衣服，像从水里捞出来一样；接着发现，上身 T 恤上，下身裤子上，横七竖八，结出一道道白碱。刘跃进一时不知自己身在何处。努力转动自己的脑子，才想起从昨天到今天的事，原来自己喝醉了。从马路牙子上坐起来，又感到天旋地转，马上又躺了回去。接着感到口渴。接着想起昨夜一块儿喝醉的是两个人；再探身寻找，身边不见了赵小军。旁边吐了一大溜，吐了个拐弯，是昨夜吃喝的东西，已被大太阳晒成一条蛇，似又被狗啃掉个尾巴；也不知是赵小军吐的，还是自个儿吐的。又想起两人喝醉后，本来睡在"鄂尔多斯大酒店"，一个趴在桌子上，一个倒在地上，怎么又到了马路牙子上?想着是"鄂尔多斯"的人干的，清早整理店铺，见他们喝醉了，便把他们扔到了街上。这些人也不是东西。又想着扔出来两个人，怎么就剩下他一个人?想着赵小军酒醒得早，酒醒后，没理刘跃进，一个人拍拍屁股走了。酒是一块儿醉的，却把同伴扔到街上，这个赵小军也不是东西。接着又想起为什么喝醉，竟不是为了自己，为了劝解赵小军。这醉就有些冤。突然又想起，儿子刘鹏举和他的女朋友，昨天来了北京；自己出来喝醉了，在这里睡到大中午，还把他们扔在家里；一个上午不管不问，待再见面，那混账儿子，肯定又会跟刘跃进急；不是故意的，也成了故意的。又突然想起自己这几天的遭遇，丢了个包，又捡了个包；捡包没捡着什么，丢的包里，却有六万块钱；这事还悬在半空，待刘跃进接着去找，却让别人的事耽搁半天工夫；心里开始懊悔。仨月前，刘跃进在卖猪脖子肉的老黄的女儿的婚礼上喝醉了，摸了卖鸡脖子的吴老三的老婆一把，被扣了一脸菜不说，还赔了吴老三三千六百块钱"猪手费"。祸皆从喝酒始。等思路完全跟过去接上，刘跃进慌了，也顾不得天旋地转，"骨碌"爬起来，先到路边小店买了瓶水，边喝，边跟跟跄跄向工地跑去。

195

待跑回工地，到了食堂，推开自己小屋的门，刘跃进却大吃一惊。屋里并没有儿子刘鹏举和他的女朋友麦当娜；他屋里的东西，却被人翻了个底朝天。被子在床上团着，桌子的抽屉开着，一个箱子里面装着刘跃进的衣服，现在箱子大开，衣服被翻得乱七八糟；地上的坛坛罐罐，盖子都被揭开了，盖子扔了一地。刘跃进一时反应不来，加上隔夜的酒劲，又上来了，支着手在屋里转。这时发现桌上扔着一张烧鸡的包装纸，纸上歪歪扭扭写着几行字：

爸：

　　我们回去了。你没钱没啥，不该骗我。临走时拿了点路费，就是你藏在画后的一千多块钱。还有那个手包，你留着没用，给麦当娜用吧。我回去一定卧薪尝胆，好好挣钱。等我有了钱，好给你养老。

儿　刘鹏举

刘跃进的酒一下醒了。第一反应，慌忙跳到床上，去揭床头墙上一印着女明星的画历；画后有一个洞，洞里本来藏着刘跃进最后一份钱，一千六百五十二块；为了防潮，用塑料袋包着；现在连钱带塑料袋都不见了。这钱是刘跃进一年四季卖泔水挣下的。一开始为了好记账，怕钱乱了，所以单

196

放着；后来当作自己最后的备用金，天塌下来都不敢动。每个礼拜三礼拜日，无论冬夏，凌晨两点，刘跃进骑一自行车，自行车两边挂两个泔水桶，将三天来攒下的碎米碎馒头和汁水，送到八十里外的顺义猪场。工地食堂的泔水油水少，卖不出大价钱；块儿八角攒起来，不容易。现在说没就没了。上个月发了三天烧，烧到三十九度五，钱不凑手，刘跃进都没敢动它。接着又从床上跳下来，去看地上的坛子；昨夜捡青面兽杨志那包，本来放在一豆腐乳的空坛子里，现在这包也不见了。刘跃进先是跺脚骂：

"王八蛋，你爸倾家荡产了，你还雪上加霜啊？"

又抱着头坐在床上。这时闻到屋里的味道不对。耸耸鼻子，原来是儿子女朋友留下的脂粉味，还有两人昨夜在床上折腾，床单上，被子上，留下的两人混合的味道。刘跃进将一下自己的头发，头发上都是汗，也臭了，这时自言自语：

"我天天在找贼，谁是贼呀？原来是他个王八蛋。"

第二十一章

青面兽杨志

青面兽杨志找到了张端端。执意找了五天没找到，无意中碰上了。这时青面兽杨志明白，前几天自己犯了傻。这些抢劫团伙，和偷盗团伙不同；偷盗团伙有固定的地盘，不能越雷池一步；而抢劫团伙，抢一桩是一桩，属流动作业，恰恰不能固定。偷人的看不起抢人的，原因也在这里。青面兽杨志在北京东郊一胡同小屋遭的抢，便以为这是他们的老窝；不回老窝，也会在附近活动；小枣从树上掉下来，总离枣树不远；五天来的寻找，都集中在朝阳区，包括通惠河边的小吃街；但五天下来，没有寻到。其间，曹哥鸭棚的人又横插一杠子，让他到贝多芬别墅偷东西；欠人钱，又不敢不去。

偷时被人发觉了，青面兽杨志逃了；逃时，把偷到的一手包，也甩给另一个他偷的人。入室偷盗，又偷的是别墅，不是件小事，一是怕警察介入，二是怕曹哥的人继续找他，青面兽杨志便不敢回北京东边，躲在西郊石景山一带，欲避避风头。青面兽杨志是山西人；山西贼在石景山有个点；石景山属贫民区，几个山西小贼，便在这里小打小闹。在贝多芬别墅偷东西时，青面兽杨志躲在窗帘后边，偷看了别墅女主人的裸体，她冲澡时的裸影，听到了"哗哗"的流水声；本来下边被张端端一伙在东郊小屋吓住了，不知不觉间，又自个儿顶了起来；一开始没有觉察，待觉察，心中一阵惊喜；下边又行了，比偷这趟东西还值当；有意让它恢复它不争气，偷东西的空隙，它自个儿有了主意；这趟东西没有白偷；这偷的就不是东西，而是偷回了自己。正感慨间，谁知女主人的手机响了，青面兽杨志被发现了；女主人一声尖叫，青面兽杨志一阵惊慌，下边又不行了。当时只顾逃跑，没顾上下边；待到了石景山，回到根据地；几个山西小弟兄与他打招呼，他也没理；平日他与这些小毛贼也无话可说；正是因为无话可说，才自个儿出来单干；径直进了里间。镇定下来，先是沮丧今天的偷被发现了，到手的东西，又落在了别墅；好不容易到手一个手包，逃的时候又扔了；接着回想别墅的情形，突然想起自己下边；这事儿比刚才想的几件事都大，忙躺到床上，自我摆弄，这时又不行了。也不是完全不行，半行不行。青面兽杨志也顾不上刚受过惊吓和劳累，揣上自己的手包，又上街寻"鸡"。寻到，路上还行，跟人一到屋里，一到床上，又不行了。抱着这"鸡"，他拼命去想别墅的女主人；但到脑子来的，仍是张端端，仍是东郊小屋被吓的场面。青面兽杨志突然想起在贝多芬别墅偷的壮阳药，还揣在怀里，忙拿出来吃了几粒，半个小时过去，也不起作用。青面兽杨志觉得自己彻底完了。从昨天到今天，沮丧一天。到了今天晚上，仍不甘心，拎着自己的手包，又上街寻"鸡"。待到了大街上，望着灯火通明的世界，想起自己不行了，到街上和人中来，就是寻个"行"，不禁又有些伤感，突然觉得整个世界，都褪了颜色。他知道"鸡"就在发廊，或在旁边小树林等着，但对寻不寻"鸡"，突然又有些犹豫。昨天是犹豫行不行，今天是犹豫试不试。这犹豫就不是那犹豫了。不禁叹口气，先蹲在马路牙子上吸烟。正在这时，听到旁边小树林旁有人吵架。一开始没有在意；稍一留意，觉得这口音有些熟悉。往小树林看，不禁眼前一亮：小树林前边，站着张端端和那三个甘肃男人。不知因为什么，三个男人在用甘肃口音吵架；张端端夹在中间，正给他们劝解。真是踏破铁鞋无觅处，得来全不费工夫。青面兽杨志从马路牙子上"噌"地蹿起，欲扑过去；但突然想起，自己今天出来寻"鸡"，身上并无带刀；他们是抢劫团伙，那三个甘肃男人身上，肯定带着家伙。想回住地取刀，又怕跑了这三男一女。犹豫间，三男一女离开小树林，向大街东走去；青面兽杨志不敢懈怠，赤手空拳，悄悄跟了上去。边跟，边留神路边有无杂货店；如有杂货店，顺便买一把菜刀；没有菜刀，刮刀也行；没有刮刀，有一把水果刀在身上，也比没有强。但路边有冷饮店，有烟酒店，有卖醋卖酱油的杂货店，就是没有卖五金的杂货店。也有一家五金店，夜里，已经关门了。路过一家超市，倒灯火通明，人进人出；超市里有卖家用产品的地方，说不定那里有菜刀；但怕进了超市，找货架，拿菜刀，结账，出来，那三男一女早不知跑到哪里去了；又不敢进超市。路过一花池，只好从池沿拔下半截砖，塞进自己手包，以备不时之用。那三男一女走走停停，吵架一直没停，走也吵，停下也吵。由于他们精力集中在吵架上，倒没留神跟在身后的青面兽杨志。青面兽杨志这时改了主意，不打算跟他们硬拼，打算先跟踪他们，看他们今天晚上到哪里去，直到跟到他们新的老窝，再回头去准备家伙，或回去喊山西老乡。过去只想宰张端端一个人，今天下边又不行了，吃壮阳药也不行了，准备有一个宰一个；这几个甘肃人留不得。

那三男一女走到八角街街口，突然钻进了地铁站。青面兽杨志加紧几步，也跟进地铁。站台上，一列地铁开过来，三男一女从前门上了车，青面兽杨志从后门上了车。车厢里人挤人，青面兽杨志从车门到中间，挤过一个个人，朝三男一女靠近。但也不敢靠得太近，怕他们发觉；保持在三米的距离。列车"呼隆""呼隆"地开，三个甘肃男人倒不吵了。但不知他们在哪里下车；下车后，又会到哪里去；何时才能回到他们另一个老窝。胡思乱想间，又听三个男人吵了起来。因听他们吵了一路，青面兽杨志倒没在意。这时地铁停靠在木樨地站。地铁一靠站，青面兽杨志就格外留意，看他们是否下车。看他们的神情和举动，没有在木樨地下车的意思，青面兽杨志又放下心来。待站台上的人拥进车厢，一男的突然指着车外嚷；另外两男一女也往外看；车门要关了，那三男一女突然从人群中挤下了车。青面兽杨志猝不及防，也急着往车厢门口挤。待要下车，被另一人一把抓住。青面兽杨志吓了一跳，一边挣巴，一边大怒：

"干吗?找死呀?"

但那人的手像管钳，钳住他的胳膊，纹丝不动；那人方头正脸，五短身材；胳膊虽短，但短粗有力；那人手一动，青面兽杨志的胳膊"嘎巴""嘎巴"响。青面兽杨志知道自己遇到了对手，不火了，哀求：

"大哥，我有急事。"

那人先是一笑，接着趴在青面兽杨志耳朵上说：

"千万别动，一动吃亏更大。"

青面兽杨志看看那人，弄不清他的来路，以为是警察，来找后账，只好不动。

这五短身材的人，不是警察，是"智者千虑调查所"的调查员老邢。老邢能找到青面兽杨志，多亏青面兽杨志落在贝多芬别墅那辆外卖自行车。严格说这外卖车没用，送外卖的早跑了；但他说错了，青面兽杨志跑了，那个在饭馆真送外卖的并没跑；因为他并不知道，青面兽杨志当晚出了事。老邢顺藤摸瓜，很快就找到了那家餐馆，接着就找到了那个留着分头的学生模样的人，也就是"柳永"。看事情发了，"柳永"一开始装傻，说自个儿的外卖车被人偷了。直到老邢说要把他送进派出所，他才害怕了；又说把车借给了别人，别人干了些啥，他却不知道。老邢让他带着去找这个"别人"，并问是几个"别人"；"柳永"却只交代了青面兽杨志，说并无别人；并提出一个条件，带老邢找到青面兽杨志，老邢就放过他。"柳永"说这话，也打着小算盘，他只招青面兽杨志，不招曹哥鸭棚里的人，就无大事。何况青面兽杨志，并不是鸭棚的人；对于鸭棚，他是个外人。老邢答应了他，于是他带老邢去了石景山。本来，青面兽杨志欠鸭棚曹哥等人的钱，过去崔哥也带人来过这里，青面兽杨志皆出外作业，来去无踪，没有遇上；今天，青面兽杨志一是为了躲风头，回到老窝感到保险；二是一直在折腾自己下边行不行，犹豫找"鸡"不找"鸡"，离开住处，也离住处不远；他正蹲在马路牙子上犹豫找不找时，被"柳永"发现了。一路上，青面兽杨志只知跟着甘肃那三男一女，不知后边还跟着老邢。正是因为老邢，又让甘肃那三男一女，在青面兽杨志眼皮底下逃脱了。

老邢抓住青面兽杨志，并无对他动粗，而是带他钻出地铁，找了一街角饭馆喝酒。老邢亮明身份，原来他不是警察，只是一个调查所的调查员，青面兽杨志倒不紧张了。只是可惜跑了甘肃那三男一女。两人就着菜，喝了几杯二锅头，青面兽杨志发现，老邢这人有膀子蛮力气，性情倒温和，说起话来，不时一笑；但他说话也绕，说了半天，不说找青面兽杨志的目的，先说自己是邯郸人，又问青面兽杨志是哪里人，又感叹大家在江湖上混，都不容易；全是些废话。青面兽杨志心里藏满了事，无心与他兜圈子，打量饭馆，开始焦躁，这时老邢突然问：

"一直跟着车上那几个人，你要干吗？"

原来他知道自己也在跟人。也是喝了几杯酒，也是几天来事事不顺，让青面兽杨志窝心；也是这些天无人说话；跟熟的人没说，跟一个陌生人，将那天在东郊小屋的遭遇，一五一十，从头至尾，跟老邢说了。但也掐头去尾，略去偷刘跃进那包没说，略去后来又去偷贝多芬别墅没说，单说自己在东郊小屋这段遭遇；这中间又掐去重点，略去自己下边被吓住了没说，单说自己的包被抢了。老邢听后，安慰他：

"丢一个包，不算大事。"

又说：

"这几个人还算好的，有的为了灭口，为了几百块钱，就把人杀了。"

这时青面兽杨志火了，也顾不得许多：

"好个屁！"

顺嘴秃噜，把自己下边被吓住的事，也给老邢说了。老邢听后，先是愣住，接着偷偷一笑；见青面兽杨志要跟他急，忙转换脸色，严肃指出：

"这还真是件大事。"

青面兽杨志怒气冲冲，指着老邢：

"都怪你，要不是你今天横插一杠子，我准宰了他们！"

老邢又安慰他：

"事到如今，宰他们没用，该去看心理医生。"

青面兽杨志的火被拱上来了，开始不耐烦：

"咱废话少说，说你为啥找我吧！"

老邢伸出一只手往下按空气：

"兄弟，消消气，咱俩好说好散，我只跟你做个小生意。"

青面兽杨志倒一愣：

"啥生意?"

老邢：

"昨天晚上，你是不是到贝多芬别墅偷过东西?"

听到这话，青面兽杨志浑身一颤；绕了半天，原来他是为了昨天晚上的事；原以为昨天逃了也就逃了，没想到今天事情就发了。这时又怀疑老邢的身份，浑身又紧张起来；也不发火了，嘴里有些磕巴。一开始还想装傻：

"哪个别墅?昨天晚上我没出去呀。"

老邢"噗嗞"笑了。这一笑，青面兽杨志又心虚了，看也背不住他，只好承认。但说：

"去是去了，偷的时候，被人发现了，啥也没偷着。"

老邢用手比画：

"这么大一手包，女人用的。"

青面兽杨志又一愣。看来他什么都知道了。老邢又用手比画：

"手包就不说了，里边有一东西，这么大一点，U盘。"

接着掏出自己的钱夹子：

"把它给我，我给你一万块钱。这生意划算吗?"

青面兽杨志愣在那里。接着叹口气：

"划算是划算，可东西不在我手里呀。"

该轮到老邢吃惊了。老邢忙问：

"在哪儿？"

青面兽杨志：

"偷的时候，我被发现了；逃的时候，把东西扔了，可能被另一个王八蛋捡走了。"

老邢一惊：

"什么人？"

青面兽杨志反问：

"U 盘里是什么？重要吗？"

老邢：

"里边的东西，对我们不重要，对别人重要。"

青面兽杨志：

"什么人？"

老邢这时急了：

"是我问你，还是你问我？捡包的是什么人？"

青面兽杨志又开始装傻：

"当时胡同里黑灯瞎火，没看清他长得什么样。"

老邢一愣，知道青面兽杨志在耍花招；这时叹口气：

"看来我错了，我拿你当朋友，你没拿我当朋友。"

又说：

"好好想想，把他想出来。"

又说：

"想出来，帮我找到他，也给你一万；想不出来，咱就在这儿一直想。"

青面兽杨志头上开始冒汗。他说：

"我能去趟厕所吗？"

老邢看看他，又看看他搁在桌上的手包；手包虽然是化纤的，但也鼓鼓囊囊，很重的样子；老邢以为他要背着他打电话，打电话老邢不怕，无非是与人商量划算不划算，便点点头。青面兽杨志站起往厕所走，路过餐馆门口时，突然出门跑了；连手包都不要了；转眼之间，消失在人海里。

老邢吃了一惊，怪自己有些大意。煮熟的鸭子，又让他飞了。知道追也无用，干脆也不追了。抄起青面兽杨志留下的手包，希望里边会有些有用的线索。谁知打开包，里边露着半截砖，不知是何用意；将这砖掏出来，扔掉，又从里边掏出六百多块钱；再往下摸，都是些乱七八糟的小锥子小钳子，还有一段钢丝，偷盗用的工具；从侧面夹层里，又摸出两个花花绿绿的盒子，打开，竟是进口的壮阳药；想起刚才青面兽杨志说下边被吓住的话，知道这倒不是假话。为了治病，这贼倒花了不少代价。老邢摇摇头，为了青面兽杨志，也为了自己，叹了口气。

第二十二章

老　邢

断掉青面兽杨志这条线，老邢寻找刘跃进，颇费周折。煮熟的鸭子飞了，老邢只好回到丢鸭子的地方。第二天一早，老邢又去了一趟卖外卖的餐馆，但"柳永"已经从那个餐馆跑了。这条线也断了。老邢只好去了贝多芬别墅，在别墅和别墅周围，重新调查。事情转了一圈，又回到原地。但老邢既没怪别人，也没怪自己；遇事"不着急"，既是老邢劝别人的话，也是劝自己的话。在贝多芬别墅也没调查出什么，保安知道的，和小区探头上留下的录像一样多；保安知道的，还没有录像知道的多。从录像上，仅能看出青面兽杨志揣着一包在逃。看一遍在逃，看一遍又在逃，对再次找到青面兽杨志毫无帮助。何况现在找到青面兽杨志已经不重要了，青面兽杨志逃跑的时候把包扔了，被另一个人捡着了，关键是找到另一个人。但另一个人是谁，录像上没有，保安也没见过；青面兽杨志见过，青面兽杨志又逃了；想再次找到逃过的人，比第一次找他难多了；事情没个头绪，倒让老邢发愁。离开贝多芬别墅，老邢又到周边胡同调查，胡同里的住户、胡同口修自行车的、烤白薯的、崩爆米花的、钉皮鞋的、卖煎饼的、卖煮玉米的，全问到了，没有一个人知道那天晚上发生的事。不知道就对了，大半夜发生的事，住户该在家睡觉，修自行车的、烤白薯的、崩爆米花的、钉皮鞋的、卖煎饼的、卖煮玉米的，也该回家睡觉；半夜不出来正常，半夜出来反倒不正常了。老邢折腾到半下午，毫无收获。老邢叹口气，又怪自己昨天晚上在饭馆有些大意，抓到了青面兽杨志，又让他跑了。说是不后悔，还是后悔。说是不着急，还是着急。在贝多芬别墅和周边没有收获，老邢又想去石景山一带调查；欲再次逮住青面兽杨志，然后找到捡包那人；但他知道去也是白去，青面兽杨志知道老邢还会逮他，哪里还能再回老窝?左思右想，让人发愁；站起想走，拿不定主意该去何处。犹豫间，一个秃顶驼背的老头，弯着腰来到他面前。大概这老头耳朵有些背，说话声音也大:

"看你好半天了，找人对吧?"

老邢看这驼背老头，点点头。驼背老头：

"找的不是好人吧?"

这话有些笼统，老邢不知该如何回答，但也点点头。

老头：

"我知道这人是谁。"

老邢绝处逢生，一阵惊喜：

"大爷，告诉我他是谁，我给您买一条烟。"

驼背老头瘪着嘴，像老邢平时偷笑一样笑了：

"年轻人，欺我糊涂是吧?我琢磨着，你发这么大的愁，不是件小事。一条烟能打发，你早抽烟去了。咱得做个小生意。"

老邢一愣。老头不说做生意，老邢还不太在意；老头说要做生意，老邢觉得这事有些苗头；问：

"大爷，您的意思呢?"

老头伸出三根手指头。老邢：

"三百?"

老头这次生气了：

"你是真想知道，还是假想知道?"

老邢明白老头说的是三千。同时明白这老头不是省油的灯。但灯不省油，才能高灯下亮。两人讨价还价，说到一千五，驼背老头领老邢往胡同里走。转过一个墙角，到了老头的家。原来他是这儿的住户。院子是个大杂院，里三层外三层，住着七八户人家。走到最里层，挨着一垛煤球，搁着一破自行车。老头指着自行车：

"这是贼落下的。"

又唠叨：

"我夜里睡不着，爱出门溜达。前天半夜出来，碰到一人在胡同里躲着，就觉得他不是好人。回到家里，没敢再睡。半个钟头后，外边有人在跑；我出来，俩人跑了过去，一看就是贼。人我是追不上了，捡了这辆自行车。"

老邢有些失望：

"大爷，光看一自行车，找不到贼。"

老头有些得意，从自行车座下，掏出一张破报纸；抻开这报纸，报尾巴空白处，歪歪扭扭写着几个字：顺义猪场老李，下边是一串手机号码。老头指着这字，断然说：

"这贼不是别人，就是猪场老李。"

老邢接过这报纸，看这人名和手机号码，知道这贼不是猪场老李；谁也不会把自个儿的名字和电话记到报纸上，又放到自行车座下；但想着这贼记这名字和号码，肯定和猪场老李有联系。本来线索断了，现在总算又接上了。更重要的是，昨天晚上，青面兽杨志骑的是外卖车，外卖车落在了严格别墅外草丛里；这辆自行车在胡同里，就不是青面兽杨志落下的，而是另一个捡青面兽杨志包那人落下的。老邢惊喜之下，没再啰唆，掏出一千五百块钱，递给老头，推上这自行车走了。出门给猪场老李打了个电话，电话竟通了。老邢说自己想买猪，朋友介绍他找老李。老李是个哑嗓子，倒没含糊，告诉他猪场的位置，原来就在顺义枯柳树；说远，也不远；说近，也不近。老邢开辆二手本田车，将这自行车放到后备厢里，张着盖子，去了顺义枯柳树猪场。到猪场找到老李；原以为杀猪的，哑嗓子，该是红脸汉子，谁知是个豆芽菜一样的瘦男人。老李问他，谁介绍他过来买猪，老邢从后备厢搬下那自行车，问老李认识不认识它。老李脱口而出：

"这不是河南刘跃进的车吗？"

老邢接着问刘跃进的地址，老李马上警惕起来，明白老邢与刘跃进并不认识，老邢也不是来买猪的；老李不再热情，愣眼问：

"找他干吗？他的自行车，咋到了你手里？"

老邢笑了：

"昨天夜里，去一朋友家。回来路上，霄云桥下，捡到这车。车倒没啥，后座上还夹一包，里面还有些东西，怕他着急；从车座下边，发现一张报纸，上边写着你的电话，便找你来了。"

又说：

213

"我想，他昨晚上是喝醉了。"

又从自行车后座下掏出报纸让老李看；又从本田车里，拿出昨天青面兽杨志的手包，当作刘跃进的包让老李看。老李还有些狐疑，老邢说：

"现在不兴好人，做回好人，还让人生疑。要不我把这自行车和这包放你这吧，你给这刘跃进送去。"

见老邢这么说，老李才相信了；这时摆着手说：

"你找的麻烦，你自个儿解决；这刘跃进，是一工地的厨子，工地在国贸后边，河南建筑队。"

老邢开车回到城里，转过国贸桥，远远看到一片建筑工地。其中一栋大楼，已盖到七十多层，大楼外挂着一安全标语，落款竟是严格的公司。老邢又笑了，原来严格老婆丢的包，就落在严格的工地；真是大水冲了龙王庙，一家人不识一家人。但老邢没有告诉严格，直接去了工地。来到工地，竟进不来，被看料场的老邓拦下了。老邓夜里看料场，白天也兼看大门。如是找别人，老邓问清楚也就放进去了；说是找刘跃进，老邓问清楚又拦住了老邢。因老邓与刘跃进平日不大对付。不对付不是俩人有啥过节，或你欠我钱，我欠你钱，而是俩人不对脾气。加上老邓失眠，昨天夜里给刘跃进传电话；没传电话就睡不着，传完电话就更睡不着了；夜里睡不着，白天就没精神，正在丧气；便把这丧气发到了老邢

214

身上。先是愣着眼睛问：

"找他干吗？"

又说：

"找工地的人，先得通过我们领导。"

没让老邢找刘跃进，把老邢带到了工地包工头任保良的小院。任保良正蹲在小院枣树下生闷气。他刚跟几个闹事的民工吵过架。民工闹事不为别的，和刘跃进那天上吊一样，为任保良欠他们工钱。任保良也不想欠他们钱，但任保良手里也没钱，严格欠着任保良工程款。任保良对刘跃进本来就不满；任保良对刘跃进不满，并不是从现在开始，是从食堂买菜开始；也不是从食堂买菜开始，而是从两年前，刘跃进背后说他坏话，气就憋在心里；这几天刘跃进请假不上班，整天鬼鬼祟祟，到街上乱窜，以为他学坏了；只是任保良一脑门子官司，没工夫搭理他；现在见一个陌生人来找刘跃进，便认定老邢也不是好人。眼睛都没抬，问得跟老邓一样：

"找他干吗？"

事到如今，老邢只好端出严格，说是严格的朋友，为了一件小事，找刘跃进问句话。任保良听到"严格"二字，态度马上变了。同时也糊涂了，一个工地的厨子，怎么跟严格的朋友挂上了？虽然变得热情了，但又埋怨严格：

"严总太不像话了，工程款和材料费，拖了大半年了。再拖，该暴动了。"

又说：

"明天，我也像工人闹我一样，到他们家闹去。"

老邢一笑：

"回去，我一定帮你催催。"

听说老邢帮他催钱，任保良高兴了。撇下看大门的老邓，自个儿带老邢去找刘跃进。待到了食堂，到了刘跃进的小屋，门上挂着一把锁，刘跃进却不在家。

刘跃进又到街上找贼去了。从昨天到今天，又找了两天，再没找到青面兽杨志。也不能说是两天，昨天耽搁了一天，没找贼，就顾找儿子和他的女朋友了。如果儿子也算贼的话，也可以叫找贼。昨天中午，刘跃进回到小屋，发现儿子偷他之后，慌忙又去了北京西站。找儿子不为追那泔水钱，还有儿子和他女朋友拿走的那个手包，而是正在气头上，想踹他两脚，教训教训他；连爹都敢偷，到了别处，还不杀人放火？又怀疑儿子偷他，是他女朋友教唆的；昨天对她还客气，今天找到她，也当面质问一番。把东西拿回来事小，出口恶气事大。待到了北京西站，同一个火车站，白天和晚上，又不一样。广场上，候车室，熙熙攘攘，人挤人，竟没个下脚的地方。在广场和候车室转了八遭，看着人头有千百万，没有一个是他儿子和他的女朋友。也有几对看着像，一阵惊喜，待扑到近前，却又不是；或背后看着像，转到前面，又不是；就像前几天在街上找贼一样。也不知儿子跟他女朋友已经坐上了返回河南的火车，或是没来火车站，又去了别处。昨晚喝醉了，中午发现被儿子偷了，一下把酒吓醒了；一醉一醒，有些陡然；现在酒劲第二次涌上来，又不同于前一次；前一次脑袋是晕，现在开始疼，像斧劈一样疼。但刘跃进忍着疼，一直找到深夜十二点，火车站的列车全部发车了，火车站由白天的喧闹，又还原成夜里的冷清，广场上睡满了人，才叹口气，一屁股坐到进站的台阶上。今天早起，刘跃进不找儿子了，重新开始找青面兽杨志。在找人的问题上，刘跃进又掂出孰轻孰重。赶紧找到贼，又比找到儿子重要。或者，刘跃进丢的包，比刘跃进捡到的包，还有那一千多块钱泔水钱重要，也就顾不上再理儿子了。白天去了邮局，去了服装市场，去了公交站，去了地铁口，去了前天晚上跟踪过去的东郊胡同；没有。晚上，又去通惠河边的小吃街。前天晚上在这里找到了青面兽杨志，当时他知道贼在那里，贼并不知道他从这里跟踪；盼着青面兽杨志，今天晚上还去老地方。通惠河边灯火通明，河水向东流着，水中映着左岸的高楼大厦，尽显都市繁华。刘跃进在小吃街转了八遭，哪里还有那贼的影子？这时知道贼受了惊吓，不知躲到哪里去了，找也是白找，叹了口气，返回建筑工地。待回到建筑工地，回到食堂，打开自己小屋的门，进去，开灯，关门，门"咣当"一声被踢开，进来两个人：一个是包工头任保良，一个是老邢。原来老邢一直没走，就在建筑工地等着刘跃进。听说他是严格的朋友，任保良还管了他一顿晚饭。吃饭时，任保良又问他为啥找刘跃进，这回老邢没瞒他，把自个儿替严格找包的事说了。但只说了一个大概，并不具体。但这大概，已经让任保良很吃惊。刘跃进不认识老邢，看一个陌生人来找他，有些吃惊。刘跃进还没吃惊完，任保良已经急了：

"刘跃进，咱俩认识这么多年，你说的哪句话是实话呀？"

刘跃进弄不清他们的来路，问：

"咋了？"

任保良：

"你说你被人打了，我准你几天假，让你去看伤；你是去看伤呀，还是去当贼？你都由食堂，偷到社会上了？"

刘跃进仍不明就里，看任保良，看老邢。老邢这时说：

"我是调查公司的，帮朋友找一东西。前天夜里，你是不是捡到一包？"

一提包的事，刘跃进马上警觉起来。这事终于发了。自己的包还没找到，别人找包，找到了自己头上。但那包，现在也不在他手里，又被他儿子和女朋友偷走了。刘跃进的第一反应是装糊涂：

"啥包?找错人了吧?"

又看任保良一眼,对老邢说:

"我丢包了,没捡包呀。"

接着对任保良说:

"这几天,我除了看伤,就是找包。我不偷东西。"

老邢摆手:

"没人说你偷东西。包不重要,里边有个 U 盘,拿出来就行了。"

老邢本想说,拿出 U 盘,就给刘跃进一万块钱;一是有任保良在场,不好这么开口;二是有了青面兽杨志的教训,昨晚在餐馆里,也许因为说到钱,才惊着了青面兽杨志;所以暂时没说。刘跃进一是不懂 U 盘,二是不知老邢为何找它,继续装傻:

"啥叫 U 盘?"

又多了个心眼,问:

"值钱吗?"

老邢还没说话,任保良抢先插进来:

"太值钱了,把你卖了,都没它值钱。"

又指着老邢:

"这是严总的人,你说话可要负责任。"

任保良越这么说,刘跃进越不敢说自己捡了那包。同时明白，原来那贼偷的是严格家。严格是任保良的老板，这事就更不能承认了。刘跃进继续装糊涂：

"不知你们说的是啥。"

又装作很急的样子：

"你们要不信，就这么大地方，你们翻。"

说着，将地上坛坛罐罐的盖子，都揭开了。任保良又要急，被老邢拦住：

"要捡了，别害我另搭工夫，U盘里没啥，有些严总的照片，童年的，显得珍贵；别人的照片，你留着没用。"

刘跃进一口咬定没拿。这时任保良又跟刘跃进急了。但这时急的不是老邢找的那包和U盘，也不是刘跃进平日偷东西，而是怀疑刘跃进这两天又在背后说他坏话；上回刘跃进为要工钱，跟他闹过上吊；今天几个闹事的民工，说不定也是受了刘跃进挑唆。刘跃进红头涨脸，说自己这几天只顾找包，并不在工地，如何挑唆？看两人在那里吵架，老邢又犯了疑惑，他疑惑这包和U盘，到底在谁手里。或是眼前的刘跃进说了谎，或是昨天晚上青面兽杨志说了瞎话，包还在青面兽杨志手里；不然在餐馆里，两人说着说着，青面兽杨志为什么逃呢？连自己的包都不要了。

第二十三章

青面兽杨志

老邢和任保良走后，刘跃进有些发慌。连刚才他跟任保良急，都是假的。有俩包的事在，他跟任保良的纠葛，就显得无足轻重。刘跃进发慌不是发慌这些天的遭遇，而是感觉整个事情在变，事情在由一件事，变成另外一件事。刘跃进插上门，身子顺着门蹲下，吸着烟，开始理这些头绪。六天前，刘跃进丢了个包，包里有四千一百块钱；钱不重要，重要的是，包里有一张离婚证；离婚证也不重要，重要的是，离婚证里，夹着一张欠条；欠条上，有六万块钱。这六万块钱，是六年前用老婆换来的。在这六万块钱身上，刘跃进还藏着许多想法。包丢了，他开始拼命找这包。找了几天，包没找到，又捡到个包。但这包就在他手里路过一下，又被他儿子偷走了。头一个包丢了，他在找人；待到捡了个包，事情就变了，开始有人找他。谁丢了包都会找，但找和找大不一样。刘跃进丢了包，是一个人在找，没人帮他；也想找人帮，譬如找了警察，警察不管；找了曹哥鸭棚的人，却被光头崔哥等人打了一顿；捡到个包，没想到这包是严格家的，来找刘跃进的，却不是一个人；调查所的，任保良，都出动了。他们找包，像刘跃进找包一样，并不是为了这包，而是为了找包里的一个东西；刘跃进是为了找里边的欠条，他们是为了找里边的 U 盘。这个包被儿子偷走了，U 盘并没被偷走，就在刘跃进身上。当时翻包时，觉得它稀罕，顺手装在了身上。像老邢说的，这东西对刘跃进没用，有人在找，把它交出去就完了，刘跃进却觉得事情没这么简单。老邢说，所以找这 U 盘，是因为里面有些严格童年的照片，刘跃进当时就觉得他在扯谎，谁也不会因为几张照片兴师动众，这么说只是一个幌子，试探一下刘跃进是否捡到这包；如果捡到，再说别的。刘跃进翻严格老婆包时，除了翻出些女人的东西，还翻出好几张银行卡，他们肯定是在找这些卡；而这些卡，却随着那包被儿子偷走了。卡没有密码就是个卡，取不出钱，如这包还在刘跃进手里，还给他们也不是不可以，问题是包不在刘跃进手里，如要找这些卡，先得找刘跃进的儿子；刘跃进儿子却回了河南。或者他们不是在找卡，在找别的东西。不管找什么，都得先找到刘跃进的儿子。刘跃进不是怕帮人找儿子，而是担心因为找儿子，会耽误他继续找贼。同样是找包，孰轻孰重，刘跃进心里有个计算。不管严格他们在找什么，最后，肯定跟钱有关系。同样是钱，几百万几千万对于严格他们不算什么；六万块钱，却连着刘跃进的命；丢包那天，刘跃进差点儿上吊。不能因为捡包的事，耽误找包的事。这才装糊涂没说。但刘跃进也知道，凭装一回糊涂，这事不会完。既然这事跟刘跃进挂上了，它只会越变越大，不会越变越小。当务之急，是赶紧找到自己的包。但偷他包那贼，如今躲到哪里去了呢？本来找到了他，又让他跑了。第二回找贼，就比第一回难多了。刘跃进越想越愁，躺在床上，半夜没有睡着。凌晨四点，才迷糊过去。好不容易睡着，又连着做了仨噩梦。头一个梦在河南老家，一条狗在村里追他，怎么跑也跑不脱；上到二大爷家的树上，那狗竟也会爬树，"吧嘚儿"一口，咬住了他的腿，猛地醒来。第二个梦，落到水里，本来会浮水，现在双手在水上乱抓，身子却往下沉；岸上站着许多人，在开大会，无一人发现他；他喊"救命"，岸上大喇叭里的声音，把他的声音盖住了。第三个梦，又在北京大街上找贼，大街小巷，都找不见，自己找出一头汗。路过天安门广场，突然发现，青面兽杨志，就骑在天安门楼顶的琉璃瓦上，笑嘻嘻地向刘跃进招手。刘跃进大喊"抓贼"，青面兽杨

223

志"扑通"一声，跳进金水河，变成一只蛤蟆游走了。刘跃进大叫，有人从身后拍他，他扭脸一看，这人不是别人，正是青面兽杨志。刘跃进一把抓住他：

"可找到你了！"

但担心又是在梦里；既担心青面兽杨志挣脱，又担心梦走了，双手抓住青面兽杨志死死不放；青面兽杨志还说：

"醒醒，醒醒，疼死我了。"

刘跃进醒来，大吃一惊，那青面兽杨志，原来就坐在他的床头。刘跃进以为还在梦里，但左右一看，正是工地食堂，正是自己的小屋；这时有些愣怔。自己一直在找他，他怎么自动到了自己面前？

青面兽杨志却是主动找到了刘跃进。两人的交往，开始于六天前，开始于慈云寺邮局门口。当时青面兽杨志本不想偷他，看他在呵斥一个卖唱的老头，又说自己是工地老板，两下气不过，才加班下了手。待把包偷到手，在厕所打开，里边有四千一百块钱；四千一百块钱也不算少，但与他的期望，还差一大截，当时还有些失望。但转头就把这事给忘了。待他到贝多芬别墅偷东西，又偷了一个包，胡同里撞上刘跃进，情急之下，用这包砸刘跃进，被刘跃进把这包捡走了。但也就是个包，事后他也没在意。不在意不是不在意这事，而是正在意自己下边，接连几次不行了；后来又忙着跟踪张端端和那三个甘肃男人；把这包的事给忘了。追踪中，老邢横插一杠子，把他抓住。原以为他抓他为了别的事，谁知是为了他偷的第二个包。原来不觉得这包特殊，老邢却不是找包，是找里边的一个 U 盘。为了一个 U 盘，老邢宁愿出一万块钱。老邢事后后悔得对，不说这一万块钱还好，一说这一万块钱，青面兽杨志马上意识到这事大了。人找东西给一万，这东西肯定值十万，或五十万。青面兽杨志工作之余，也玩电脑，懂些 U 盘，不定里边藏些啥呢。十万五十万的东西，只给人一万，生意不能这么做。这不把人当傻子了吗?本想与老邢讨价还价，看老邢虽然爱笑，不是一个好打交道的人；爱笑的人，都不好打交道；地铁里被他攥过胳膊，知道这人不善；同时 U 盘不在他手里，也没资格与人讨价还价；于是借口去厕所，出门逃了。逃不是为了逃，而是和老邢一样，欲找到那个 U 盘；待找到 U 盘，再与老邢理论。但要找到 U 盘，先得找到捡那包的工地包工头。刘跃进本在找他，现在他反过来开始找刘跃进。好在知道他是建筑工地的包工头，河南口音；当时他呵斥河南老头时，手指的建筑工地，就在邮局附近。但邮局附近，有好几片建筑工地，不知他指的到底是哪一个。青面兽杨志只好假装是个材料商，挨个去问。见一个工地的老板，不是刘跃进；又见一个，还不是。一天下来，青面兽杨志去了八个建筑工地，见了八个包工头，都不是刘跃进。青面兽杨志这时有些发愁。突然想起，前天晚上，刘跃进为何会在贝多芬别墅的胡同里堵住他，一定是像他跟踪甘肃那三男一女一样，跟了自己一段时间。从哪里跟起呢?想起那晚的源头，想到了通惠河边的小吃街。猜想刘跃进如今也在找他，上次在小吃街找到了他，说不定今天还会去那里;便也去了通惠河小吃街。到了小吃街，一阵惊喜，果然，刘跃进正在人群之中，东张西望找人。刘跃进上次在这里找到了青面兽杨志，以为青面兽杨志没发觉，才又来这里碰运气;没想到青面兽杨志分析出源头，反在这里找到了他。刘跃进只知道他在找青面兽杨志，不知道青面兽杨志也在找他。青面兽杨志本想与捡包的人见面，大家把事情说开，共同做个小生意;那人丢的包里只有四千多块钱，而他捡的包里，却藏着十万五十万的东西，他却不知道;告诉他，知道了，两个包的事全都解决了;但现在他找到了刘跃进，刘跃进却还在找他，并且不知道他在找他，青面兽杨志又改了主意，不想与刘跃进见面，想将刘跃进捡的包再偷回来，十万五十万的生意，自己跟老邢做去;于是躲在铁桥后，等着刘跃进。刘跃进找了半夜一无所获，开始回建筑工地;找了一天又没找到贼，有些扫兴，不知道贼就跟在他的身后。青面兽杨志跟他到建筑工地，不禁一笑;原来这建筑工地，青面兽杨志白天也来过。刘跃进走大门，青面兽杨志悄悄翻过围墙，又跟他到食堂，看刘跃进开小屋的门，才知道刘跃进并不是工地老板，只是一个厨子;那天在邮局门口，

226

也是吹大话。青面兽杨志躲在不远的材料场，单等刘跃进睡下，进屋偷包。这和在邮局门口偷包不同，那回是偷，这回的包本来就是青面兽杨志的，被刘跃进捡走，现在再偷回来，就多了几分理直气壮。没想到的是，刘跃进前脚刚进屋，老邢和任保良，后脚就闯了进去；把青面兽杨志吓了一跳。这时明白，老邢几经辗转，也找到了刘跃进；这个老邢，果然不善；担心老邢在他之前，把包从刘跃进手里拿走。先是着急，接着开始后悔，早知这样，不如在通惠河小吃街与刘跃进见面，大家把事情说开了。接着听到小屋里吵架，接着看到老邢和另一人空手出来，另一人还在与刘跃进吵，便知他们没有拿到包，嘘了口气，又放下心来。等刘跃进屋里熄了灯，青面兽杨志还没下手，一是要等刘跃进睡着，同时他躲在料场，看料场的老邓夜里失眠，一会儿出来一趟，一会儿出来一趟，嘴里骂骂咧咧；青面兽杨志躲在老邓屋后，屋后是个死角，怕出来被老邓发现。终于，到了凌晨四点，老邓屋里传出鼾声；老邓今晚终于睡着了；青面兽杨志才溜出屋后，溜出料场，来到食堂，来到刘跃进的小屋后身，用钢丝拨开后窗户，跳了进去。看刘跃进在床上睡着了，睡梦里，像料场的老邓一样，嘴里不断骂人，偷偷一笑，开始在这小屋摸着。抽屉、箱子、床下、地上的坛坛罐罐，都摸到了，没有那包。又大着胆子摸刘跃进的床头，还是没有。这个厨子，把那包藏到哪里去了呢？青面兽杨志倚在刘跃进床头，有些犯愁。像上个月去"忻州食府"偷东西的贼，蹲在老甘床边犯愁一样。看看窗外已经泛白，天快亮了，青面兽杨志等不得了，只好上去将刘跃进拍醒，与他一块儿商量这事。刘跃进醒来，一开始有些愣怔；等明白过来不是在梦里，而是在现实，一把抓住青面兽杨志的前襟，嘴里喊着：

"×你姐，可抓住你了。"

又喊：

"快还我包，里边有六万块钱。"

青面兽杨志知道刘跃进说的是他丢的那包。一是被刘跃进死死抓住，他不但抓住前襟，由于抓得猛，胸脯上，也被他抓出几个血道子，正往外渗血；又听刘跃进说包里有六万块钱，马上也急了：

"啥六万块钱?你那破包，能装六万块钱?讹人呀?知不知道有实事求是这个词?"

刘跃进急着：

"我说的不是钱，里边的离婚证呢?"

青面兽杨志倒愣了：

"啥离婚证?"

刘跃进也觉得自己说乱了，但也顾不得了：

"我说的不是离婚证，里边的欠条呢?"

青面兽杨志更愣了：

"啥欠条?除了钱,我没管别的。"

又说:

"钱我也没得着,那包,又被几个甘肃人给抢走了。"

刘跃进听说他的包并不在青面兽杨志手里,又被另外的人抢了;好不容易抓住青面兽杨志,还是找不到那包;或者,找到那包就更难了;一阵急火攻心,"咕咚"一声,又倒到床上,竟昏了过去。弄得青面兽杨志倒慌了手脚,上去拍刘跃进的脸:

"醒醒,你醒醒,还有事儿比这重要,我那包呢?"

第二十四章

瞿　莉

　　严格和瞿莉严肃地谈了一次。严格年轻时认为，判断夫妻吵架的大小，以其激烈的程度为标准。小声，还是大声；吵，还是骂；是就事论事，还是从这件事扯到了另一件事，从现在回到了过去，将过去的陈芝麻烂谷子，全抖搂出来；或从个别说到一般，从一件事推翻整体；又由骂到打、踹、撕、抓、咬，最后一句血淋淋的话是：

　　"×你娘，离婚！"

　　严格年轻时，也和瞿莉这么吵过。瞿莉年轻时文静，但文静是平日，吵起架来，并不违反吵架的规律。严格发现，不仅严格，周围的朋友，都这么吵。严格过了四十岁才知道，这么吵架，这么判断，由这么判断，引出这么吵架，太没有技术含量了。真正的激烈，往往不在表面；骂、打、踹、撕、抓、咬，吵完后，竟想不起为什么撕咬；待过了这个阶段，遇事不吵了，开始平心静气地坐下来，一五一十，从头至尾地讨论这事，分析这事；越分析越深入；越分析越让人心惊；谈而不是吵，出现的结果往往更激烈。大海的表面风平浪静，海水的底部，却汹涌着涡流和潜流。谁的私生活中，没有些涡流和潜流呢?表面的激烈是含混的，冷静地分析往往有具体目的。这时吵架就不为吵架，为了吵架后的结果和目的。激烈是感性的，冷静是有用心的；人在世界上一用心，事情就深入和复杂了；或者，事情就变了。这个人在用心生活，证明他已经从不用心的阶段走过来了。有所用心和无所用心，有所为和有所不为，二者有天壤之别。

严格和瞿莉现在的吵架，又与刚才两种状态不同。既过了表面激烈的阶段，又过了表面平静的阶段；二者过后，成了二者的混淆；大海的表面和底部，都蕴涵其中。这下就整体了。瞿莉激动起来，也骂，但已经不踹、撕、抓、咬了。但她过去踹、撕、抓、咬时，只为二人的感情，闻知严格在外边有了女人，或有了新女人，开始大吵大闹；现在不这么闹了，开始用心了，开始有目的了，开始在背后搞活动了。八年来，不知不觉，从严格公司切走了五千万。切走钱还是小事，她还联手那个出车祸的副总，拍了那些录像。严格原以为那些录像是那个副手干的，为了将来控制严格；但他出车祸死了；这个车祸出得何等好哇。这时严格想起六年前，自己陪贾主任在北戴河海边散步；散着散着，贾主任突然自言自语："死几个人就好了。"当时还很吃惊，现在完全理解了。这个副手本来想害严格，谁知竟帮了严格。但严格万万没想到，这个副手的背后，还有瞿莉。瞿莉，是睡在自己身边的老婆。老婆如今仍跟他闹，仍闹他在外边搞女人；谁知背后还有不闹的，在切他的钱，在拍他们关键时候的录像。这是她现在闹和以前闹的区别。或者，这干脆超出了夫妻吵架，当然也就超越了过去两种吵架的范畴。或者，她将这两种状态运用得游刃有余，用激烈的一面，掩盖冷静的一面；用当面，掩盖背后；用夫妻关系，掩盖两人的利益关系。严格与女歌星的照片上了报纸，严格重演一遍生活是假的，原来她去那里调查也是假的。甚至，连她有病也是假的。这些都不重要，重要的是，关键时候，她坏了严格的事。严格和贾主任和老蔺的生意，本来就要做成了；谁知家里来了贼，将瞿莉的手包偷走了；一个手包并不重要，重要的是，手包里，也有一个同样的 U 盘。这 U 盘一丢，使整个事情又变了。贼可恶，搅乱了严格的阵脚；但贼后边谁是贼呢？就是他的老婆瞿莉。从丢 U 盘到现在，六天过去了，U 盘还没有找到。"智者千虑调查所"的老邢告诉他，贼本来找着了，但手包并不在他手里，又落到另一个人手里；另一个贼也找到了，但包也不在他手里，好像还在前一个贼手里。严格一方面怪老邢这邯郸人有些笨，能找到贼，却弄不准东西在谁手里；见老邢头一面时，对他的判断还是对的；同时明白，这个U盘，把事情搞得越来越复杂了；一件事，已经变成了另一件事；另一方面也开始焦虑，因为贾主任给他规定的期限是十天。为什么是十天呢?严格也搞不懂。但知道十天有十天的道理。从严格的角度，也是早比晚好；早一天拿到U盘，严格就能早一天起死回生；时间不等人。事情是由瞿莉引起的，但自丢了U盘，瞿莉却显得若无其事。严格一开始认为瞿莉不怕同归于尽，今天又发现，自己又上瞿莉的当了。瞿莉过去是用激烈掩盖冷静，这次杀了个回马枪，原来在用冷静掩盖激烈。像瞿莉背后搞他一样，严格背后也控制着瞿莉，通过他的司机小白，控制着瞿莉的司机老温，掌握着瞿莉的一举一动。今天早起，小白悄悄告诉他，老温告诉小白，瞿莉昨天晚上，让老温给她买一张去上海的机票；并嘱咐老温，不要告诉任何人；严格便知道瞿莉表面若无其事，背地里，也在等严格找这个U盘。看六天还没找到，以为找不到了，她要溜了；或改了别的主意。知她要走，严格却不打算放瞿莉走。因为他跟瞿莉之间，也有一笔生意要做呢；这笔生意，也等着这个 U 盘的下落。就是没有这笔生意，瞿莉现在也不宜离开北京。一是怕她节外生枝，二是等这 U 盘找到，除了与瞿莉做生意，他还准备跟她算总账呢。现在急着找 U 盘，顾不上别的；等这事完了，还要坐下来，一五一十，从头至尾，冷静地把事情重捋一遍；她能切钱和拍摄，还不定干过些啥别的呢。并不是怕瞿莉离开北京，到了上海，与她不好联系，而是担心她去了上海之后，又会去别的地方；或干脆逃了，那时就不好找了。找一个包都这么难，别说找老婆了。这些天光顾找包了。人跑了，就无法跟她算总账了。而瞿莉待在北京，他通过小白，小白通过老温，就能控制瞿莉。于是不顾出卖小白和老温，径直走到瞿莉卧室，明确告诉她，不准瞿莉去上海，不许离开北京。瞿莉先是一惊，明白自己被司机出卖了，但也没有大惊；本来正在梳头，放下梳子，点了一支烟说：

"咱俩要离了，就该井水不犯河水。"

严格：

"本来可以不犯，但 U 盘丢了，俩事就成一个事了。"

瞿莉站起身，拿起她新的手包：

"我要走，你也拦不住。"

严格想想，觉得瞿莉说得也有道理。单靠一个司机老温，并不能控制瞿莉；知道老温出卖了她，她可以撇下老温；只

234

要站在大街上，大街上有的是出租车，她一招手，眨眼间就消失了。她要想消失，不去上海，在北京就可以消失。看瞿莉出门要走，严格上前拦住她，也是急了眼，进一步说：

"从现在起，你不能离开家一步。"

瞿莉也急了，推开严格：

"放手。"

严格却不放手。两人厮打在一起，好像回到了年轻时候。正在这时，瞿莉的手机响了。瞿莉推开严格，接这电话。听着电话，先是一惊，但又冷静下来，最后说：

"行，我去。"

然后合上手机，坐在床上，看着严格：

"我不去上海，就待在北京，行了吧？"

严格吃了一惊。吃惊不是瞿莉改了主意，本来要去上海，又不去了；本来要溜，又不溜了；而是吃惊这个电话。改主意不是因为严格，而是因为这个电话；联想她前些天到处见人，背着严格与人密谈，不知又在搞什么名堂；便问：

"谁的电话？"

瞿莉：

"一个朋友。"

转身去了卫生间，反插上门。严格一个人站在床前，有些发愣。

瞿莉刚才接的电话，却不是朋友打来的，是陌生人打来的。而且不是一般电话，是个敲诈电话。电话里告诉她，他捡到了瞿莉的手包，也见到了那个U盘，知道他们在找；如想拿回这个U盘，今天夜里两点，西郊，四环路四季青桥下，拿三十万块钱来换。并说：

"来不来由你。"

瞿莉先是一怔，并无多想，马上说"去"。那边便挂上了电话。瞿莉去了卫生间，再看来电，从号码开头，知是一公用电话。

打这电话的不是别人，是青面兽杨志；青面兽杨志打电话时，刘跃进就站在他的身边。今天凌晨，天快亮了，在刘跃进小屋里，青面兽杨志将刘跃进拍醒；刘跃进醒来，先是大怒；听说他丢的包又被甘肃人抢了，"咕咚"一声又昏了过去。再将刘跃进拍醒，青面兽杨志不说刘跃进丢的包，单说刘跃进捡的包；也没顾上说包，主要说里边的U盘。这个U盘，有人收购，能卖三十万五十万不等；让刘跃进把U盘拿出来；如刘跃进拿出U盘，两人一起去卖，卖的钱两人平分；就算刘跃进没说假话，丢的包里有张欠条，欠条上有六万块钱；就算这U盘不卖高，也不卖低，取个中间数，卖四十万；刘跃进分二十万，也比六万多出三倍多，还为丢包犯啥愁呢?青面兽杨志这么一说，将刘跃进说醒了，也明白青

236

面兽杨志为何反过来找他；在青面兽杨志之前，老邢和任保良又为何找他。丢了个包，又捡了个包；原来觉得丢了的比捡了的值钱；翻捡那包时，还骂青面兽杨志不会偷东西；现在看，有这U盘在，还是丢了个芝麻，捡了个西瓜；丢了头羊，捡了匹马。真是福兮祸焉，祸兮福焉。心头竟一下轻松了。青面兽杨志见他回心转意，便知这事有了转机，特别强调说：

"这包，原来可是我的。"

刘跃进点头。但这时点头不是赞同青面兽杨志的说法，而是知道这U盘值钱后，他改变了主意。如果U盘不这么值钱，人来，他会拿出来；恰恰知道它值钱，拿不拿，他还要再想一想。或者：既然U盘这么值钱，U盘在刘跃进手里，刘跃进一个人就可以卖它，为啥跟青面兽杨志合伙呢？想的，跟青面兽杨志知道这U盘值钱，不要老邢那一万块钱，出餐馆逃跑一样；想的，跟青面兽杨志一开始不愿意与刘跃进见面，想将刘跃进捡的包再偷回来，四十万五十万的生意，自己一个人做去也一样。待想明白了，点过头，开始装傻嘬牙花子：

"你说的事好是好，可那包不在我手里呀。"

青面兽杨志吃了一惊：

"在哪儿？"

刘跃进：

"那天晚上，我只顾撵你了，没顾上那包。等我回去，包早被人捡走了。"

这回轮到青面兽杨志差点儿昏过去。待醒醒，以为刘跃进在说假话；刘跃进摊着手：

"刚才来俩人了，找过那包；刚才没有，现在我也变不出来。"

是指老邢和任保良了。又说：

"刚才那俩人也说，拿出那盘，就给我钱；我要有这东西，不早给他们了？"

老邢刚才没说给钱。但青面兽杨志想了想，觉得刘跃进说得有道理。也不是信了刘跃进说的话，是信他刚才的摸。就这么大一小屋，里里外外，坛坛罐罐都摸到了，没有；一个厨子，还能把包放到哪里去呢？一个厨子，也不会看着钱不挣；这才明白自己瞎耽误一场工夫。与其在这里瞎耽误工夫，还不如另想办法，于是站起身要走。但刘跃进一把拽住他，让他归还偷自个儿那包；还不了包，也得还他丢了的六万四千一百块钱。青面兽杨志忧虑的是 U 盘，刘跃进追究的是自个儿那欠条；青面兽杨志忧虑的是第二个包，刘跃进纠缠的是第一个包。一个要走，一个拉住不放，两人厮打到一起。青面兽杨志：

"放手，等我找到那盘，有了钱，自然会还你。"

刘跃进：

"你找那盘之前，先给我找回欠条。"

两人又厮打。突然，青面兽杨志想起什么，当头断喝：

"住手，有了。"

刘跃进吃了一惊，不由得住手：

"啥有了？"

青面兽杨志端详刘跃进：

"其实你也是个 U 盘呀。"

刘跃进不明就里：

"啥意思？"

青面兽杨志：

"你说你没捡那包，但大家都认为你捡了那包；刚才那俩人觉得你捡了，别墅那家人也会觉得你捡了；捡了就是捡了，没捡也是捡了。不管你捡没捡，咱都当捡了。当捡了，咱就能有钱。关键你要站出来，说自个儿捡了。"

刘跃进越听越糊涂：

"啥意思？"

青面兽杨志又拉刘跃进坐在床头，掰开揉碎给他讲；两人刚刚打过，转眼间又成了好朋友。既然 U 盘不在，青面兽杨志想买一个假 U 盘，一块儿去糊弄丢盘的人。刘跃进倒有

239

些发忧:

"这行吗?"

青面兽杨志叹口气:

"事到如今,只能死马当活马医了。"

想想也不妥:

"没见过真 U 盘,不知它长得什么样呀。"

又用拳砸刘跃进的床:

"也只好破釜沉舟,拣最贵的买了。"

刘跃进本不想这么做,因 U 盘就在他身上;但这时又转了一个心眼,想借青面兽杨志的假 U 盘,摸一下青面兽杨志卖它的路子;假的真不了,真的假不了;待摸清路子,再自己一个人去卖真 U 盘。便假意应承。说话间,天已大亮。青面兽杨志带着刘跃进,上街找公用电话。青面兽杨志偷贝多芬别墅那天,从储物间暖气罩里摸出瞿莉一盒名片,当时既奇怪一个名片,为何藏在暖气罩里;也稀罕那名片的模样,别的名片是四方形,它是三角形;拿出一张,装到自己身上。名片上,有瞿莉的电话。他按名片上的号码一拨,竟通了。青面兽杨志说捡了 U 盘,要跟瞿莉做个小生意,今夜两点,四季青桥下,三十万,一手交钱,一手交货。本想这盘可卖三十万,可卖五十万,也可卖四十万,全看怎么谈;但青面兽杨志说了个最低价。一是他手里并没有 U 盘,有些心虚;

同时知道老邢等人也在找这盘，如真盘被他们找到，三十万的生意也泡汤了。夜长梦多，早点了结，也能早点从这事脱身。得着这钱，他并不准备跟刘跃进平分，事情是他起头的，他该得大头；他吃肉，顶多让刘跃进喝点汤；得着这钱，也够还曹哥鸭棚的人了，从此再不会受他们的气，又成了自由身。他以为瞿莉会讨价还价，没想到瞿莉一口答应了；又觉得刚才把价儿说低了，也证明这个U盘真的值钱。但他放下电话，刘跃进发怵了：

"我以为你要干吗呢，这不是敲诈吗？"

青面兽杨志反过来给他做思想工作：

"啥叫敲诈？绑票才叫敲诈。有一东西，一人要买，一人要卖，叫生意。"

接着带着刘跃进去商场买U盘，拣了一个最贵的，九百多。刘跃进一看就知道买错了，不但模样与真盘不同，颜色也不一样；刘跃进身上的U盘是红色的，青面兽杨志买了个蓝色的。U盘虽不真，但看事情越走越真，越滚越大，心里越来越害怕。他觉得东西不能这么卖；如是他一个人，他也不敢这么折腾；离了眼前这贼，还做不成这生意。接着又想，两人一块儿去做这个生意，如果生意做成，真U盘就在刘跃进身上，待那时，把真U盘拿出来，也不算骗人；青面兽杨志以假乱真，刘跃进却能变假为真；或者，没有闪失，就变假为真；有了闪失，刘跃进也有退路，不白白丢了U盘；于是放下心来。晚上，青面兽杨志和刘跃进先坐地铁，又倒公交车，来到四季青桥下。四季青桥东，有一集贸市场，两人先躲在那里抽烟。夜里，集贸市场已经收摊了，周围倒显得清静。到了凌晨两点，一辆出租车开来，停下，下来一女的，拎着一提包，向四季青桥下走去。青面兽杨志一眼就认出，这是丢包的瞿莉。他偷看过她的裸体。瞿莉手里拎的包，似乎很重。青面兽杨志拍了一下巴掌：

"成了。"

又观察半个小时，看看左右无动静，让刘跃进跟他一块儿去桥下。事到临头，刘跃进又害怕了；腿有些哆嗦，迈不开步。刘跃进看着桥下的瞿莉：

"弄不好，得坐牢哇。"

又想不通：

"我丢了钱，咋改敲诈了呢？"

青面兽杨志上去踹了他一脚：

"看你这熊样，你看清楚，前边是钱，不是监狱。"

又说：

"谁家的钱，都不是大风刮来的。想挣大钱，总得冒些险。"

刘跃进突然改了主意：

"要去你去，我是不去。"

青面兽杨志看看刘跃进，看看桥下的瞿莉，又看看四周，仍毫无动静，便说：

"我一个人去也行，钱取回来，可就不是对半分了，得三七。"

又说：

"这样也好，假盘我就先不亮了，免得她怀疑；我就说，盘在你身上。"

一把攥住刘跃进：

"但你不能闪我。大家都知道，U盘就在你身上，待会儿我叫你的时候，你得站出来让她看一看。"

事到如今，刘跃进哆嗦着点点头。同时他也想接着观察一下，如生意不成，他挨着集贸市场，拔腿就能跑；如生意做成，他把身上的真U盘拿出来不迟。留着这东西也没用。青面兽杨志便一个人向桥下走去。这时他也改了主意，刚才对刘跃进说的话，也是假话。他看瞿莉没有开车，一个人坐出租车来；下车，出租车就开走了；证明她有诚意；既然有诚意，提包里的钱就是真的。瞿莉是个女的，青面兽杨志是个男的；事到如今，青面兽杨志不准备敲诈了，改为像甘肃那三男一女一样：抢劫。虽然没有技术含量，但也是情势所迫。既然身上的U盘是假的，他也不准备骗人了，双方也不用白费口舌了；见到瞿莉，二话不说，或一句话也不说，直接抢到那提包就跑。贼擅长跑路，一个女人哪里追得上他?窝囊胆小的刘跃进，青面兽杨志只好甩了他；虽然不仗义，也顾不得了。让他回去继续找他的包吧。算盘打定，抖擞一下精神，又像球星登上球场一样，全身的肌肉和关节，都到了临战状态。但令他没有想到的是，待他接近瞿莉，猛地把包抢到手，还没来得及跑，从大桥桥墩后，闪出几个大汉，为首是严格的司机小白，几个人猛虎扑食，将青面兽杨志摁到地上。但这些人明显不是瞿莉安排的，不但把青面兽杨志吓了一跳，也把瞿莉吓了一跳。瞿莉见自己的交易被小白等人搅了；被小白搅了，就是被严格搅了；原来严格又派人在跟踪自己，要先下手为强。青面兽杨志还在挣扎，瞿莉上去扇了小白一巴掌：

"这是我的事，你们给我滚!"

但小白不滚，小白带的几个人也不滚；小白挨了瞿莉一巴掌，开始报仇到青面兽杨志身上；照青面兽杨志身上、脸上，一顿暴揍。青面兽杨志马上鼻口出血；肋骨也被踹断一根，钻心地疼。小白：

"×你妈，把U盘拿出来。"

青面兽杨志知道自己上了当；不是上了女主人的当，是上了另外人的当；不管上了谁的当，肋骨都断了。但他身上并没有他们要的 U 盘，便说：

"我没有 U 盘。"

又是一顿暴揍，又断了一根肋骨。青面兽杨志只好把身上那个假 U 盘掏了出来。小白和瞿莉一看，共同说：

"假的。"

这时瞿莉也跟青面兽杨志急了：

"你到底是谁？"

小白等人又踹青面兽杨志。这时青面兽杨志哭了，看着集贸市场：

"妈的，我上厨子的当了。"

几个人顺着青面兽的目光往集贸市场看，只见一个人从墙口跃起，撒丫子往胡同里跑。小白等人意识到什么，留一人捺着青面兽杨志，另三个人向集贸市场追去。

第二十五章

马曼丽　袁大头

　　三年前，马曼丽跟一个叫老袁的人好过。从"曼丽发廊"过两个街角，有一个集贸市场；老袁在集贸市场卖海产品。主要卖带鱼，也卖黄花鱼、鲅鱼、冻虾、海瓜子、海带、海苔等。老袁是浙江舟山人，当时三十七岁。马曼丽爱吃炸带鱼，常去老袁的摊位；老袁理发、洗头，也转过两个街角，到"曼丽发廊"来；一来二去，两人熟了。马曼丽去老袁的摊位，图的是个舟山带鱼；老袁到"曼丽发廊"来，图的却不是理发和洗头。两人好了以后，老袁告诉马曼丽，他喜欢她，除了喜欢她的身材，譬如腰；主要喜欢她的眼。马曼丽的眼睛并不大，细眯眼，没人说她的眼好看；但老袁说，细归细，那是平时；但发起怒来，开始上挑；这一挑，就不一般了，叫凤眼。弄得马曼丽倒有些怀疑：

"我这能叫凤眼吗？"

老袁断然说：

"还就是。"

老袁又说，他喜欢马曼丽，主要还不是因为眼，而是喜欢她看人的神情。老袁说，三十七年，他阅人无数，男的，女的，老的，少的，看人的神情各有不同，但有一点是相同的，八岁过后，眼睛开始浑浊；经历的每一件事，脑子忘记了，留在了眼睛里；三十过后，眼就成了一盆杂拌粥，没法看了。马曼丽的眼睛也浑浊，但看人的神情，还有一丝明亮，这就难得了。马曼丽又怀疑自己的明亮。老袁又说，他喜欢马曼丽，主要还不是因为她的神情，而是喜欢听她叹气。两人正说着话，说着说着，马曼丽突然叹一口气。谁有心事都会叹气，但别人叹气都是就事论事，一事一叹，目的明确，让人听起来一目了然，叹气就成了叹气；而马曼丽的叹气，并不这么功利，一口气叹出去，往往不是正说着的事，好像又想起许多别的，叹得深长和复杂，这就有意思了。透过一口气，能听出这人的深浅。老袁又说，他喜欢马曼丽，也不是喜欢她的叹气，而是喜欢她走路的样子，说话的声音，一颦一笑、俯仰之间的神态转换；一句话，喜欢的是整体，而不是个别；喜欢的是马曼丽与别的女人的不同，而不是相同。马曼丽倒被他说动了，当他是个懂女人的人，当他是个懂马曼丽的人；比马曼丽还懂马曼丽。马曼丽的丈夫赵小军，就不懂马曼丽；老袁看到的，赵小军全没看到；唯一看到的，是她的短处：胸小。一吵架就说：

"还说啥呀，你整个一男扮女装。"

马曼丽喜欢老袁，又与老袁喜欢马曼丽不同。老袁长个大脑袋，猪脖子，外号袁大头；身矮不说，上身长，下身短；都说江浙人清秀，老袁是个例外；这些都不讨人喜欢；老袁喜欢马曼丽是喜欢她的整体，马曼丽喜欢老袁却不喜欢他的整体，单喜欢他一条：说话。不是他说话入马曼丽的心，马曼丽才喜欢，马曼丽没这么功利；而是喜欢他说话的整体：幽默。老袁一说话，马曼丽就笑。同样的话，从老袁嘴里说出来，就跟别人不一样。也见过别的人幽默，一说话人就笑；但老袁又与这些人不同。老袁说话，你当时不笑，觉得是句平常话；事后想起，突然笑了；再想起，又笑了；第二次笑，又与第一次笑不同。马曼丽这时知道，别的人幽默叫说笑话，老袁幽默叫幽默。或者，这是幽默和幽默的区别。譬如，马曼丽头一回到老袁的摊位买带鱼，那时还不认识老袁；为了讨价还价，总得往下贬卖家的货色。马曼丽说：

"真敢要，鞋带一样的带鱼，五块五；那边一摊儿，也是舟山带鱼，跟大刀片似的，才四块八。"

当然"那边一摊儿"，是顺口编出来的，为做一个旁证。如是别的卖主，会反唇相讥，或揭穿买主的谎话：

"那边摊上好，那边买去。"

老袁既不揭穿马曼丽的谎话，也不反驳马曼丽说自家的带鱼像鞋带，有些言过其实，而是说：

"大姐，真不怪我，怪当初给这鱼起名的人；带鱼、带鱼，就得跟鞋带似的；那边带鱼像大刀片，只能说它得了糖尿病，有些浮肿。"

当时也就是个讨价还价，打个嘴仗，马曼丽并无在意；待马曼丽拎着带鱼往发廊走，再想起老袁的话，"噗嗤"笑了；回到发廊煎带鱼时，"噗嗤"又笑了。

再譬如，老袁来"曼丽发廊"理发，这时马曼丽与老袁已经熟了。价目表上写着：理发五元。马曼丽说：

"别人五元，你得十元。"

老袁知马曼丽说他头大；老袁：

"嚯，以大小论呀?你该去开宠物店。"

马曼丽不明就里，问：

"啥意思?"

老袁：

"上回我去一宠物店，拳头大一狗，把全身的毛剃了，

249

二百。"

马曼丽啐了他一口，才给他理发。老袁理完发走人，发廊前正好路过一拳头大的狗，被人牵着，马曼丽"噗嗤"笑了。夜里睡在床上，想起"全身的毛剃了"，"噗嗤"又笑了；这个老袁，说脏话，并不带脏字。

再譬如，两人开始好那天，头一回上床，因丈夫赵小军老埋怨马曼丽胸小，说她男扮女装；久而久之，马曼丽也觉得前边是个短处；脱了衣服，待解钢罩时，突然有些羞涩；老袁帮她解开，虽然有些吃惊，但没说它小，用手抚着说：

"东西不在大小，在它的用处。"

用嘴一下含满了。退出嘴说：

"大了，还真一口含不住，纯属多余。"

这回马曼丽当场"噗嗤"笑了。笑后，又哭了。

马曼丽的丈夫赵小军，与老袁比，就是另外一路人。不是因为赵小军，马曼丽还不会跟人好。马曼丽与赵小军结婚六年，好了前半年，坏了五年半；而且越来越坏。这跟日子过得穷富没关系；老袁只是个卖带鱼的，也不是百万富翁；主要还是合得来合不来。当然，也没跟赵小军过过富日子。赵小军一米七八，长胳膊长腿，大眼睛，白净，长得比老袁强多了。当初就是看上赵小军的长相，马曼丽才跟他结的婚。但婚后发现，长相只能撑半年，所以半年过去，两人开始说不着。赵小军是个二道贩子。二道贩子也有发了财的。或者，二道贩子做对了路子，更容易发财。但赵小军没有发财。没发财不是他不好好做生意，而是做事没有长性，总嫌发财慢，总是这山望着那山高。或者，本来要发财了，他走到半道烦了，狗熊掰棒子，丢手了；他赔了，钱让别人赚走了。这时又埋怨别人。他贩过烟，贩过酒，贩过大米，贩过皮毛，贩过猫狗……还差点儿贩过人。赚过，也赔过，本属正常；但赚了不是赵小军，赔了也不是赵小军；张狂和沮丧，都显得夸张。屁大一点儿的事，煞有介事。一年四季，皆穿个西服，晴天一身汗，雨天一身泥；好像世界上就属他忙。但这些并不重要。马曼丽最看不上他的，就是说话。赵小军说话，皆是就事论事；就事论事中，皆是直来直去；路在世上还知道拐弯，赵小军说话从不拐弯。直来直去，说话不会拐弯，不会说笑话，可以说他欠幽默；世上欠幽默的不只赵小军；问题是，两人吵起架来，赵小军又不就事论事，常把一件事说成另一件事；或把两件事说成一件事；不知是他脑子乱，还是故意的。这就不是直来直去了，这架也没法吵了。没法吵的架，虽是不同的架，主题会迅速向一起集中：皆是为了钱。本来不是钱的事，也变成钱的事。两人上了床，话题也开始集中：马曼丽的胸。每次干完事，赵小军都叹口气：

"我是跟女的干的吗?好像跟一男的。"

两人的日子，过得越来越没劲。一开始不知哪儿没劲，后来马曼丽想明白了，不是钱，不是胸，是没趣。如同机器短了润滑油，所有的轮子都在干转。两人互相不喜欢，但马曼丽和赵小军的区别是，赵小军不喜欢马曼丽只是个胸，马曼丽不喜欢赵小军是他的整体；不但整体不喜欢，个别也没喜欢处。三年前，赵小军喜欢上另外一个女人。这女人也是东北老乡，叫董媛媛，马曼丽跟她也认识。董媛媛在一家夜总会当会计。说是当会计，不知她每天晚上干些什么。她与马曼丽比，有一个明显的不同：胸大；箍住像对保龄球，散开像两只大白瓜。听说丈夫跟别的女人搭上了，马曼丽本该伤心和大闹，但马曼丽既没伤心，也没大闹，好像一下解脱了。看来这赵小军，还真是喜欢胸大。也是看赵小军往前走了一步，马曼丽才跟老袁好上了。一开始也许有些赌气，想着不能让自个儿吃亏；再想想，还是喜欢老袁说话。没听人这么说过话。为了一个说话，就跟人上床，马曼丽还是头一回。事后，还想不透这理儿。

马曼丽与老袁好了两年。中间还怀过一次孕，又做了流产。一开始两人偷偷摸摸；后来马曼丽离婚了，两人虽可以明铺暗盖，但也无法结婚；因老袁在舟山老家，也有老婆孩子；从大的方面讲，还是属于偷偷摸摸。马曼丽一开始不在乎，结婚不结婚，并不重要；与人结婚，也不见得合得来，譬如跟赵小军；跟赵小军离婚了，还有扯不清的麻烦，事情仍很集中：钱；与老袁没结婚，在一起说得痛快，也干得痛快；但后来又在乎了。所以在乎，不是怕时间长了，老袁靠不住，而是在乎自个儿的年龄，三十出头的人了，还是想有个归宿。但这也吓不住老袁。老袁反问马曼丽：

"你说是结婚难，还是离婚难？"

马曼丽：

"离婚呀。"

老袁：

"错。离婚是俩人不行了，才离；结婚得找对人。你说，是找对人难，还是找错人难？"

马曼丽明白了老袁的意思，不为幽默，为这道理，笑了；马曼丽问：

"那你什么时候离？"

老袁：

"一天不行，两天总可以了吧？两天不行，一个月总可以了吧？一个月不行，半年总可以了吧？"

于是说好半年。但半年没到，老袁消失了。能说的老袁，原来是个骗子。老袁不是怕跟老婆离婚，跟马曼丽结婚才消失的，而是警察把老袁带走了。老袁不但骗了马曼丽，也骗了别人，原来他是个诈骗犯。三年前，老袁在老家非法集资；

但说动钱，比说动人难；富人没骗着，骗了十几户零星的穷人；没骗到多少钱，事情又败露了；老袁逃到北京，开始卖带鱼；老袁是个网上通缉犯。三年过去，老袁以为没事了；这天去火车站接货，被一来北京打工的老乡发现了；这老乡，也被老袁骗过。当天晚上，老袁正在集贸市场盘点带鱼，被警察抓走了。老袁说他是舟山人，他也不是舟山人，是温州人；连老家都是假的；从头至脚，没一处真的。马曼丽听到这消息，脑袋"嗡"的一声炸了。接着不是为上当受骗伤心，而是"噗嗤"一声笑了。说老袁幽默，原来最大的幽默，是集资的骗局。偷鸡不成，反蚀一把米。笑过，又哭了。老袁因骗的钱不多，被法院判了一年，关进监狱；倒是又沾了偷鸡不成的光。一年中，马曼丽也没去监狱看过老袁，就当老袁死了。偶尔想起老袁，不为老袁，为自己，叹息一声。这叹息，又不是就事论事。

但今天深夜，老袁又出现了，来到"曼丽发廊"。一年刑期满了，老袁出来了。但事过一年，老袁已不是过去的老袁。突然头发花白，显得老了。马曼丽一下没认出他来。本来头大，猪脖子；一下由青壮年，变成头老猪；上身长，下身短，走进发廊，步履迟疑，像进来一头企鹅。说话也变了，说刚从监狱里出来，还想到集贸市场卖鱼；或者不卖海货，干脆卖胖头、草鱼也行；到密云一带进货，倒是比舟山方便；但现在身无分文，没有住处，想在马曼丽这里先住下来。话说得磕磕巴巴；一年监狱住的，全没了过去的幽默，也成了就事论事。马曼丽认出他来，一开始还有些悲喜交加，一席话听下来，就转成了恼怒。恼怒不是后悔一年前与他好，还为他流过孩子，而是事到如今，老袁竟能说出跟她借宿的话。跟人借宿并不丢人，而是这借宿人，已不是一年前的老袁。不是看他如今落魄，或又来骗人，而是听他说话，看他神态，已不是过去的老袁。不是老袁，还装过去的老袁。什么是骗子，这才是最大的骗子。马曼丽并不多言，喊了一声：

"滚！"

老袁东张西望，还想磨叽；马曼丽又喊了一声：

"滚！"

老袁这才明白马曼丽也不是过去的马曼丽，出门去了。老袁走后，马曼丽又坐那儿兀自生气。说生气也不是生气，而是思前想后，有些发闷。这时外边又"梆梆"敲门。马曼丽以为老袁又回来了，不再理他。外边由敲改拍，声音越来越急。马曼丽上去拔掉门插，猛地开门，又喊一声：

"听到没有，滚！"

倒把门外的人吓了一跳。原来门外站着的人，不是老袁，而是刘跃进。马曼丽跟刘跃进的关系，又与马曼丽跟老袁不同。刘跃进时常来坐，但两人并没上床。没上床并不是两人不是一路人，而是刘跃进想上床，并不知怎么上床。刘跃进与老袁不同，说话不幽默，但也不骗人；起码大事不骗人；有些鬼心眼，但凭这些鬼心眼，成不了事，也坏不了事；一句话，就是个老实；或者，他也想弄些大事，但不知怎么弄；想跟人好，却不知怎么跟人好；干脆，他就是一个厨子。或者，马曼丽这么想，刘跃进不这么想，他觉得两人早晚会上床，否则也不会常来磨叽。刘跃进有什么心里话，都告诉马曼丽；马曼丽有心里话，却不告诉刘跃进；但刘跃进觉得两人无话不谈。那天深夜，刘跃进到发廊来，她就看出刘跃进失魂落魄，与平时不一样；似有满肚子话要对她说；但当时她忙着与前夫赵小军打架，倒把刘跃进的失魂落魄给吓回去了；最后刘跃进将赵小军架走，马曼丽哭了，对刘跃进还有些感动。那天过去，又是几天没见刘跃进；现在见到，刘跃进比几天前还失魂落魄。一头的汗，"呼哧""呼哧"喘气。刘跃进只顾着急，忘了自己的失魂落魄，马曼丽倒吃了一惊，问他：

"抢人了，还是被抢了？"

马曼丽本是一句玩笑话，刘跃进感慨：

"真让你说中了，被抢了，也抢人了。"

将马曼丽推进发廊，关上门，插锁，关灯，又将马曼丽拉到里间；马曼丽以为他要干什么，挣巴他；刘跃进死死把她拽住，也不干什么，而从七天前自己丢包开始，怎么找这包，找包的过程中，怎么又捡到一包；本来是在找人，怎么又变成被人找；怎么没找到这贼，恰恰又被这贼找到；本来丢了钱，怎么又变成敲诈；刚刚，在四季青桥下，那贼被人捉住，往死里打；自己吃了害怕的亏，也沾了害怕的光，才抽身逃脱，等等；说了个遍。急切中，也说了个乱。也是事情头绪太多，刘跃进不说乱，马曼丽也会听得一头雾水；刘跃进说乱了，马曼丽只听出刘跃进焦急。马曼丽：

"你从头再说，我没听懂。"

刘跃进焦急：

"来不及了。听懂你也没办法。"

这时从怀里掏出一个 U 盘，问：

"你懂这玩意儿吗?"

马曼丽点头：

"这不是 U 盘吗?过去，烦的时候，我也上网聊天；这半年，没心思了。"

刘跃进拍巴掌：

"那就太好了，咱赶紧看看吧，看里边都说些啥。"

马曼丽：

"我把电脑，卖给洗车的大号了。"

"曼丽发廊"往西，过一个街角，有一个洗车铺，老板叫大号。这个大号刘跃进也见过，江西人，胖，一身肉，也一

257

脸肉，挤得眼睛都看不见了。刘跃进知道大号爱打麻将，不知他买电脑作何用；以为他也为了聊天。马曼丽：

"他不聊天，为了上色情网站。"

刘跃进焦急：

"别管他干啥，咱赶紧看一看吧。"

马曼丽穿上外衣，两人匆匆出了发廊。往西过一个街角，到了大号的洗车铺。深夜，已无人来洗车；大号的洗车铺没有门，洗车棚大张着嘴，对着空荡荡的街道。大号今天没上色情网站，出去打麻将去了。那台破旧的电脑，就蹲在洗车铺一张桌子上。机身上，键盘上，全是油污。在洗车铺看门的，是大号的侄子，叫小号。马曼丽和刘跃进要用电脑，小号却不让，说别把电脑捅鼓坏了，大号回来打他。又嘟囔自己肚子饿了。刘跃进知他存着坏心眼，从口袋掏出十块钱，塞给小号。小号欢天喜地，跑到对面小饭馆喝酒去了，刘跃进才和马曼丽坐在桌子前。待将 U 盘插进电脑，打开文件，屏幕上先是空白，好像几个人在说话，时不时有人"咯咯"笑。但话语嘈杂，说的都是刘跃进和马曼丽不熟悉的事，一时难以听明白他们说的是啥。接着开始出现视频，好像是一宾馆房间，先出来的是严格，刘跃进一愣；接着是严格分别向人送珠宝，送字画。收东西者，总是两个人，一个是老头，一个是中年人；从穿戴，从神情，好像是当官的。但每次送东西都是分开，老头和中年人并不碰面。除了送珠宝和字画，还送帆布提包；每次或一个，或三个五个不等；严格弯腰拉开拉链，里边竟全是钱；送中年人往往是一个提包，送老头或三个，或五个。不是送一回两回，十多回。屏幕下方，有跳动的日期和几点几分几秒的字码。刘跃进和马曼丽惊了。几十提包钱，加在一起，到底有多少，一时真算不过来。更让两人吃惊的是，播过这些，还是这个房间，或这个中年人，或这个老头，正在床上与外国女人干那事。也不是一回两回，十多回。下边也有跳动的日期和几点几分几秒的字码。每一次，中年人都干得满头大汗，与不同的外国女人大呼小叫；老头不叫，干得不紧不慢；也不是不紧不慢，好像不行了；老头是个尖屁股，看着不行了，但还努力抖动和挣扎；或者他干脆躺那不动，让外国女人含他下边。不看这些还好，看过这些，两人脑袋"嗡"的一声全炸了。没看之前，刘跃进只知道这 U 盘值钱，有人想买；看了才明白，U盘里藏的竟是这个。两人出了大号的洗车铺，往"曼丽发廊"回。街转角处，有一肉铺。深夜，肉铺已关门。门头上悬着一招牌，上边画一猪头，写着"放心肉，放心吃"几个字，在风中飘。俩人走到这里，停住脚步，慢慢在肉铺台阶上蹲下，刘跃进突然大叫：

"那么大一提包，能装一百多万吧?几十提包，不快上亿了吗?"

突然又大叫：

"收人这么多钱，这叫啥?大贪污犯呀这叫，该挨枪子呀这是。"

突然又明白：

"我说这么多人，紧着找它呢。这是钱的事吗?能要他们的命呀。"

马曼丽愣愣地看刘跃进，脸开始变得煞白。刘跃进还在那里愤愤不平：

"我给顺义老李送泔水，来回一百六十里，才挣几块钱；他们轻而易举，就收人这么多钱；这是人吗?狼啊，吃人哪。"

马曼丽仍看刘跃进，这时哆嗦着说：

"你就别说别人了，说你自个儿吧。"

刘跃进不解：

"我怎么了?"

马曼丽：

"捡了不该捡的东西，又让人知道了，怕是要大祸临头了。"

刘跃进突然想明白这点，"呼"地吓出一身汗：

"我说刚才在桥下，那贼被人往死里打呢。"

又"呼"地站起：

"原来以为他们是找这盘，谁知是要命啊。"

又蹲下，一把抓住马曼丽的手：

"我明白了，他们除了要盘，还要杀人灭口，那贼被他们打死了，我也活不了几天了。"

又用手拍地：

"丢个包，就够倒霉的了，谁知又牵出这事。"

马曼丽突然想起什么：

"我也看了这盘，不也裹进去了吗？"

忙推刘跃进：

"咱可说好了，人家抓住你，千万别供出我。我在老家，还有个女儿呢。"

也是物极必反，大祸临头，刘跃进突然像老袁一样幽默了，对马曼丽说：

"这样也好，从今儿起，咱就有福同享，有难同当了。"

马曼丽急了，上去掐刘跃进的脖子：

"× 你大爷，我现在就把你掐死！"

第二十六章

韩胜利

　　韩胜利又被老赖的人打了一顿。老赖是 X 市人，但是汉族；不过脸盘、鼻子，长得比少数民族还少数民族。人头一回见他，总问：少数民族吧？老赖一开始还解释，说父母是上海人，五十年前到 X 市支边，生下了他；也是入乡随俗，牛羊肉吃得多，开始像少数民族人；后来干脆不解释了，承认自己是少数民族人，才省下许多口舌。北京西郊海淀区，有一个紫竹院公园；公园靠北一带，叫魏公村。魏公村一带，是一帮 X 市人的地盘。这帮 X 市人，在魏公村一带卖烤羊肉串，卖 X 市花帽子，卖 X 市胡琴，卖少数民族刀等；但卖的东西是假，卖东西也是假，偷东西是真。老赖是这帮 X 市人的头目。一开始不是头目，也是经过几次火并，血里火里闯出来，才管住了这帮人。老赖上台伊始，也推行许多新政。譬如讲，过去这些 X 市人名义上是偷，但嫌偷麻烦，实际是抢；老赖规定只准偷，不准抢；偷人算贼，抢人算强盗；偷人带手，抢人带刀，离杀人放火已经不远了；要想长期在魏公村待下去，不能过杀人的界限。再譬如，魏公村是 X 市人的地盘，过去这些 X 市人，偷人不仅在魏公村，走哪儿偷哪儿，或走哪儿抢哪儿，常引起 X 市人跟别的地界的贼火并；老赖又立下规矩，国有国界，省有省界，从此偷人不准出魏公村；当然也不准别的贼进魏公村；人不犯我，我不犯人。但这帮 X 市人表面应诺，背地里还是我行我素；规矩成了规矩，无人遵守；老赖常为此生气。十天前，韩胜利到魏公村看老乡；看过老乡，到商场闲逛，顺便偷了一回。被偷那人，是个中年妇女，看她衣着得体，戴着眼镜，走路趾高气扬，以为是个有钱人，韩胜利才下了手；待钱包到手，溜出商场，打开钱包，里边才三百多块钱；看着钱包鼓鼓囊囊，里面塞了一大沓名片；这才知道自己认错了人，富人不戴眼镜，戴眼镜的，都是穷酸知识分子。韩胜利偷间，没被中年妇女发现，但被几个 X 市人发现了；在商场偷东西没被抓住，出了商场，正后悔这偷，被几个 X 市人抓住了。跨区作业，不管从行规讲，或是从老赖的规定讲，都属大罪；X 市人本不遵

263

守规矩，但别人犯了规矩，却要按规矩办。几个 X 市人先把韩胜利打了一顿，头都打破了；接着罚款两万。韩胜利自知理屈，但偷三百，罚两万，多出六十多倍，世上又没这道理；这就不是罚款，而是刁难韩胜利。韩胜利将这道理说破。韩胜利不说破道理，这事还好商量；一经说破，几个 X 市人恼了；不是两万，也成了两万。韩胜利还在力辩，X 市人不喜啰唆，直接把韩胜利带到一地下室，将他绑在一下水管道上；韩胜利认这账，就放了韩胜利；不认，就让他饿死在这里。韩胜利见地下室跑满了老鼠，害怕了，只好写下欠 X 市人两万块钱的欠条。X 市人规定：从明天起，每天还两千，分十天还完；又怕韩胜利逃债，让韩胜利在魏公村一带找个保人。韩胜利只好带他们去找今天来看的老乡。这老乡叫老高，也是河南洛水人，在魏公村三棵树街边，开了个河南烩面馆子；除了卖烩面，也卖胡辣汤。X 市人看老高有固定买卖，记准老高，才放了韩胜利。韩胜利先去医院缝了八针，包上脑袋；从第二天起，便带伤作业。这时偷东西就不是偷给自己，而是偷给 X 市人。韩胜利做贼时间倒也不短，但业务一直长进不大。所谓长进不大，不是胆子小；韩胜利贼胆不小，但对偷的对象、环境、时机，判断常常失误。偷富人偷了穷酸知识分子，仅属一例。对对象判断失误还没什么，对环境、时机判断失误，事情就大了，就会被人抓住。偷，也是一门艺术；偷，也讲究微妙的瞬间。韩胜利做事情爱讲大概，吃亏就吃在微妙的瞬间。瞬间当时没意识到，转瞬间，你就由主动变成了被动。偷十回，有七回被人发现，得赶紧逃走；倒练出一腿跑的好功夫；还有两回被抓住，或挨打，或被人送到派出所；剩下一回偷成了，还不知偷的是什么。自十天前被 X 市人抓住，韩胜利工作倒比以往勤奋。过去偷给自己，可紧可松；现在偷给别人，每天睁开眼睛，就欠人两千块钱，不敢有怠慢处。但对瞬间的把握，并不因为勤奋而有所改变。过去每天工作七八个小时，现在每天工作十三四个小时，但偷到手的钱，并不比过去多。韩胜利过去上街，一天下来，能到手五百块钱，就算好的；有时转悠一天，没个下手处，也属平常。搁在过去平常，搁在现在，就不平常了。X市人规定的任务，没有一天是完成的。每天去给 X 市人交钱，都会让 X 市人踹两脚。因韩胜利有保人，X 市人倒不怕他跑了；次次指着他的鼻子说，到了十天，再跟他算总账。这时韩胜利不埋怨 X 市人，也不埋怨自个儿，单埋怨同乡刘跃进。刘跃进欠他三千三百块钱，欠了仨月，仅还了二百。原以为这个厨子没钱，逼也没用；待刘跃进丢了个包，包里竟有四千一百块钱；宁肯让人偷了，也不还韩胜利；韩胜利就急了。平日耍赖也就算了，看韩胜利头被打破了，被人逼债，还无动于衷，这就不是钱的事了，是人品有问题。连本带息，三千四百块钱虽然不够韩胜利还债，但哪天上街不顺手时，起码可以救急，少挨 X 市人两脚。接着又不怪刘跃进，开始怪自己。X 市人，刘跃进，原来都比他狠。他白担了一个贼的名声。但平日对刘跃进不狠，刘跃进把钱丢了，再狠也没用；为了让他还钱，韩胜利得先帮他找包；便带他去找了曹哥。帮他是为了让他还钱，谁知刘跃进认识曹哥之后，中途把韩胜利甩了；第二天取包时，单独去了鸭棚。幸亏曹哥鸭棚的人没找着青面兽杨志，刘跃进与鸭棚的人闹起来，被曹哥的人打了一顿。待韩胜利再找到刘跃进，问他为何中途叛变。刘跃进不说中途叛变的事，反倒怪韩胜利介绍曹哥介绍错了，白交了一百多块钱定金不说，还白耽误两天时间；这时耽误的就不是时间，而是找贼。脾气比韩胜利还大。刘跃进刚挨了曹哥鸭棚的人一顿打，似乎也有了资本，指着自己头上的纱布，对韩胜利说：

"少给我来这套，你挨了打，我没挨打呀？"

韩胜利有些哭笑不得：

"你把事说乱了，打是都挨了，但挨打的事不同呀。咱不说挨打的事，单说还钱的事。"

刘跃进：

"找不到包，我就不活了，还说还钱。"

就这么赖上了。韩胜利也拿刘跃进没辙。X 市人逼得紧，韩胜利顾不上与刘跃进周旋；刘跃进成了穷光蛋，跟他周旋也没用；先得每天上街作业，应付 X 市人那头。但天天两千块钱的任务，天天皆完不成；日期过半，X 市人不但逼韩胜利，也开始到老高的河南烩面馆，逼保人老高。老高也怕这些 X 市人，又替这些 X 市人，来逼韩胜利。韩胜利劝老高：

"那个饭馆，你也别要了；你一跑，我也跑；你解放了，我也解放了。"

老高大怒：

"早知这样，我就不保你了。那饭馆看着小，房租贵着呢；房租我一交三年，七万二；为了你两万块钱，丢了我七万二不成？"

又瞪了韩胜利一眼：

"这钱，我也是借亲戚的。"

待到第七天，韩胜利还了 X 市人三千多块；离十天还差三天。放到平日，七天偷三千多，已出韩胜利意料；放到 X 市人这里，不怪韩胜利手艺差，以为他故意耍赖；不还钱事儿小，跟他们耍赖，性质就变了。这天晚上，几个 X 市人，由保人老高带着，来到韩胜利住处，不由分说，又将韩胜利的头打破了。打完，说这只是一个警告，三天之内，如还上剩下的一万六千多块钱，双方走开；如还不上这钱，一个 X 市人从腿上拔下刀子，指着韩胜利：

"知你会跑了，跟你没关系。"

又用刀指老高：

"把你儿子的腿筋给挑了，当羊肉串烤。"

吓得老高也急了，不顾韩胜利头上正冒血，指着韩胜利：

"韩胜利，你都听到了，不能害我。"

X市人和老高走后，韩胜利又去医院缝针。第二天一早，又带伤上街作业。头上包着纱布，只好又戴上棒球帽。X市人昨晚打的，比八天前打的那次还重。重不是说头上出血多，而是伤口多。上回伤口是两处，这回是五处；上回缝了八针，这回缝了十五针。其中一个伤口，就在额头上。虽然戴上了棒球帽，故意把帽檐拉低，但帽檐下，仍露出一抹纱布。一个明显带伤的人，就不好当贼了。不是说带伤者都是坏人，而是这打扮，容易引人注意。谁路过韩胜利，都要扭头看他一眼；虽不把他当贼，也让他无法下手。本来可以下手，对象、环境、时机，几方面风云际会；正待下手，旁边的人看他一眼，这机会又稍纵即逝。过去抓不住瞬间，是因为判断失误；现在因为打扮，彻底没了瞬间。一天下来，仅偷了仨人。偷了仨人，还有两回被发现了；韩胜利撒腿就跑，啥也没偷着。一回偷着了，不在商场，在马路边；一个中年人，倚着一块广告牌睡着了，怀里抱着一个皮包；像个忙碌人；韩胜利看看左右无人注意，抓起那皮包就跑。严格地说，这就不叫偷，叫抢。待跑到一条巷子里，打开皮包，里边一分钱也没有，乱七八糟，塞了半皮包废发票；原来是个倒卖发票的。倒是韩胜利耽误了人家的生意。第二天比第一天好些，偷住一个人，钱夹子里，有五百多块钱。但离还 X 市人的债，一万六千多块钱，还差好多。第三天，还钱的日子到了；韩胜利清早起来，坐在床边发愁。一天时间，哪里能偷来一万六千块钱?除非去抢银行。但韩胜利又没这胆；或者有这胆，不知进了银行怎么抢。既然偷不来这么多钱，韩胜利索性不上街了。他想一跑了之，把剩下的麻烦，丢给保人老高。但他与老高在河南村挨村，相互知根知底；跑得了一时，跑不了一辈子；除非他一辈子隐名埋姓，永不回老家。但为了一万多块钱，又不值当。接着又恨刘跃进，欠着他钱不还；但现在恨也白恨，刘跃进还在找包；就是包不丢，也只欠他三千多块，还他，还不够还 X 市人的零头。坐在床边，越想越丧气。突然想起一个人，也许能救自己，便出门去找这人。

　　这人不是别人，就是在东郊集贸市场杀鸭子的曹哥。曹哥控制着朝阳区，X 市人老赖控制着魏公村；两人都是老大，韩胜利想求求曹哥，让他给老赖打个招呼。打个招呼不是欠债不还，而是十天到了，能再宽限一个月。韩胜利来到鸭棚，光头崔哥、小胖子等人在忙着杀鸭子，曹哥躺在一张藤椅上，在听收音机。曹哥眼睛本来不好，这两天又患了感冒，鼻涕横流，睁不开眼睛，看不得报纸，只好听广播。收音机里说，巴勒斯坦和以色列又发生了冲突；巴勒斯坦引爆了人体炸弹，以色列出动了飞机；曹哥听得很认真。韩胜利躲在鸭棚门口，不敢打扰。待巴勒斯坦和以色列这仗打完，共打死多少多少人；收音机转了话题，开始说影视圈的事，谁跟谁又男盗女娼，曹哥关了收音机，韩胜利才扒着门框喊：

"曹哥。"

曹哥扭头，仍没听出韩胜利的声音，问：

"谁呀？"

韩胜利：

"河南的胜利，有事求您。"

曹哥以为韩胜利又来说刘跃进丢包的事，皱皱眉说：

"还是那事呀？你那老乡，太不懂事。"

韩胜利忙说：

"不是那事，是另外一事。"

这才凑上前来，将十天来自己与X市人的纠葛，删繁就简，从头至尾说了。说间，为难得哭了。知道曹哥讨厌人哭，又憋住不哭。待韩胜利说完，曹哥听完，曹哥首先说：

"这事怪你，不怪X市人。"

韩胜利知道曹哥说的是跨区作业的事，忙点头：

"我也是一时糊涂。"

又说：

"今天还不上钱，我不是担心我，是担心我的老乡老高。他孩子才六岁。"

又将 X 市人要挑老高孩子脚筋的事说了。曹哥听明白了，但说：

"咱这儿跟魏公村跨着半个城，你说的那个 X 市人老赖，我不认识呀。"

韩胜利心里"咯噔"一下，但忙说：

"曹哥，就您这威望，您不认识他，他不能不认识您。您给他打一招呼，照样管用。"

又说：

"不是不还他钱，就宽限几天。"

曹哥没接这话茬儿，将身子又躺在藤椅上，闭上眼睛。这样静了十分钟，韩胜利以为曹哥睡着了。曹哥睡觉了，就是不管这事了。曹哥不管，你还不能强迫他。韩胜利看看鸭棚四周，光头崔哥、小胖子等人，都在埋头杀鸭子，白刀子进去，红刀子出来，没人理韩胜利；他们不理韩胜利，韩胜利也不敢招惹他们。看看无望，韩胜利转身要走，曹哥这时睁开眼睛，喊了一声：

"老崔。"

光头崔哥闻声，忙扔掉手里的鸭子，用围裙擦着血手，来到曹哥身边。曹哥问韩胜利：

"欠人多少钱？"

韩胜利：

"我身上有五百多，还剩一万六。"

曹哥对光头崔哥：

"找人家一趟，给人家送去一万六。"

光头崔哥愣了，韩胜利也愣了。韩胜利万没想到，曹哥是以这种方式，来了结此事。他和曹哥，过去并不太熟呀。光头崔哥愣眼看韩胜利，韩胜利这下哭了：

"曹哥。"

曹哥挥挥手：

"胜利，没你事了，忙你的去吧。"

韩胜利忙给曹哥下跪，曹哥皱了皱眉，韩胜利忙又站起来，不敢多言，千恩万谢，离开了曹哥的鸭棚。一路感激，心也放回到肚子。心一放回肚子，才感到头上的伤口又发作了。前两天只顾上街，忘了头上还有伤。去医院消了毒，换了药，重新包上纱布，又往回走，突然一惊。曹哥替他还了 X 市人一万六千块钱，他与 X 市人的事了结了；但这钱就让曹哥白还了不成？别说曹哥愿不愿意，韩胜利心里就过不去。那么从今天起，等于他欠曹哥一万六千块钱。本来欠 X 市人，现在转成欠曹哥。接着从明天起，他再上街作业，不成了为曹哥作业?进一步，过去韩胜利还是自由身，从今天起，不成曹哥的人了?这才明白了曹哥的用心。原来这忙也不是白帮的。遇事，曹哥想得比他深多了。但话又说回来，曹哥不管韩胜利，韩胜利今天就会出事;曹哥管了，难关暂时就渡过去了;他跟曹哥的事，也只能走一步看一步，慢慢再说。

但韩胜利和曹哥的关系，没等慢慢说;第二天，曹哥就让小胖子把韩胜利叫到了鸭棚。进到鸭棚，里边贴墙根床上，躺着一人，鼻青脸肿，浑身缠满了绷带，正在喘气;把韩胜利吓了一跳。待到近前，看清这人，这人韩胜利也认识，山西人，人称青面兽杨志。前一段，这人正与曹哥闹别扭。韩胜利不知青面兽杨志是被曹哥的人打的，还是被外人打的。又想到，青面兽杨志躺在曹哥鸭棚，不会是曹哥的人打的，肯定是外人打的。看这伤，这帮外人，下手够狠。韩胜利脱口而出:

"谁干的?"

曹哥没理这茬儿，把韩胜利叫到身边:

"胜利，求你一事。"

韩胜利以为盗窃团伙间又发生了火并，曹哥让他去打架，心里有些发怵;贼间的火并，皆是白刀子进，红刀子出。但昨天曹哥刚帮过他的忙，一时不好拒绝，夯着胆子说:

"只要我能办到的。"

曹哥点头：

"并不是昨天我给你办过事，今天又让你给我办事，我看事没那么短。也是凑巧了，没有办法。"

韩胜利见曹哥这么说，胸中倒升起一股豪情，忙说：

"曹哥，您说。"

曹哥：

"你上次带来的刘跃进，跟你是好朋友？"

事情突然拐到刘跃进身上，韩胜利不明就里，只能照直说：

"他欠我钱。"

曹哥摆摆手：

"先不说钱的事。"

指指贴墙根床上躺着的青面兽杨志，说：

"你那朋友，捡了他一包。"

又说：

"你找一下这朋友，把这包要回来。"

原来是这事，韩胜利一下轻松了，一口答应：

"我以为啥事呢，原来是个包的事，好说。"

曹哥用手止住韩胜利：

"没那么简单。这包不是一般的包。包不重要，里边有一个 U 盘，要的是这个 U 盘。把这盘拿回来，昨天那点事，也算了了。"

韩胜利听懂，只要将这什么盘拿回来，昨天曹哥替他还X市人那一万六千块钱，他跟曹哥之间，也算了了。韩胜利一阵惊喜，觉得这买卖合算。他拍着胸脯，信誓旦旦：

"刘跃进欠着我钱，他得听我的。就是不听我的，我一提曹哥，他也不敢不给。"

曹哥皱眉：

"说的就是这个，我要能要回来，就不找你了。千万不要提我，提我，倒打草惊蛇了。"

韩胜利明白了曹哥的意思：

"我懂了，不能硬要，给他丫骗过来。"

曹哥点头，证明韩胜利说得对；又皱了皱眉，意思是，意思是这意思，但话不能这么说。接着说：

"你去吧，事儿还得快，还得防着别人抄了后路。"

韩胜利起身就走：

"我现在就去找他。"

待韩胜利来到国贸后身的建筑工地，却发现事情没这么简单。不简单不是刘跃进不听他话，或骗不出来这盘，而是从昨天晚上，刘跃进突然失踪了。工地的包工头任保良，也在找他。

第二十七章

老蔺

"失控，这就叫失控。"

这是老蔺见到严格，说的第一句话。两人这次见面，在
"老齐茶室"。老齐，五十多岁，北京人，圆头圆脸，大胖
子；四十岁之后开始吃素；这一点倒与严格有些相像。但严
格吃素并不严格，只是不喜欢吃荤；而老齐是彻底吃素。老
齐吃素之前瘦；吃素之后，反倒胖了。老齐吃素不单吃素；
四十岁之前，在北京后海一带，老齐是有名的顽主，吃喝嫖
赌，无所不为；吃素之后，开始信佛，法号"绝尘"。人问，
别人信佛之后，没得吃，都瘦；老齐吃素之后，为何倒胖了？
老齐双掌合十：

"阿弥陀佛，心宽，体就胖了。"

倒与严格的大胖子理论，有些背道而驰；但严格觉得，老齐说得也不是没有道理。

"老齐茶室"位于北新桥街口。街上车马喧闹，进了"老齐茶室"，淡淡一股藏香，让人心头清凉许多；音箱里传出和尚的念经声，倒真有那么点儿意思。"老齐茶室"不卖俗茶，如龙井、乌龙、铁观音、普洱等；专卖西藏的高山茶，如珠峰圣茶，如圣茶红老鹰、圣茶白老鹰等。为何如此?老齐又说：

"不为茶，为个净土。"

但老齐一壶茶，也比别的茶室贵。别的茶室，一壶狮峰龙井才二百多；老齐一壶红老鹰，标价七百八；一壶白老鹰，标价八百八；一壶珠峰，一千二百八。且这老鹰和珠峰，在壶里泡开之后，并不像茶，叶大，梗多；喝起来，还有一股子土腥味。所以来这里喝茶的也没有俗人。也不是没有俗人，是没有穷人。正因为没有穷人，白天茶室还清静，一到晚上，楼上楼下的包间都是满的。去得晚了，还要排号。老蔺与老齐认识八年了。严格认识老齐，还是老蔺带来的。老蔺常与老齐开玩笑：

"老齐，你这是茶吗?这茶是从珠穆朗玛峰弄来的吗?从房山弄了些树叶子，在这里唬人吧?"

老齐笑了，又双掌合十：

"阿弥陀佛，让你说中了，不为卖茶，为个杀富济贫。"

大家都笑了。老齐除了卖茶，还会给人看相。据说这看相，却不是信佛带来的，老齐四十岁之前就会。坐在老齐对面，老齐也不端详你，大体看你一眼，就能说出你前三十年，后三十年。两个三十年加起来，就是六十年。一眼能看穿六十年，也算慧眼了。所以许多人来"老齐茶室"，并不为喝茶，为让老齐看相。但你只来喝一回茶，老齐不看；喝两回，也不看；非到十回八回，双方熟了，老齐才大体端详你一眼。老齐说，他这么做，并不为让你多掏几回茶钱，而是人不熟，不好开口；说深了说浅了，都不合适。八年前，老蔺也为看相，才让朋友带了过来。因有朋友在，老蔺头一回喝茶，老齐就给他看了。但事先说明，只看前三十年。两人素不相识，老齐把老蔺前三十年，如庖丁解牛，剥了个体无完肤；说得老蔺惊心动魄，浑身冒汗。半年之后，又补上老蔺后三十年，也说得老蔺心惊肉跳。一次老蔺陪贾主任去内蒙古出差，白天视察，晚上在酒店闲话，老蔺无意中说起老齐，贾主任一愣。从内蒙古回来，一天晚上，应酬完宾客，贾主任突然让老蔺把他带到"老齐茶室"。因是老蔺带来的人，老齐当时也给贾主任看了。但老齐端详贾主任一眼，却什么都不说。贾主任有些奇怪，老齐双掌合十：

"阿弥陀佛，贵不可言，就不言了。"

老蔺：

"老齐，你捣什么鬼，领导没工夫再喝你十回茶。"

老齐笑了：

"天机不可泄露。"

老蔺上去踢老齐，贾主任倒笑着拦住老蔺。这一晚就是喝茶，什么都没说。后来老蔺又带严格来喝茶，喝过十回茶，严格也让老齐看。老齐看过，写下两句话：

"春打六九头，雨过地皮湿。"

话虽通俗，是啥意思，严格解不透，老蔺也解不透。问老齐，老齐又不说。严格反倒不放心，又追，老齐说了一句：

"好话。"

严格才不再追究。老蔺和严格来"老齐茶室"喝茶，一开始是为了看相；久而久之，相也不能天天看，到这里来，白天是图个清静，晚上是图个热闹。再久而久之，腿往这走熟了，图个省心；问起相聚的地方，如不吃饭，或吃过了饭，第一反应是：

"老齐那儿吧。"

也就老齐这儿了，不用再想别的地方。最近老蔺和严格相聚，皆为那个 U 盘。这 U 盘本是一个交换，或一个威胁；没想到一件事变成了另一件事；由威胁别人，变成了所有人的威胁。老蔺严格二人，本已撕破了脸，为找这 U 盘，两人又联起手来，把该做的事都做了。老蔺还开玩笑：

"啥叫狼狈为奸，这就叫狼狈为奸。"

说得严格倒不好意思。但一个礼拜过去，没找到这 U 盘。贼找到了，却不在贼身上。又找到一贼，也不在这贼身上。最后又引来了敲诈。直到刘跃进从四季青桥旁逃跑，接着失踪，众人才恍然大悟，原来这盘，就在这厨子身上。关键时候谁跑？贼跑；失踪不说明失踪，说明刘跃进才是真正的贼。明白谁是贼的时候，贼却失踪了。这时不但严格老蔺等人后悔，"智者千虑调查所"的调查员老邢也后悔；不但他们后悔，连被打的青面兽杨志也后悔。找贼找了一圈，真正的贼，原来就在自己身边。严格埋怨老邢：

"贼都找着了，又让他跑了，这叫不叫智者千虑？"

老邢叹口气：

"叫。"

又说：

"真没想到，一个厨子，这么沉得住气。"

又劝严格：

"事到如今，着急也没用，我再慢慢找。"

严格气得差点儿哭了：

"事到如今，还不着急，等他把盘弄到不该弄的地方，着急也晚了。"

这时怪自己，找侦探彻底找错了人。老蔺知道 U 盘在一个厨子身上，厨子失踪了，着急又与严格不同。两人约在午后三点，"老齐茶室"见面。严格先到，"老齐茶室"夜里热闹，午后三点，格外清静。老齐也不在。老齐夜里照顾生意，白天在家读经。但据老齐老婆说，没见他白天读过经，就是在家睡觉。老齐说：

"困了就睡，也是得道之理呀。"

接着老蔺来了，两人在一雅间坐下。老蔺先感叹"失控"，又说：

"厨子失踪，也是件好事。"

看严格有些吃惊，老蔺：

"起码知道 U 盘没在别人身上，在一厨子身上。在一厨子身上，总比在别人身上好。"

严格听明白了，点头。老蔺又感叹：

"唯一的问题，不知道这厨子看过这 U 盘没有？你太太说，这 U 盘没密码。如没看，还是 U 盘的事；如看了，就不光是盘的事，就成了人的事。"

这一层严格倒没有想到；经老蔺提醒，出了一身冷汗。先是愤怒自己的老婆：

"真没想到，她敢背后这么搞我。"

一掌劈在桌子上：

"真想一刀劈了她。"

待情绪平定下来，才说：

"一个厨子，想他不懂U盘。"

老蔺：

"别心存侥幸，还是做好另一手准备。"

严格擦着头上的汗，点了点头。突然说：

"既然来了老齐茶室，咱把老齐喊来，让他看一看?看这厨子跑到哪里去了，丢的东西何时能找回来?"

老蔺摇头：

"老齐那些鬼把戏，是骗没事人的。有事，找他没用。这事已经弄得全天下都知道了，就别让老齐再掺和了。"

严格又点点头，这时佩服老蔺：

"你比我强，遇事想得比我全面，也比我深。"

老蔺叹息：

"强什么呀，亡羊补牢，就不叫强。强的人，早把羊杀了，蹲着啃羊骨头呢。贾主任苦恼的，就是这个。"

这时告诉严格一个消息，五天前，贾主任出国了，去了欧洲，再有五天回国。在贾主任回来之前，两人一定要把这厨子找到，把U盘拿回来。上次给严格规定十天，再放宽五天。届时如再找不到，要么事情发了，大家一块儿完蛋；就是事情没发，届时他也做不了主了，就看贾主任怎么想了。闻知贾主任出国了，严格吃了一惊，以为贾主任出去避这风头；但他这想法，被老蔺看出来了，老蔺止住他的想：

"主任不是避这风头，是避另外的风头。"

又说，严格找调查公司也不靠谱。不是事不靠谱，事到如今，人靠不住；人靠不住，找到这盘，还不如没找到。事情闹到这种地步，就得亲力亲为；就像厨子丢包，自个儿亲自上街找一样；找着找着，不就捡了个包吗?这时问：

"人来了吗?"

严格：

"来了，在我车里候着呢。"

接着打了个电话。片刻，严格的司机小白，带进来两个人。一个是任保良，一个是韩胜利。韩胜利受曹哥之托，到建筑工地找刘跃进；刘跃进失踪了，韩胜利却被任保良扣下了。因任保良也在找刘跃进。任保良找刘跃进不是又要跟他计较挑唆民工闹事的事，而是严格知道 U 盘在刘跃进那里，刘跃进失踪了，便把任保良叫去，让他两天之内，找到失踪的厨子。找到厨子，马上给他打工程款；找不到厨子，就把任保良换了。任保良的厨子，拿了严格家的东西，任保良也有责任。但一个大活人，突然丢了，哪里找去?是仍藏在北京，还是跑回了河南老家，或是去了别的地方，任保良也猜不透刘跃进的去向；连去向都猜不透，何论找？正焦躁处，韩胜利自个儿撞了过来，也在找刘跃进；任保良便把韩胜利扣下了。扣人并不是向韩胜利要人，刘跃进不是韩胜利放跑的；韩胜利也在找他；但任保良认为，刘跃进当厨子的时候，与这个韩胜利过从甚密，韩胜利是个贼，近朱者赤，近墨者黑，刘跃进人本老实，就是跟他学坏的；给食堂买菜的时候，学会了做手脚；后来发展成，公然偷严格家的东西；韩胜利对这事也负有责任，全忘了刘跃进并没偷东西，瞿莉那包，刘跃进是捡的。任保良又认为，既然韩、刘是一种人，鼠有鼠道，贼有贼心，韩胜利肯定比他更能猜透刘跃进的心事，更能摸得清刘跃进的去向。全不知韩胜利也不知刘跃进是咋想的。八天前，知道他丢了个包；刚才在曹哥鸭棚，知道他又捡了个包；到了建筑工地，才知道刘跃进失踪了；知道的还没有任保良多。但被任保良逼着，韩胜利蹲在地上想了半天，突然说：

"我知道他藏在哪儿。"

任保良一阵惊喜：

"带我去，抓住他，给你一千块钱。"

听说任保良给钱，韩胜利又吃了一惊。一千块钱不算什么，曹哥那里，找到刘跃进，消除的债务是一万六千块；但因为一个刘跃进，开始四处有人给他送钱，令韩胜利没有想到。当初刘跃进欠他三千三百块钱，加上利息，三千六百块钱，他天天找刘跃进，只要回二百；没想到刘跃进一失踪，三千四百块钱之外，开始有人给他送钱。失踪的刘跃进，倒给他带来了财运。也算祸兮福焉。这比偷东西合算多了。同时知道，失踪的刘跃进，已不是他认识的刘跃进；过去刘跃进是只虾米，现在变成了一条大鱼。虾米变鱼并不是因为刘跃进，而是因为他捡那个包。自己偷东西这么多年，咋就捡不着这种包呢?接着又动了心思，既然刘跃进是条大鱼，就不能轻易送人；一千块钱，打不动韩胜利；韩胜利又做出为难的样子说：

"我也就是这么一说，找到找不到，还难说呢。"

死活不去。任保良看出韩胜利在掉腰子，又往上涨了一千块钱。韩胜利还是不去。任保良又怀疑韩胜利真是那么一说，并不知道刘跃进的去向，在这里诈钱。韩胜利抬腿要走，任保良又担心他真的知道，便不放他去；把这情况，打电话告诉了严格。严格把这情况又告诉了老蔺。老蔺倒重视这个情况，要跟这人见上一面。严格便让司机小白，来接任保良和韩胜利，径直把他们拉到了"老齐茶室"。先在车里待了半个小时，小白接了一个电话，便把他们带进茶室。韩胜利和任保良，都是头一回来喝茶的地方。待拉开一雅间门，小白回去了，韩胜利看到里面坐着两个人。这俩人韩胜利都不认识，一个胖，一个瘦，都戴眼镜；从穿戴，知是上等人。任保良似认识其中那位瘦子，指着韩胜利对那人说：

"严总，就是他，一开始说知道，后来说不知道，我看他欠揍！"

又说：

"几天前，他还天天来找刘跃进。"

又说：

"刘跃进过去不偷东西，自从接触他，就学坏了。"

韩胜利马上跟任保良急了：

"你认错人了吧？刘跃进偷不偷东西，我不知道，我从来不偷东西。"

任保良也火了：

"咦，你们河南人中，谁不知道你是个贼？你不偷东西，咋被人打了？"

两人戗在一起。严格止住任保良：

"你回去吧，没你事了。"

把人带到，自己反倒出局了，任保良有些尴尬。但严格说让他走，他又不敢不走；磨磨蹭蹭，出了雅间，还不死心，又扭头说：

"严总，那工程款……"

严格皱了皱眉：

"下个星期，准打给你。"

任保良才走了。这时戴眼镜的胖子招呼韩胜利，让他坐在他的身边，和蔼地问：

"你跟刘跃进是好朋友？"

韩胜利头一回到这种环境，手脚有些无处放。但他听出，这两人也在找刘跃进；心里算出，这是第五拨找刘跃进的。而且他们是上等人。看来这事儿更大了。看来刘跃进不但是条大鱼，还是条鲨鱼。事儿小韩胜利不怕，事儿一大，韩胜利反倒害怕了。本来能找到刘跃进，现在往后缩了。韩胜利开始装傻：

"你们别听任保良胡说，我跟刘跃进熟是熟，但不是朋友，是仇人，他欠我钱。"

那胖子笑了：

"仇人好哇，找起仇人，比找朋友起劲。"

韩胜利一愣，没想到这人有话在这里等着他。韩胜利明白，自己说不过人家。只好说：

"刘跃进躲在哪里，真不跟我商量。"

那胖子没理这茬儿，径直说：

"找到他，把一包偷回来，只要包里的东西齐全，给你两万块钱。"

两万块钱，又比曹哥销债的一万六千块钱要多。但第三回有人给钱，韩胜利就不敢要了。不敢要不单是怕事儿越闹越大，引火烧身；而是收人钱，就要替人消灾；他怕应下这事，找不到刘跃进；虽然想着刘跃进会躲在哪里，但并不敢料定；应下不该应的话，拿了不该拿的钱，回头都要付出血的代价；就像在魏公村偷了不该偷的东西一样；在这上头，韩胜利是有教训的。比这些更重要的是，寻找刘跃进，一开始他是为了曹哥；曹哥既给他消了灾，找到刘跃进，还会给他销债；曹哥鸭棚里的人，对韩胜利来说，比这几拨人更不好惹；这就不单是钱的事了；他不敢一女许两家。但话赶到这儿了，当着这两人的面，韩胜利又不敢说不找；面前这俩人，也不像好惹的；他便想出一个退路：

"找是可以找，按道上的规矩，得先交一万定金。"

韩胜利以为他们会拒绝，过去素不相识，今天头一回见面，担心韩胜利骗他们；他们一拒绝，就给韩胜利一个脱身的借口；没想到那个叫严总的瘦子，马上拿过提包，从里边掏出一沓整钱，扔给了韩胜利：

"两天偷回来，除了补另一万，再给你一万奖金。"

韩胜利傻了。过去傻是欠人钱，如欠 X 市人的钱；现在傻是人给钱。欠人钱让人骑虎难下，谁知人给钱也会让人骑虎难下。

第二十八章

老　齐

事情谈完，老蔺最后一个离开"老齐茶室"。韩胜利先离开，老蔺与严格紧接着也离开了。两人走到楼口，老蔺说：

"你先走，我去趟厕所。"

严格下楼，老蔺进了厕所。进厕所却没撒尿，而是掏出手机，拨了一个电话，只说了两个字：

"跟上。"

也不知是让对方跟上严格，还是跟上韩胜利。挂上电话，这才撒尿。哩哩啦啦，没撒出多少。出厕所，正好碰上老齐。老齐刚从家里来店里，趿拉一鞋，睡眼惺忪，手里拿着一卷书。老蔺以为是一卷经，近前看，却是一卷《红楼梦》，线装罢了。老齐法号叫"绝尘";法师本该看经，怎么看上了这种尘世的闲书?但他顾不上纠正老齐这个;刚才严格提出，既然来到老齐这里，贼和 U 盘去了哪里，该让老齐看看，被老蔺止住;现在剩下老蔺一个人，老蔺突然又想问问。老蔺拦住老齐，拉他进了雅间，说正在找一人;找这人，为找一东西，让老齐看看，这东西可能找到?老齐的睡眼看了老蔺一下，随口说:

"俗话说得好，色即是空，空即是色，一个东西，不找也罢。"

老蔺想笑，"色""空"这话，是俗话吗?但正色说:

"老齐，没跟你开玩笑，这东西一定得找。"

老齐又看了老蔺一眼，又似随口说:

"事情很快就会结束。"

虽知老齐又在胡说，但听说事情很快就会结束，老蔺心里还是轻松一大块。这才叫病急乱投医。当时以为老齐是胡说;老蔺问他，也是解个心病;待到事情真的结束时，老蔺再想起老齐的话，突然出了一脊梁凉汗。碰巧他手里拿着一卷《红楼梦》，老蔺又想起《红楼梦》里的一句话，知道世上一切事情，皆非凑巧。或者，皆凑巧。

第二十九章

刘跃进

　　刘跃进被曹哥鸭棚的人捉住了。曹哥能捉住刘跃进，并不是韩胜利的功劳。刘跃进失踪了，能不能找到刘跃进，韩胜利心里既有底，又没底。如刘跃进还没离开北京，韩胜利知道他会躲在两个地方；不在这里，就在那里，心里有底；如刘跃进离开北京，天下大得很，不知他会跑到哪里去，心里就没底。但韩胜利这头应承了曹哥，那头应了严格和老蔺，一手托两家；没找刘跃进，先发愁找到刘跃进之后，把他送给谁；开始骑虎难下；但两头都逼得紧，又不敢不找；只好走一步看一步，权当刘跃进不会离开北京，先后去这两个地方寻找；待找到，届时送给谁，再见机行事。

头一个地方韩胜利能想到，别人也能想到，就是"曼丽发廊"。刘跃进丢包之前，韩胜利来跟刘跃进要账，如刘跃进不在工地食堂，韩胜利穿过一条胡同找过来，刘跃进准在"曼丽发廊"。当时韩胜利揣想刘跃进是否已与这发廊的老板娘上过床。要账之余，察言观色，断定两人并没有上床。其实也不用察言观色，男的总往女处跑，就证明俩人没事；如已经有了事，事情就会倒过来，该这女的寻男的。心里还笑刘跃进白搭工夫。正是因为这样，韩胜利又断定刘跃进不会躲在这里。一是这里离建筑工地太近，过去刘跃进天天往这发廊跑，大家看在眼里，躲在这里太明显，刘跃进不会这么傻；二是刘跃进和这女人的关系没到那个份儿上，遇到这种事，就是想躲，女人也不让他躲。但事情又不能以常理论，为保险起见，韩胜利还是决定去"曼丽发廊"一趟，以探虚实。韩胜利离开"老齐茶室"，先坐地铁，又倒了三趟公交车，到了北京东郊，来到"曼丽发廊"。因是傍晚，大家该吃晚饭，店里没有客人，马曼丽也不在，就剩下洗头按摩的胖姑娘杨玉环，把两条胖腿搭到理发台上，身子躺在理发椅上，摁着手机在发短信。店里很平静，并没有异常。但韩胜利多了个心眼，没等马曼丽，给杨玉环使了个眼色，直接进发廊里间按摩。身上有严格刚给的一万块钱，腰杆子也硬了。一时三刻，成就完好事，杨玉环欲起身，韩胜利又抱住她的光身子不放，似无意间问：

"玉环，这两天刘跃进来过没有？"

他知道杨玉环讨厌刘跃进；刘跃进天天来发廊，坐着不走，耽误她按摩的生意；现在突然提起，杨玉环不会袒护刘跃进。杨玉环并没有袒护刘跃进，但也推开韩胜利，起身穿衣服：

"没见。"

韩胜利：

"知道他去哪儿了？"

杨玉环瞪了韩胜利一眼：

"他又不是我男朋友，找他，怎么问上我了？该去工地食堂呀。"

韩胜利便知道，在杨玉环这里，并不知道刘跃进出了事。穿上衣服到外间，马曼丽提着一塑料袋鸡脖子进来。"曼丽发廊"还是老规矩，老板娘做饭，打工的杨玉环吃现成的。韩胜利又做出发愁的样子：

"也不知刘跃进哪儿去了？"

又说：

"我发现偷他包那贼了。"

偷眼看马曼丽，听到"刘跃进"三个字，马曼丽并无显出异常；也没搭理韩胜利，径直到水池子那洗鸡脖子；似乎事情与她毫不相干。韩胜利便断定，刘跃进没躲在这里。再说，发廊巴掌大一块地方，里间又是杨玉环的天地，刘跃进想躲，这里也没地方。

刘跃进另一个可能藏身的地方，韩胜利能想到，别人想不到，就是在魏公村三棵树街边开河南烩面馆的老高处。十多天前，韩胜利在魏公村偷东西，被 X 市老赖的人拿住，老高还给他当过保人。韩胜利、老高、刘跃进，三人同是洛水老乡，韩胜利知道刘跃进与老高好。韩胜利到老高饭馆来，在这里碰到刘跃进，不下十几回。从北京东郊刘跃进的建筑工地，到北京西郊魏公村，坐车得倒换五六回；平常不堵车，走一趟得俩小时；碰上周一周五堵车，仨小时五个小时就料不定了。周一周五，韩胜利也在这里碰到过刘跃进，便断定两人关系不一般。有时碰到他们在一起，也不见他们说话，就蹲在一起抽烟。抽半天烟，从两人的神色看，虽然啥也没说，但好像啥都说了。如是晚上，到了十点，刘跃进怕误了晚班车，站起身就走。老高把他送到门口，说上一句：

"过马路小心。"

刘跃进回一句：

"下礼拜有事，不来了。"

大步流星，走了。如碰到他们是白天，饭馆客人多，刘跃进还扔下烟头，钻到厨房帮老高做烩面。韩胜利以为他们都是厨子，又是老乡，所以对劲儿。韩胜利私下问老高，老高却说，两人在老家的时候，同在洛水县城一个叫"祥记"的饭店当厨子，那时天天在一起，并不对劲。厨房丢过半桶油，"祥记"的老板追查，老高怀疑是刘跃进偷的，刘跃进怀疑是老高偷的，两人还吵过一架，半个月没有说话。两人先后来到北京，开始各干各的，十天半个月见不着，反倒想在一起说话。这时再提起洛水"祥记"的旧事，两人都"嘿嘿"一笑。如今刘跃进失踪了，他没别的地方可躲，剩下可以躲藏的地方，就是老高的烩面馆。说不定这刘跃进，正在老高的厨房做烩面呢。韩胜利离开"曼丽发廊"，又去了魏公村三棵树。十多天来，因欠着 X 市人的债，韩胜利一直怵着魏公村；如今与 X 市人的事了结了，再来这里，也显得理直气壮。待到了老高的烩面馆，老高不在，买菜去了，韩胜利先查看烩面馆的里里外外，并没有刘跃进。韩胜利以为老高把刘跃进藏到别的地方去了，等老高买菜回来，刚要向老高打听刘跃进的下落，没想到老高扔下手里一捆芹菜，先跟他急了；没容韩胜利说刘跃进的事，仍说 X 市人的事。韩胜利有些吃惊：

"那事不是了了吗？"

老高瞪他一眼：

"你的事是了了，我的事刚刚开始。"

原来，自老高做了韩胜利的保人，因韩胜利每天交罚款不及时，韩胜利躲了，X市人便来找老高的麻烦；一帮X市小孩，十多年来，也随父母在魏公村扎下了根；大人找老高麻烦，小孩便找老高儿子的麻烦。几个十来岁的少数民族小孩，天天在街上卖少数民族刀或擦皮鞋，如今临时加了个活儿，路上截老高的儿子，向他要钱。给钱也让走，如身上没带钱，就会被他们打一顿。身上带钱，不准少于二十；少于二十，也打一顿。自老高做了韩胜利的保人，老高儿子被打过五回。身上不装二十块钱以上，不敢出门。自曹哥出面，还了X市人的罚款，大人的事了结了，但小孩的事还没刹住车。昨天，老高儿子上街买了个冰棍，又被截住打了一顿。今天早上，连学也不敢上了。韩胜利听后，也很生气：

"这还得了，他们太不遵守协议了，我回去就告诉曹哥。"

老高并不知道曹哥是谁，说：

"祸是你惹的，从明儿起，你每天接送孩子上学吧，反正你也没事。"

韩胜利嘴里嘟囔：

"我也正忙着呢。"

又说，所有这一切，不怪X市人，也不怪韩胜利，全怪刘跃进。刘跃进欠着他的钱不还，韩胜利还不上X市人的罚款，才出了X市大人小孩的事。全不顾这话并不符合事实，刘跃进欠他的钱，和他欠 X 市人的钱，还差一大截。也是急着找刘跃进，觉得找到刘跃进比老高儿子挨打重要；正是因为重要，韩胜利从口袋掏出二百块钱，拍到桌子上：

"把这钱，给你儿子。二百，够躲十回打了吧?让过十回，X 市人再这么干，我真跟他们动刀子。"

看着桌上的钱，老高愣在那里，不知韩胜利下的是哪出棋。韩胜利又说：

"你把刘跃进找来，叫他还我钱；他还我钱，我再给你一千，当作精神损失费，不让你白当保人。"

老高掉入韩胜利的陷阱。经过这事，觉得韩胜利仗义许多。他马上说：

"你等着，我马上去工地叫他。"

解下围裙，就要出门。韩胜利马上看出，刘跃进并没躲在老高这里。不但没躲在这里，老高连刘跃进失踪都不知道，以为他还在东郊工地做饭呢；知道的还没有韩胜利多；不知有汉，何论魏晋?韩胜利一把拉住老高：

"刘跃进多长时间没来了?"

老高想了想，惊叫一声：

"可不，都半个多月了。"

又奇怪：

"他欠你钱，不该躲我呀。"

看老高的神色，也不像装的。韩胜利彻底泄气了，不再跟老高啰唆，抓起桌上的二百块钱，转身出了河南烩面馆。

"曼丽发廊"没有，老高的河南烩面馆没有，韩胜利便断定刘跃进已不在北京，逃往外地。不在北京也好；寻找刘跃进，曹哥着急，"老齐茶室"那两个不认识的上等人着急，能看出任保良也着急，但韩胜利不着急。找不着有找不着的好处。韩胜利已使过两头人的钱，找不着，先白使着；真找到刘跃进，把刘跃进送给谁，是送给曹哥一头，或是送给严格一头，倒成了难题。韩胜利把这消息分别告诉了曹哥和严格；两方面更加着急；韩胜利假装着急。韩胜利明白，两方面着急，各着急各的；韩胜利在两方面之间，并不相互通气。

但刘跃进被曹哥鸭棚的人抓住了。能抓住刘跃进，跟韩胜利没关系，跟另一个人有关系，他就是躺在唐山帮住处养伤的青面兽杨志。那天晚上，在四季青桥下，青面兽杨志被严格的司机小白等人打断了两根肋骨；因为U盘，他才被打；因为U盘是假的，也才救了他一命。小白等人去集贸市场追赶刘跃进，青面兽杨志爬起来欲跑，又被小白留下的一人捺住，欲把他捉回去。还是瞿莉说：

"一个骗子，留他没用。"

青面兽杨志这才挣扎着跑出四季青桥，拦了一辆出租车，逃了。他既感谢那U盘是假的，也感谢那个女主人。这两根肋骨，断得有坏处，也有好处。一是让他彻底投奔了曹哥。筋骨断了，短时间无法出门作业，总得有一个养伤处；过去投奔不投奔曹哥，还有些犹豫，现在彻底死了心。本来他也可以不投奔曹哥，石景山一带，也有一个山西人的窝点，那里也可以养伤；但那里池浅王八少，从长远看，要安身立命，还是要投奔高处。比这更重要的是，投奔谁不重要，重要的是，谁能替他找到那个真的 U 盘。他被人打伤了，拿 U 盘的厨子跑了；但 U 盘就是钱；上次他敲诈瞿莉，张口三十万，瞿莉没打磕巴，证明这 U 盘能值五十万；这样的买卖，不能白放过手。要想找到厨子和 U 盘，几个山西毛贼，难以指上；遇到大事，还是要靠曹哥这样的人。加上他还欠着曹哥鸭棚的赌债；让曹哥去找这 U 盘和钱，他从中提成；U 盘找到，再与曹哥结账；也算以子之矛，攻子之盾。各方面考虑，投奔了曹哥。待他躺到唐山帮的住处，浑身疼痛；但这天夜里，突然发现，疼痛之余，他下边有所骚动。他下边本来不行了，这些天着急的就是这事；为这事要去杀人；见到瞿莉的裸体，下边起来了；接着被瞿莉发现了，瞿莉一声尖叫，下边又被吓回去了；现在上身疼痛之际，下边竟自个儿又起来了。过去心里老怕，大概挨了小白等人一顿打，只顾怕小白等人，把心里的另一种怕给忘了；或者，心里的怕，被小白等人给打出来了。这时的起来，就跟前一次起来不一样。

青面兽杨志一阵惊喜，这场打也算没有白挨，肋骨没有白断。下边能起来，比找到 U 盘，对青面兽杨志还重要。青面兽杨志，又成了过去的青面兽杨志。虽然身子不能动，脑子又活泛了。脑子活泛后，开始想刘跃进的去处。从半夜想到清晨，终于想到一个地方。

首先他判定这厨子没有离开北京。厨子没有离开北京并不是因为 U 盘。从与厨子搭伴敲诈瞿莉的过程中，青面兽杨志就能看出，这个厨子胆小；胆小不说，整个敲诈过程中，厨子关心的不是 U 盘，仍是他丢的包，包里那张欠条，欠条上那六万块钱，还是个顾小不顾大的人。如他顾大，看到青面兽杨志在四季青桥下挨打，这一切都是 U 盘惹的祸；加上胆小，剩下他一个人，他不敢拿着 U 盘继续敲诈；为了不被人抓住，他会逃离北京；但是，正是因为顾小不顾大，不为 U 盘，为了自己的包，为了包里的欠条，为了自己那六万块钱，他不会离开北京，还在继续寻找。为了大事胆小，为了小事胆大；为了别人胆小，为了自己胆大；这是青面兽杨志分析出的厨子刘跃进。把人分析透了，或者说，知道了这人的想法，接着他的去处，就不难猜到了。

刘跃进还真让青面兽杨志猜着了。刘跃进失踪了，但并没有离开北京；如青面兽杨志所分析的，没有离开北京，并不是为了 U 盘，而是为了找到他丢的那包。那天深夜，马曼丽与刘跃进一同看了U盘，就劝刘跃进马上离开工地，离开北京，逃往外地；他们知道的U盘，与青面兽杨志知道的又有不同；青面兽杨志只知道它值钱，不知道它为啥值钱；知道被人打，不知道会要命；刘跃进过去也不知道，和马曼丽看过U盘，便知道这不是钱的事，而是命的事；马曼丽劝刘跃进，连河南老家都不能回，防止有人顺藤摸瓜，在河南抓住他。马曼丽这么劝他，既是为了刘跃进，也是为了她自己；因为她也看了这U盘。但刘跃进没有听她的话。表面听了，背后没听；当面听了，两人分手后，又改了主意。也不是完全没听，听了一半，从工地失踪了，但没离开北京。他虽然害怕U盘，但更害怕欠条丢了，那个卖假酒的李更生不认账。包虽然丢过两回，但找包的线索并没有丢。如不知这包在谁手里，刘跃进也许不找；知道这包又被甘肃的三男一女抢走了，上次他跟踪青面兽杨志，也去过东郊那三男一女的小屋，知道贼的老窝，不找有些可惜。一边是命，一边是自己丢的东西，孰轻孰重?刘跃进掂量半天，取了个中间数；既不能不找，又不能找的时间过长；三天，再找三天，找到自己的包也好，找不到也好，他都离开北京。但离开工地，总要有个落脚处。刘跃进的想法，又与韩胜利不同。韩胜利以为他会去"曼丽发廊"，或者是魏公村老高处；这两个去处，刘跃进都想到过，但都没有去。没去不是觉得这两个人不可靠；或者他答应马曼丽离开北京，又没离开，马曼丽会跟他急；而是事到如今，如今的刘跃进，不是过去的刘跃进，怀里揣着几条人命，觉得那两个地方都不保险。哪里最保险？不是朋友的住处，而是人想不到的地方；不是人少的地方，而是人多的地方。哪里人最多？火车站。人多，有躲藏处；有个闪失，也好喊人。所以，这两天，刘跃进除了找包，就躲在北京西站；和南来北往的陌生人，杂睡在一起。

但曹哥鸭棚的人，抓住刘跃进，却不是在北京西站。青面兽杨志想了许多地方，但和韩胜利一样，没有想到火车站。但他想到一个地方，韩胜利没想到，却和刘跃进想到了一起，就是甘肃那三男一女过去的老窝。就在这个老窝，青面兽杨志被甘肃那三男一女抢了。青面兽杨志又去这小屋报仇，刘跃进也跟踪到这里。但甘肃那三男一女，早已挪了窝；青面兽杨志又碰到那三男一女，恰恰不在东郊，而在石景山。但他们挪了窝，青面兽杨志知道，刘跃进并不知道。青面兽杨志猜想，如今刘跃进寻包，必寻找甘肃这三男一女；寻找这三男一女，必去东郊那过期的老窝。青面兽杨志把这想法告诉曹哥，曹哥马上让光头崔哥带上几个人，去了东郊那条胡同。那条胡同，光头崔哥倒也熟；几天前，他曾在这里堵住过青面兽杨志，让他换上饭馆的服装，去贝多芬别墅偷东西。刘跃进的心思，果然让青面兽杨志猜中了。这天夜里一点，

302

刘跃进鬼鬼祟祟，来到东郊那条胡同。从这条胡同转到另一条胡同，到胡同底，到小屋前，见门上挂着一把锁，刘跃进还有些失望；但他不死心，还想再蹲守一会儿；但没来得及蹲下，早被已蹲在那里的光头崔哥等人给抓住了。刘跃进有些猝不及防，以为曹哥的人找他，是为别的事，刘跃进还想急；别因为别的事，耽误自己的大事；但看光头崔哥只管抓人，并不问话，又不敢惹他们；待到了鸭棚，曹哥说起来，也是为了那个 U 盘，刘跃进才恍然大悟，寻找这盘的人，又多出一拨。曹哥做事讲个师出有名，慢吞吞地对刘跃进讲，听说刘跃进捡到一包，而这包出自贝多芬别墅；贝多芬别墅，也在他的辖区；偷出这包的青面兽杨志，也是他派出去的；现在让刘跃进把包还回来，也算物归原主；包不重要，重要的是里面有一个 U 盘，拿出来就行了，大家好说好散。刘跃进听曹哥这么一说，就知道曹哥没看过这 U 盘；曹哥找它，也是为了钱；但曹哥只知道这盘值钱，不知道这盘要命；看似是个 U 盘，其实是颗炸弹。但刘跃进既不好向曹哥解释这盘，又不好解释自己的苦衷；不给曹哥这盘，是对曹哥好；给了曹哥，曹哥身上，也绑上了这颗炸弹。他倒不怕曹哥被炸弹炸死，如自己拿出这盘，证明这盘从自己手里过过，炸弹一响，也会炸着自己。一件事，就会变成第三件事。刘跃进只好装傻，说自己没捡这包，更没见过曹哥说的 U 盘，和上次跟青面兽杨志说的一样。上次青面兽杨志相信了，这次曹哥却不相信。曹哥让刘跃进再想想，别伤了和气。刘跃进急着说，如捡了这包，拿了这 U 盘，这么多人找，早交出去了；自己是个厨子，那盘对自己没用。曹哥见刘跃进不说，叹口气，背着手，转身出了鸭棚。曹哥背着手离开，光头崔哥等人便将刘跃进吊起来，开始拷打。拷打中谁下手最重?韩胜利。韩胜利下手重，并不是刘跃进欠他钱，一直没还；或刘跃进失踪，没躲在"曼丽发廊"或魏公村老高处，让他白费半天工夫；而是他断定刘跃进离开北京，刘跃进并没有离开北京；刘跃进没让他抓住，让青面兽杨志抓住了；韩胜利感到很没面子。曹哥交给他的第一桩事，就让他办砸了，等于让曹哥白替他还了 X 市人一万六千块钱。曹哥虽然没说什么，但韩胜利心里忐忑不安。现在多踹两脚，多扇几个嘴巴子，除了解气，也算将功补过。韩胜利劈头盖脸打人，不但刘跃进感到吃惊；大家知道他和刘跃进，过去是好朋友；光头崔哥也感到吃惊:

"这孙子，倒六亲不认。"

刘跃进被打得鼻口出血，仍咬定牙关，说他没捡那包，也没拿那盘。光头崔哥等人以为他嘴硬，又接着打。韩胜利打得起劲，抄起一木板子，欲拍刘跃进；还是曹哥从鸭棚外踱回来，止住了众人。曹哥感冒还没好，眼睛老流泪；用泪眼凑上来，打量刘跃进。刘跃进以为曹哥也要打他，本能地躲闪。曹哥倒没打他，拍拍他的脸：

"吊你一夜，明儿早上还不说，我就服了你。"

又用卫生纸擦眼，对众人说：

"天儿不早了，都回去歇着吧。"

又对小胖子说：

"你留下看他。"

众人应诺，陆续离开鸭棚。小胖子并不愿留下看人，但曹哥的吩咐，又不敢不听；他不敢反对曹哥，把火发在了刘跃进身上，从杀鸭子的案子上，抄起一块抹布，塞到了刘跃进嘴里。

第三十章

小胖子

刘跃进昏了过去。刘跃进自生下来，昏过四次。头一回，一九六〇年，刘跃进两岁，全中国没得吃，村里饿死许多人；刘跃进有个舅舅是个贼，会到地里偷东西；仗着这个舅舅，刘跃进才没被饿死；但地里东西也不多，又有人看着，舅舅也不是天天得手；舅舅不得手时，刘跃进被饿昏过。第二回，老婆黄晓庆与造假酒的李更生通奸，刘跃进捉奸在床，又被李更生打了一顿。当时只顾愤恨，回到家里，突然昏倒；是被气昏了。还有一回是前几天，在刘跃进的小屋，听青面兽杨志说，他丢那包，又被甘肃那三男一女抢走了，急火攻心，昏了过去；是被急昏的。这一回在曹哥的鸭

306

棚，又与前三回不同，是被打昏了。也不是被打昏的，是吊昏的。人被吊在顶棚的钢架上，身子悬着，脚不沾地，血走不上去，脸被憋得煞白，喘气越来越粗。也不是被吊昏的，是熏昏的。小胖子怕他喊叫，塞到他嘴里一块抹布；抹布塞到嗓子眼；这抹布不是一般的抹布，它日常的用处，是杀过鸭子，用来抹刀；血腥味和恶臭气，混在一起；抹布塞进嘴，立马就被熏晕了。昏过去，并没有昏死，还做了一个梦。梦中，似乎回到了十几年前，他还没有与老婆黄晓庆离婚。他和老婆，牵着五六岁的儿子刘鹏举，在一集市上走。集上人挤人，儿子突然被挤丢了。接着老婆也不见了。他在人群中着急，但脚下挪不得步。嘴里想喊，也出不来声。焦急中醒来，一时不知自己身在何处。等认出这里是曹哥的鸭棚，渐渐将昏前昏后的事，连在一起，这才明白了目前的处境。鸭棚里的灯亮着，小胖子躺在曹哥常躺的藤椅上，已经睡着了。嘴里吹着气。刘跃进身边，还吊着一只鸟笼。笼里有一只八哥。这八哥是曹哥养的，只会说三句话。因耳朵被蜡封着，听不到世界上的声音，所以睡觉也有些颠倒，它白天睡觉，夜里醒来。刘跃进醒来之前，它已经醒了，在笼子里蹦。蹦累了，将头探出来，端详刘跃进。待刘跃进醒来，八哥冲他打了个招呼：

"过年好。"

刘跃进倒被它吓了一跳。但他没工夫搭理八哥，拼命踢腾自己的腿，嘴里"呜里哇啦"地喊。小胖子被他折腾醒了，上来掏出刘跃进嘴里的抹布，看他要干什么。刘跃进喘着气：

　　"喝水。"

　　又说：

　　"没让打死，渴死了。"

　　小胖子看看刘跃进，倒端起曹哥留在桌子上的大茶缸，喂刘跃进水。刘跃进"咕咚""咕咚"喝了个饱，小胖子又要给他塞抹布，刘跃进：

　　"想解手。"

　　小胖子：

　　"解吧，这儿又没女的。"

　　刘跃进明白，小胖子是让他就这么吊着解，直接尿到裤里。刘跃进：

　　"不是小手，是大手。"

　　小胖子看刘跃进。刘跃进：

　　"要不嫌臭，我就这么解了。"

　　小胖子想了想，解开拴在三角铁上的吊绳，将刘跃进顺了下来。又拎过一只盛鸭血的塑料盆，替刘跃进脱裤子。刘跃进：

"手上的绳不解呀?待会儿你替我擦屁股呀?"

小胖子:

"解开绳子,你跑了咋办?"

刘跃进:

"老弟,人打成这样,还咋跑呀?"

又说:

"咱俩也算老熟人了,你在帮我,我能害你吗?"

小胖子想了想,先去案上拿了把杀鸭子的尖刀;然后将刘跃进手上的绳解开;用刀逼住刘跃进的脸:

"别动坏心思,不然宰了你。"

手上的绳子被解开,刘跃进就不怕小胖子了。一边系上裤子,一边将身子往前凑:

"兄弟,实话告诉你,早不想活了。快,给哥来个痛快的。"

小胖子往后退着,急得脸通红:

"你别逼我,我真动刀了啊。"

刘跃进猛地将刀从小胖子手里夺过来:

"算了吧你,鸭子都不敢杀,还敢杀人?"

又说:

"我到了这份上,别说你,谁我也敢杀。"

一脚将小胖子踹倒,用绳子将小胖子捆住;捡起抹布,塞到他嘴里；将他吊在鸟笼旁。接着脱掉自己的血衣服；靠墙绳子上，搭着曹哥一身衣服；刘跃进换上这衣服；又从小胖子口袋里，摸出二百多块钱；将刀揣到怀里，打开鸭棚门，左右看看，跑了。

但刘跃进没有想到，他出鸭棚刚跑，光头崔哥带着两个人，从鸭棚后身闪出，悄悄跟了上去。

第三十一章

方峻德

刘跃进离开曹哥的鸭棚，拼命往"曼丽发廊"跑。去"曼丽发廊"不为去那里躲藏，为跟马曼丽说一句话。被曹哥鸭棚的人吊打一顿，刘跃进知道自己那包，是不能再找了。再找就没命了。捉住刘跃进吊打的是一拨，还在捉刘跃进的，不知有多少拨呢。原以为自己那包，比捡到那包重要；起码对自己更重要；才没有离开北京，执意要找到它；现在终于明白，别人包里的东西，还是比自己包里的东西重要。东西就像人一样，重要不重要，不是自个儿说了算。这时后悔当初没听马曼丽的话；如早点离开北京，也就没有鸭棚里的惊险。但他去找马曼丽，并不是要说后悔的话，而是要说 U 盘的事。从曹哥鸭棚里逃出来，曹哥早晚会发现；如再被曹哥抓住，大概就不是吊打的事了，而是要命的事了。这个时候去找马曼丽，也算冒死一句话。"冒死一句话"，在河南村里听鼓书的时候，听说书的人说过；大都发生在战场上，朝廷的宫殿上，或牢狱里，或法场；没想到朗朗乾坤，清平世界，这情状让刘跃进赶上了。也算与众不同。也是急切之中，也是刚被吊了半夜，脑袋有些蒙，也有些乱，刘跃进钻过两条胡同，突然发现自己跑错了路。又折回头跑，突然发现，另一条胡同里，影影绰绰，似有几条身影，在忙着躲藏。刘跃进惊出一身汗。这时明白，自己逃离鸭棚，后边有人跟踪。逃出曹哥鸭棚时，刘跃进先是感到庆幸，接着还感到疑惑，曹哥好不容易把他抓住，咋又这么轻易让他逃走了呢?吊打一番，将众人都支走，就留下一个窝囊的小胖子看他；但他当时只顾逃跑，并没深想；现在明白，原来是个圈套，曹哥是故意让他逃走的，后边好有人跟踪。就像刘跃进当初跟踪青面兽杨志一样；跟踪并不是目的，目的是找到他的老窝；找到老窝并不重要，重要的是，从老窝里，就能找到自己那包；现在曹哥也在让人跟踪，也在找他的老窝，接着再找到那个 U 盘。这时刘跃进多了一条心，发现有人跟踪，但又假装没发现，继续往前跑。如被人发现他发现了，又会被捉回鸭棚；假装没有发现，你还可以继续跑；跑中，再想别的办法。跑山这条胡同，刘跃进突然转了方向。本来要去"曼丽发廊",现在不去了,开始拼命往大街上跑。大街上,总比胡同里宽敞;虽是后半夜,街上也过车;有人的地方,就比没人的地方安全。待跑到大街上,又往公交站跑。公交站有人等夜班车,与人在一起,安全又多了几分。待跑到公交站,正好过来一夜班车,刘跃进跳上夜班车,去了北京西站。原来他往大街和公交站跑,也不是盲目的,也是有目的的,为了去火车站。

　　但是,刘跃进能顺利逃到北京西站,并不是因为刘跃进警觉,发现了光头崔哥几人的跟踪;或发现了假装没发现,仗这些小聪明;从跳上第一辆夜班车,到北京西站,他还要倒三回车;每一回倒车时,他都有可能再次被光头崔哥等人抓住。光头崔哥等人跟踪他,为了让他去取 U 盘;看他跳上夜班车,虽然不知道他到哪里去,但不像去取 U 盘,便想将他捉回。光头崔哥等人想捉回刘跃进,几次倒车的过程中,都是机会。刘跃进从胡同里跑到公交站,他到了,夜班车也到了;但后两回倒车,刘跃进跟夜班车却没有那么默契;他到了,夜班车还没影儿;第三回倒车,足足等了半个小时,车还没来;刘跃进害怕夜长梦多,赶紧打了个出租,这才到了北京西站。光头崔哥等人想抓回刘跃进,甚至不用等这些机会,夜班车上,也能把他捉住;刀逼在刘跃进脸上,刘跃进不敢声张,夜班车的司机和售票员也不敢声张。最后刘跃进没被光头崔哥等人捉回,与刘跃进聪明不聪明没关系，跟另一个人有关系。

这人叫方峻德。方峻德像老邢一样，也在一调查所工作。老邢的调查所叫"智者千虑调查所"，方峻德的调查所叫"万无一失调查所"。虽然都是调查所，但两人调查的事情不一样。老邢主要调查第三者，男女私情，拆散的是人的家庭；替严格调查贼，还是头一回；方峻德主要调查私人恩怨，有冤报冤，有仇报仇，拆的是人的胳膊腿。老邢的调查所是公开的，方峻德的调查所是地下的。两人和曹哥鸭棚的人一样，都是为了找到U盘；但两人受雇的人不同，老邢受雇于严格，方峻德受雇于老藺。无非几天下来，大家都没找到U盘罢了。自知道U盘在一厨子身上，厨子又失踪了；老藺一方面怪严格找老邢找错了，找来刘跃进的朋友韩胜利，让韩胜利去找刘跃进；同时让方峻德跟踪韩胜利；欲通过韩胜利，找到刘跃进；待找到刘跃进，横插一刀，不让刘跃进落到韩胜利手里，直接劫走刘跃进，绕过严格这一关，直接拿到U盘。这样做虽然麻烦，让更多的人掺和了此事；但麻烦有麻烦的好处；半道把粮劫走，不再受制于人。总体讲，利大于弊。也算螳螂捕蝉，黄雀在后。没想到韩胜利拿了严格的钱，并没有找到刘跃进。但通过跟踪韩胜利，方峻德找到了曹哥的鸭棚。便带着一个弟兄，日夜盯着这鸭棚。没想到这工夫没有白费，通过青面兽杨志，刘跃进被曹哥他们捉住了。刘跃进在曹哥鸭棚里时，方峻德不知鸭棚的深浅，不敢贸然横插一刀；待刘跃进逃出鸭棚，方峻德就有了机会。这时又发现，跟踪刘跃进的不只他们俩，还有鸭棚里三个人；便知道他们放出刘跃进，是个圈套。同时知道，欲截刘跃进，先得截住曹哥鸭棚的人。刘跃进在八王坟倒夜班车时，光头崔哥带两个人欲从桥下冲出来，捉回刘跃进；还没等他们冲出来，方峻德二人来到他们面前。光头崔哥见来者不善，以为碰到了抢劫的，还怪他们有眼不识泰山；光头崔哥还惦着捉刘跃进，没工夫跟他们啰唆，直接从身上掏出了刀。真打起来，方峻德两个人，光头崔哥三个人，两个人打不过三个人。见他们掏刀，方峻德二人直接从身上掏出两把钢珠手枪。拿刀的干不过拿枪的，光头崔哥愣在那里，这才知道遇到了对手。光头崔哥忙收起刀：

"大哥，要钱给钱，我们还另外有事。"

方峻德：

"不要钱，要人。"

指了指在远处公交站候车的刘跃进。光头崔哥这才明白，这是另一拨寻找刘跃进的人；但不知是哪一拨，主人又是谁。忙说：

"其实是一回事，大家都是为了钱。能不能合计合计，大家说开？"

方峻德摇摇头，用枪指着他们：

"不合计，滚。"

光头崔哥在道上，也见过一些人。方峻德说"滚"的时候，虽然声音不高，但面无表情；便知道碰上了硬主，是个说得出做得来的人，不是虚张声势；便带着两个弟兄，丧气地离开。

第三十二章

老　邢

刘跃进进了北京西站候车大厅，看到椅子上、地上，睡满了人；人间，有一个巡夜的警察，打着哈欠，走来走去；才知道自己逃出了虎口；像受惊的兔子，回到自己老窝一样，心里才稍稍安定下来。那个巡夜的警察，看到刘跃进惊慌失措，脸上还有血痕，倒对刘跃进产生了怀疑；隔着睡梦中许多人，先用手点住刘跃进，不准他动；又绕过几排椅子，慢慢踱过来，打量刘跃进的脸：

"你怎么回事？"

就刘跃进目前的处境来说，虽然投奔警察最安全，但刘跃进不敢对警察说出实情。他丢了个包，又捡了个包，包里有一个U盘；因为这个U盘，他被人追，被人打，说不定还会要命；但因为这个U盘，他也参与过敲诈；搅在一起，根根叶叶，说不清楚。同时，事情发展到这个地步，不光追他的几拨人着急，刘跃进自己还有事急着处理；跟警察，耽误不起那么多工夫。但被警察叫住，又不能不解释脸上挂伤的原因。也算急中生智，刘跃进用河南话说：

"老婆被人拐走了，出门找了半个月了；昨天晚上在王府井抓到他们，没承想，又被那奸夫打了一顿。这事不能就这么算了。"

刘跃进说的，也算是实情，符合自己的经历。只不过把时间、地点给改了。虽然改了，因是实情，说起来倒不显得假；说着说着，勾起了往事；也是这些天被事情逼的，思前想后，竟动了真情；一把抓住警察的手说：

"大哥，你得帮我找到他们，替我报仇哇。"

警察倒被他说得一愣。看看刘跃进，一脸苦相，既不像偷东西的贼，也不像杀人放火的抢劫犯；用力甩着刘跃进的手：

"放开。"

又说：

"你这是家务事，还没发展到要警察来管。"

又打了一个哈欠，摇摇晃晃走了。打发走警察，刘跃进买了一张电话卡，慌忙去打电话。电话是打给马曼丽的。这时找马曼丽，和刚才从曹哥鸭棚里逃出来，跑去找马曼丽又有不同。刚才找她，是为说一句话，现在这句话也顾不得了；刚才找她是为了 U 盘，现在连 U 盘也顾不得了。他找马曼丽，是为了找存在发廊的一个帆布提包。刘跃进离开工地那天，把自己的细软，塞到这个提包里；把这个提包，存在了"曼丽发廊"。找提包不为细软，为找里面的一件西服。找西服也不为西服，为找西服口袋里的一张名片。这张名片，还是几天前，"智者千虑调查所"的调查员老邢留下的。那天，任保良带老邢到刘跃进的小屋找包，刘跃进装傻充愣，说自己丢包了，并没捡包；任保良急了，老邢没急；临走时，给刘跃进留下一张名片，让刘跃进再想想，如知道包在哪里，给他打电话。刘跃进逃往火车站时，还没想到要找老邢；到了火车站，打算坐明天一早的火车回河南，突然想起了老邢。马曼丽当初劝刘跃进逃跑，不但劝他离开北京，也劝他不要回河南，防止有人顺藤摸瓜；上回没听马曼丽的话，留在了北京，才有今天的历险；这回也不准备听，虽然要离开北京，仍想回河南。他回河南，也有自己的打算。正是因为这个打算，他突然想起了老邢。找老邢并不是为了老邢，告诉他自己捡了那包，包里有一个 U 盘；还是为了自己丢的那包，包里那张欠条。刘跃进想着，老邢是个侦探，又见过偷刘跃进那包那贼；不但见过第一个贼青面兽杨志；也见过第二批贼，甘肃那三男一女；如今包丢了，欠条丢了，刘跃进怕老家卖假酒的李更生赖账，便想让老邢跟他一块去趟河南，找到那卖假酒的李更生，给他当一个证人。欠条上的六万块钱到手，回头再说那个 U 盘。那个 U 盘，刘跃进并没带在身上，还放在北京一个地方；让老邢去河南，等于在骗老邢；但刘跃进捡到那包，却被儿子刘鹏举和他的女朋友麦当娜带到了河南，单说这包，也不算骗人。或者说，骗也算骗，但只骗了一半。马曼丽的电话打通了。但深更半夜，马曼丽接到电话，立马慌了。没容刘跃进说西服和名片的事，马上问 U 盘的事是不是发了。如果发了，她把自己的提包也收拾好了，准备立马逃往外地；这个外地，不包括她的东北老家。关于逃亡的去处，马曼丽倒说到做到，不回老家。事情确实如马曼丽所说，U 盘的事发了，几拨人都在找刘跃进；但刘跃进认为，U 盘还没被人找到，事情就不算发。也是为了稳住马曼丽，刘跃进给马曼丽也撒了谎，说自己并没有离开北京；为什么没离开北京？因为这事的风声又小了，他在找甘肃那三男一女；昨夜找见了，又让他们跑了；知道老邢也见过这三男一女，便想请老邢帮忙。马曼丽这才找出名片，将上边的电话，告诉了刘跃进。

老邢接到刘跃进的电话，有些吃惊。老邢这两天也在找刘跃进。上次找到刘跃进，让他蒙了，以为 U 盘不在他身上，还在青面兽杨志身上，又回头寻找青面兽杨志，耽误了两天时间。直到听说刘跃进失踪了，也才明白，U盘就在这厨子身上，又回头寻找刘跃进。老邢寻找刘跃进，与其他几拨人寻找刘跃进，又有不同；不但与别人不同，与他以前的寻找也不同。首先，老邢对人说了假话。老邢并不是"智者千虑调查所"的调查员，而是一个警察。十多天来，也在扮演另一个人，也在演戏。另外，几拨人寻找刘跃进皆是为了U盘，老邢寻找刘跃进也是为了U盘，但不仅是为了U盘，U盘只是他寻找中的一部分。或者说，他在寻找更重要的东西。或者说，他不知道U盘里藏的到底是什么，找这U盘，是否比找别的重要。他扮作调查员欺骗严格，并不是为了调查严格，而是为了调查老蔺和贾主任。或者说，调查严格只是一个切口；除了这个切口，还有许多切口。或者说，调查老蔺和贾主任，也不是为了调查老蔺和贾主任，而是为了调查另一个人。总而言之，老邢是在调查一个西瓜，刘跃进和U盘，在老邢的棋盘上，就成了一粒芝麻。只是因为别的切口一时难以找到，这有一个现成的切口，也不能放过去，于是就扮作调查员，先来调查这个。于是，他对刘跃进和U盘的调查，并无其他几拨人急切。老邢做事不着急，还有另外一个原因。他当警察十几年了，工作起来，天天都在找人；这一点倒和调查员没有区别；无非调查员调查的是第三者，他调查的是人命。天天都在找坏人，坏人永远也找不完；找来找去，有些疲了，心就自然慢了。但这还不是慢的主要原因，老邢当了十几年警察，仕途上并不顺利；与他一起大学毕业进警察系统的，有当处长的，有当局长的，老邢还是一个警长。当警长并不是能力不行，十几年算下来，同进警局的人，谁也没有他抓人多。但光在外边抓人有啥用?要想升迁，得会在单位活动人。会活动者，会给上头送钱者；送钱，人家又收者，很快就当了处长、局长，成了老邢的上司。老邢这时才明白，干活和升迁，原来是两回事。认识到这一点，已经晚了；处长和局长的位置，已经被别人占据了。这时再想活动和送钱，已经来不及了。当了处长和局长，就能收更多的钱，老邢还在街上抓人，二者的差距越来越大。看着别人荣华富贵，自己十几年如一日，老邢心中有些不平。天天抓坏人，坏人就在自己身边呀。只抓与自己毫不相干的人，不抓自己认识的坏人，让老邢心里又有些郁闷。怎么老抓生人呀，该抓熟人呀；怎么老抓被抓的人呀，该抓抓人的人呀。可左右打量，这种情况，并不是一处两处；这种局面，也不是一天两天形成的，一个人两个人形成的；天下不是一个坏人，天下乌鸦一般黑；而为了一般黑去抓乌鸦，或者为了这帮乌鸦去抓另一帮乌鸦，老邢怀疑自己工作的意义。但天下如此之大，老邢又扭转不了；想不通，白想不通。这回老邢扮作"智者千虑调查所"的调查员，"智者千虑调查所"的所长，就是他过去的同事；正是因为过去是同事，才给老邢提供了这样的方便；这个同事，过去也像他一样想不通，才辞了职，用一己之长，开了这么个调查所；过去调查人命，现在调查第三者。再见这位同事，果然比以前吃胖了，花钱比以前大方了；接着住上了别墅，开上了"奔驰"。与这位所长比，老邢心里又有了另一种不平；人家天天找人是为了钱，自己天天找人是为了乌鸦；为钱就想得通，为乌鸦就想不通；十多天来，虽然扮调查员是假，但扮着扮着，真有心像过去的同事一样，也辞了职，来调查第三者。与严格头一回见面，他说自己做生意不得志，才当了调查员，此话是假，但心情是真。人在矛盾的状态中，一有私心杂念，心慢了不说，还会影响对事物的判断力。寻找一个 U 盘，出了这么多阴差阳错，跟老邢内心的阴差阳错大有关系。表面看八竿子打不着，根上却有千丝万缕的联系。只是到刘跃进失踪，看到严格惊慌失措的样子，他才意识到这 U 盘的重要；这个切口，也许比别的切口重要；自己过去有些大意。但回头再找刘跃进，又有些晚了。晚了也就晚了，过去也不是没晚过，老邢心里，倒不像严格等人那么着急；反正早晚要去调查所，待那时再着急还来得及。夜里他倒睡得着。但凌晨五点，他接到了刘跃进的电话，又让他吃惊，也重新燃起了对这事的热情。重新燃起热情不是因为天下和乌鸦，而是刘跃进一番话。刘跃进在电话里说得很快，河南话，有一半他没听懂，只听出一个大概：这包刘跃进捡到了；但包不在他手里，被他儿子拿回了河南；为了这包，几拨人在找他；刚刚被一拨人吊打过，好不容易逃了出来；逃的时候，发现后边有人跟踪；过去不知道这包的厉害，现在知道了；不是万般无奈，他不会给老邢打电话；给老邢打电话不是为了别的，是为了把这包交给老邢；交给老邢不为老邢，为自己早一点摆脱干系；为了交给老邢，让老邢跟自己去河南一趟；去河南不是自己一个人不能走，而是害怕路途上有人劫他。如此这般，说了一番。虽然这话半真半假，所有的人找包，都是为了找那个 U 盘；包和盘本已分离，让老邢去河南找包，等于在骗老邢；也是急切之中，老邢听后，上了刘跃进的当不说，精神也抖擞起来。精神抖擞不是断线的风筝，如今自动飞到了自己手里；而是老邢的好奇心起了作用。过去对 U 盘不那么重视，现在倒想看看，U 盘里到底藏着什么，让从上到下一圈人这么紧张。电话里马上答应刘跃进，跟他去一趟河南。刘跃进：

"我到哪里找你呢，我怕有人劫我呀。"

老邢本想告诉刘跃进，最好的办法，是立马去找车站的警察；因老邢也是警察；但怕说出这话，又打草惊蛇，吓着刘跃进；刘跃进本来信任自己；只知道老邢是个调查员；一听这话，又不信任，转头跑了，找起来就难了；可听说有人跟踪刘跃进，又不敢让刘跃进在火车站死等；担心有人趁这个空隙，把刘跃进劫走。想到这里，老邢又感到好笑，真没想到，一个工地的厨子，陡然之间，竟变得这么重要，让上上下下的人围着他转。因为这个，老邢又觉得这个刘跃进有点儿意思。于是告诉他，不要在车站停留，赶紧买张火车票去石家庄；买过车票，再打电话告诉老邢车次，老邢会让石家庄的朋友，在石家庄站台接他；老邢也马上开车去石家庄；两人在石家庄聚齐后，再一块开车去河南。

第三十三章

刘跃进

刘跃进上了火车，看看左右，不像有人跟踪，心里才踏实下来。就是有人跟踪，火车是个行进的东西，也不好一下把人劫走；加上火车上都是人，过道里，时不时有乘警走来走去，有人下手，他也好喊人。离开北京，就等于离开了危险之地。但望着窗外渐渐退去的北京，刘跃进又有些伤感。六年前，他离开河南，来到北京；虽然北京跟他不沾亲不带故，来这里就是为了挣钱；也不光为了挣钱，是为了躲开老家那伤心之地；但六年下来，就是一块铁，在怀里也焐热了。夜里做梦，梦见自个儿在北京，比梦见自个儿在河南还多。也想着总有一天会离开北京，或好着离开，或歹着离开，无非是挣钱多少而已，从来没想到自己会逃离北京，北京会要他的命。这种结果，说起来跟六年也没关系，跟近十几天有关系。自己丢了个包，又捡了个包，一件事就变成了另一件事，接着又变成了第三件事。这种变化，过去也遇到过，无非小事变成了大事，或大事变成了小事；但变来变去，都是同一件事；一只蚂蚁，变成了另一只蚂蚁；顶多变成一只苍蝇；但一只蚂蚁，突然变成了一只老虎，老虎转头扑过来吃人；四十多年来，刘跃进还没遇见过。本来是刘跃进丢了东西，变成了刘跃进要丢命。这其间的道理，是怎么转换的，刘跃进一下还没想通。丢包没人管，捡了个包，就开始大祸临头，许多人在找刘跃进。但刘跃进又感叹，也多亏捡了个包，许多人开始找他；找他的人中，有个老邢；老邢知道他丢了包，也见过抢他包的那两拨贼；刘跃进用话骗了老邢，老邢答应跟他去河南；包里的欠条丢了，没有老邢这样的当事人作证，老家那个卖假酒的李更生，不会痛快地把钱拿出来；一个卖假酒的，连别人的老婆都敢拐走，到钱上，更不敢相信他的人品；如果这六万块钱要不回来，等于六年前，刘跃进的老婆，白被人拐走了。但又想，就是有老邢作证，那个卖假酒的李更生，不见欠条，会不会赖账呢?如果他耍赖，老邢只是个侦探，人在河南，又不在北京，老邢也是没辙。出现这种情况，又该咋个料理呢?关于这一层，刘跃进一时还没想出更好的对策；也只好走一步看一步，死马当成活马医了。但又想，如果卖假酒的被老邢唬住，六万块钱到手，情况就大不一样了。刘跃进的一番宏图，就可以大展了。等两个包的风声过去，刘跃进准备再杀回北京，用这钱打底，开个饭馆；刘跃进是个厨子，做饭不用求人；过去不敢在北京开饭馆，一是没钱，二是地生；如今在北京待了六年，行市上也熟了；老高就在魏公村开了个饭馆；老高做饭的手艺，还不如刘跃进；老高却说，每个月能赚一万多；刘跃进手艺比老高强，一个月不说多赚，赚两万，一年下来，就是二十多万；马上就是有钱人了。赚钱事小，从此不再受人欺负，活个扬眉吐气，才叫风光呢。到了那个时候，让前妻黄晓庆看看，刘跃进到底是什么人；也让儿子刘鹏举看看，刘跃进从来不说瞎话，有钱就是有钱。心里又高兴起来。突然又想起留在北京的马曼丽；刘跃进回了河南，她还不知道，她还蒙在鼓里；刘跃进有一个装细软的提包，还落在"曼丽发廊"；待自己开了饭馆，发了财，把马曼丽叫来，让她当老板娘；但又不敢担保她能同意。她跟人好，似乎不完全在钱。但是，她也看不上穷光蛋。穷光蛋不光说明穷，也说明他本事不如别人。刘跃进是个工地厨子，马曼丽看不上；等刘跃进成了饭馆的老板，说不定她就会另眼相看。除了穷富，马曼丽还在乎这人会不会说话；刘跃进当厨子时嘴笨，那是说话处处要看人脸色，被人压住了；等自个儿能做自个儿主的时候，胆子一大，说起话来，说不定也舌底生风。这样想东想西，一阵悲一阵喜，火车过了丰台，到了涿州。在涿州停了五分钟，火车又往南开。火车过道里，有人推着饭车卖盒饭，刘跃进突然感到肚子饿了。从昨天夜里到今天上午，只顾逃命，忘了肚子饿；现在好不容易安定下来，看到饭车，便觉饿了。问了一下盒饭的价钱，一盒米饭，上边铺些豆芽，豆芽上卧着两块肥肉，五块，刘跃进又觉不值。刘跃进就是个厨子，知道这饭的成本，不会超过五毛钱；五毛钱的东西卖五块，感叹火车上卖饭的，心也太黑了；仗着火车在跑，人下不得车，就拿刀宰人。刘跃进身上，原有二百多块钱，还是在曹哥鸭棚抢小胖子的；昨夜打出租花了二十多，买火车票花了三十多，身上剩下一百四左右，不知前边还有什么用钱处；虽然问过价钱，但没买这盒饭；饿先忍着。待火车到了保定，看到车下站台上，也有人卖盒饭，有人在买，也是米饭豆芽，卧两块肥肉，两块五一份；虽然心也黑，但比车厢里便宜一半，便下车去买盒饭。交了钱，挑了一盒份儿足的，边吃，边回车厢。这时一人叼着一根烟，来到他跟前：

"大哥，有火吗？"

原来是个借火的。刘跃进从口袋里掏出火机，那人点着烟，这时低声问：

"你叫刘跃进?"

刘跃进大吃一惊，心里陡然紧张起来。突然意识到什么，急忙往车厢门口走：

"我不认识你。"

那人笑了，快步跟着刘跃进，这时又说：

"如果你是回河南找你儿子，我劝你就别去了，我们去过了，你儿子不在河南。"

刘跃进大吃一惊，原地站住：

"你是谁?"

那人：

"我是谁不重要，重要的是，我们不但知道你儿子不在河南，还知道你找你儿子，是为找一包；这包我们也找到了，里边没有要找的东西。"

刘跃进身上的汗毛，陡然竖了起来。刘跃进慌忙问：

"我儿子在哪儿?"

那人抽着烟，笑而不答。刘跃进突然明白，儿子被这人绑架了。儿子被人绑架，比起丢个包和欠条，事情又大；事情又变了，由老虎又变成了一头鳄鱼。这头鳄鱼不但要吃刘跃进，还要吃他儿子。同时知道这陌生人，是找 U 盘的另一拨人。这拨人属于谁，刘跃进又不知道。接着担心这人话中有诈，这人并没找到他儿子，无非是拿他儿子威胁他。那人看穿刘跃进的心思，搂着刘跃进的肩膀，开始往站台一圆柱后走；边走，边掏出自己的手机，拨了一个电话，递给刘跃进。刘跃进拿过电话，刚问了一句：

"你谁呀？"

对方在电话里就哭了：

"爸，是我。"

电话那头，真是儿子刘鹏举的声音。还没待刘跃进再问话，刘鹏举在电话那头就急了：

"爸，你从那包里，又偷了啥？让人抓我们，给关到这黑屋里。"

接着似乎啪一巴掌，刘鹏举开始哀求；不是哀求刘跃进，而是哀求电话那头的人：

"叔叔，别打了，我真没拿。"

话筒里，还传来儿子女朋友麦当娜啜泣的声音：

"大哥，把我放了吧，我跟这事没关系。"

刘跃进手里的盒饭，"啪"地掉在地上，脸也一下变得煞白。又看那人，那人吸溜一下鼻子，笑眯眯地收回电话。有了这十几天的遭遇，刘跃进也学会了看人。凡是遇到杀人越货还笑眯眯的人，就是心狠手辣的人；刘跃进对这人有些发怵，磕磕巴巴地问：

"你们想干吗呢？"

这话等于明知故问。那人又搂刘跃进的肩膀，似搂着自己的亲兄弟：

"快把那东西给我，我好叫他们放你儿子。"

事到如今，刘跃进见他们捉住了儿子，又拿到了那包，刘跃进不敢再说假话，说：

"可那 U 盘，不在我身上呀。"

那人指火车：

"在火车上？"

刘跃进摇摇头，如实说：

"还在北京。"

那人倒不着急，指指火车：

"上去，把行李拿下来，咱一块儿回北京。"

第三十四章

老　邢

　　老邢跟石家庄的警察，在石家庄火车站找了一下午，没有找到刘跃进。石家庄的两个警察，也穿着便服；说中午那列火车上，没有刘跃进。在车厢门口没接着，又上车找；为找刘跃进，让火车晚发了十分钟；整个列车找了个遍，没有这个人。老邢的手机一直开着，再不见刘跃进给他打电话。刘跃进没有手机，老邢也无法跟他联系。打发走石家庄两个警察，老邢又自个儿在火车站找了半天。虽然知道找是白找，火车上没有，火车站咋会有呢?但煮熟的鸭子，又一次让它飞了，老邢又有些不死心。也心存侥幸，万一刘跃进中途换了车，乘另一辆火车到了石家庄呢?但火车等了一列又一列，在火车站找到傍晚，还不见刘跃进，老邢这才死心，刘跃进不会来石家庄了。不来有两种情况，要么老邢再一次被这厨子骗了，要么这厨子中间又出了岔子。如果出了岔子，不知是在北京出的岔子，还是在半路出的岔子。如是半路出的岔子，就怪会面的地点，约得离北京太远；路途中，给了别人可乘之机。但在石家庄车站碰面，是老邢提出来的，又怪不得别人。老邢来石家庄时心情还很激动，现在又恢复到平静。但老邢也不沮丧。在火车站附近饭馆，吃了两个驴肉烧饼，又开车回了北京。

第三十五章

刘跃进

回北京的路上，刘跃进跟绑架他儿子那人，聊了一路。回北京没坐火车，开车。那人三十多岁，瘦，带一司机。刘跃进和他，坐在后座，边走边聊。原来这人跟了刘跃进一天一夜，知道刘跃进昨夜在曹哥鸭棚的事；又跟到北京西站；刘跃进上了火车，他也上了火车；他指指司机：

"他叫老鲁，开车跟到保定。"

老鲁开着车，面无表情，也不搭话。

事情说透了，大家无冤无仇，他追刘跃进也好，绑架刘跃进他儿子也好，都不为害命，就为图财；对已经发生的事情，双方都知根知底；现在事情有了结果，双方倒说开了；

两人聊着聊着，发觉竟投脾气。如不是搭上这事，平日里碰上，说不定还能成为好朋友。聊间，刘跃进问：

"你贵姓？"

那人也不掖着藏着，说：

"免贵姓方，叫我老方好了。"

刘跃进又问老方，咋想起找他儿子，咋想起去了河南；在河南没找到他儿子，又在哪里找到了他儿子。那人一笑，从头说起。说他受雇于人，寻找 U 盘；待刘跃进失踪，大家知道 U 盘在刘跃进身上；许多人在北京寻找刘跃进，他却兵分两路，一边让人在北京找，自己带人去了一趟河南洛水，防止刘跃进回了老家；到了洛水，发现刘跃进没回老家；顺便找他儿子，发现他儿子十天前去了北京，也没回来。一开始并没想绑架他儿子，只是想找到他儿子，就会找到刘跃进；于是扮作刘跃进在北京工地的朋友，找到他儿子的朋友，打听出他儿子的手机。又扮作洛水人，用洛水街头的电话，给他儿子手机打电话；上来就问他在哪里，他儿子说在北京；儿子再问他们是谁，他们说电话打错了。待回到北京，又用北京的电话给他儿子打电话，说刘跃进被车撞了，让他赶紧过来；他儿子匆匆过来，算是抓住了他儿子。这时才知道，原来他儿子，也十多天没见刘跃进；刘跃进失踪了，他还不知道；还没有老方知道得多。他儿子看上去高高大大，胆子却小，老方扮作警察，说刘跃进偷了一个包，正在通缉；抓不到刘跃进，先拿他儿子顶替；待找到刘跃进，找到这包，再放了他。两句话，就把他儿子给唬住了，主动交代，这包在他手里；也不在他手里，在他女朋友手里；五天前，女朋友与他闹了别扭，跑了；他儿子也在找他女朋友；这也是他至今没有离开北京的原因。老方又带着他儿子，开始在北京找他女朋友。他女朋友倒也有手机，但不接他的电话。老方又故技重演，用自己的手机，给他儿子女朋友发了个短信，说他儿子出了车祸，从他儿子的手机上，知道了她的电话；让她赶紧赶过来。女朋友赶到红领巾桥下，就被老方等人抓住了，也找到了那包。但找包并不是目的；找包，是为了包里的 U 盘。但把包翻遍了，里面并没有 U 盘，只好先留他儿子和女朋友几天，又回头找刘跃进。前因后果，老方讲了，刘跃进也听懂了。听懂不是首先着急他儿子被绑架；本来着急，现在急也没用；开始气愤他儿子骗他：

"这个王八蛋，没有一回不骗我，说回了老家，谁知还在北京。他被抓，他活该呀。"

想起那包，又骂：

"做梦也没想到，儿子也敢偷我。这回知道东西不好偷了吧?"

老方倒不这么认为：

"你的包，他是你儿子，这叫拿，不叫偷。"

刘跃进又愤恨：

"我一眼就看出，他那女朋友不是东西；偷我，准是她的主意。"

老方笑了：

"那女的没偷错，你知道那包值多少钱？"

刘跃进一愣：

"一个包，能值几个钱？"

老方：

"那包在世界上没几个，世界名牌，合成人民币，值十几万。"

又说：

"只是你儿子的女朋友，也不知道罢了。"

刘跃进大吃一惊。当初丢了一包，又捡了一包；捡到这包，还骂青面兽杨志，怪他不会偷东西，偷穷人偷钱，偷富人偷些女人的东西；当时只顾翻包里的东西，忘了看这包；就是看了，刘跃进也看不出这包值钱；看上去，也就是个普通的包；没想到富人和穷人，用钱的地方就是不一样。早知这样，刘跃进捡到这包，就不用再找自己丢的那包了。丢的包里虽然有张欠条，但欠条上才写着六万块钱；而捡这包，本身就值十几万。转了一圈，世界又跟刘跃进开了个玩笑。

丢了头羊，本来捡了匹马，自己牵着马，却不知道。这才叫骑驴找驴。看来不但刘跃进不知道，偷包的青面兽杨志也不知道。看刘跃进在那里懊悔，老方又笑了。这些闲篇扯过，老方才切入正题；有前边的闲篇铺垫，现在切入正题，倒不显得突兀，好像随意一问：

"你把包里的 U 盘，又藏到哪儿了？"

老方这时才问 U 盘，刘跃进才想起两人聊天不是白聊；从一个谈话，刘跃进就知道这个老方不简单。事到如今，刘跃进知道自己逃不过去，便说：

"在曹哥鸭棚里。"

这回轮到老方大吃一惊。他想着厨子会把 U 盘放到工地，放到朋友处，放到世界上任何一个地方，没想到会放到找这东西的人的老窝。老方一开始有些不信，以为刘跃进唬他；但又没直接发火，而是盘问细节：

"怎么放进去的？"

刘跃进：

"那盘一直在我身上，昨天晚上被他们抓住了，趁他们不注意，我扔到了鸭毛筐里。"

老方仍不相信：

"你昨晚逃走时，为啥不带走？"

刘跃进：

"怕再被人抓住，放贼窝里，贼才找不着。"

老方看刘跃进。刘跃进：

"反正我把实话说了，信不信由你。"

老方想了想，这事有些不合逻辑；正是因为不合逻辑，老方信了；老方点头：

"你这个厨子不简单。"

但老方并不这么简单，对刘跃进的话，仍持怀疑态度；但刘跃进和他儿子在他手里，想他不敢说假话；就是说了假话，刘跃进和他儿子在他手里，老方也不怕；待假话揭穿时，老方就不是现在的老方了。一路说着，车进了北京。这时是中午两点。老方又与刘跃进商量，怎么拿回这 U 盘。两人共同认为，U 盘在曹哥鸭棚里，曹哥的鸭棚，不是一般的地方；只能智取，不敢硬夺。大白天，明显不合适；老方不是担心打不过曹哥鸭棚的人，鸭棚里有刀，老方身上有枪；而是打起来，容易被人发现；便决定等到夜里，去鸭棚里偷出来。老方：

"夜里那鸭棚有人吗？"

刘跃进：

"不知道哇。谁知他们今晚有事没事呀！"

老方想了想，事是不能再等了，遂决定，拿回 U 盘，就在今天夜里；没人拿，有人也拿；没人，就偷；有人，就来硬的。等到了夜里两点，三人开车来到东郊集贸市场。夜深了，集贸市场一个人都没有。车停在离鸭棚百米开外，往鸭棚打量，鸭棚关着灯，无声无息，看上去没人。于是决定偷。谁去偷，车上三人意见不一致。老方和开车的老鲁，对鸭棚的环境都不熟悉，刘跃进对鸭棚熟；老方觉得，刘跃进去偷最合适；可以神不知鬼不觉；但刘跃进不愿去偷：

"看着没人，万一有人呢?他们身上可有刀。"

又说：

"告诉你们 U 盘在哪儿，怎么拿出来，是你们的事了。"

老方：

"你放心去，真有人，等闹起来，还有我们俩呢。"

又说：

"早点儿找到 U 盘，早点儿放你儿子，咱们也好说好散。"

见老方提到儿子，刘跃进才磨磨蹭蹭欲下车；但开车的老鲁，一把抓住刘跃进，问老方：

"他要趁机跑了呢?"

老方一笑：

"老刘是厚道人，决不会不要儿子。"

见老方提到儿子，开车的老鲁才放心了。刘跃进下车，悄悄接近鸭棚，趴门上往里听了听；听了一支烟工夫，不闻动静，才转到鸭棚后身，拨开窗户，跳了进去。但自刘跃进进去，待了半个钟头，还没有出来。开车的老鲁，在车里开始着急；老方看看表，说：

"再等一等，也许鸭棚里的人，把鸭毛筐挪了地方呢。"

又说：

"也许，厨子在偷别的东西呢。"

又等了一刻钟，刘跃进还没有出来，老方也开始觉得不对劲。两人欲下车上前查看，突然发现，"呼啦""呼啦"，一阵风似的，跑到车前一堆人，为首的是鸭棚的光头崔哥；老方两人掏出钢珠枪，但光头崔哥等人，已端着两杆猎枪，对着车的前玻璃。昨天晚上，老方与光头崔哥，已在八王坟桥下碰过面；当时光头崔哥拿着刀，老方，也就是方峻德拿着枪；方峻德把光头崔哥逼了回去；现在枪对着枪，光头崔哥人多，方峻德没辙了。方峻德收回枪，摇下车窗，有些不解：

"你们咋知道的？"

光头崔哥笑了，用猎枪指指鸭棚：

"厨子在鸭棚，给我们打了个电话。"

韩胜利也在车外的人中，这时掏出手机，有些自得：

"打的我的手机。"

方峻德这才知道上了刘跃进的当。原来他一路说话，也没有白聊；刚才磨磨蹭蹭，不愿去鸭棚，也是做做样子。方峻德摇摇头，跟光头崔哥笑了：

"这个厨子不简单。"

刘跃进背叛老方，又投奔曹哥鸭棚的人，并不是觉得曹哥比老方好。昨天晚上，曹哥鸭棚的人吊打过他。从保定回北京，他与那个老方，还挺聊得来。老方和曹哥，都是道上的人；两者对刘跃进，差别不大。他们的目的，都是找那个U盘；老方手里，还握着刘跃进的儿子；老方对刘跃进的威胁，比曹哥还大。但刘跃进对这个老方不熟悉，不知道他找这个U盘，只是为了钱，还是找到U盘之后，还要人的命。如仅是为了钱，U盘给谁都一样；如还要命，U盘交出去，不但他没命了，儿子刘鹏举和他的女朋友的命也没了。从保定回北京，虽然老方也说，找这U盘，就是为了钱；找到U盘，就放他儿子；但刘跃进看老方说起杀人越货的事，一直笑眯眯的，并不拿这事当事，刘跃进反倒不敢信他。而曹哥鸭棚里的人找这U盘，却纯粹是为了钱。昨天晚上，刘跃进被鸭棚里的人吊打，听曹哥和鸭棚里的人说话，就知道他们只知要钱，不知道U盘里藏的是什么；当时还替曹哥捏了一把汗。现在投奔曹哥，首先自个儿没有生命之忧。下一步怎么办，刘跃进也盘算好了。先通过曹哥，抓住老方和开车的老鲁；接着用老方和老鲁，换回他的儿子和他儿子的女朋友；接着再说U盘的事。待说U盘这事时，与曹哥开个价码，把自个儿丢包的钱，再找补回来。记得曹哥鸭棚里，有一部电话；自己去鸭棚偷U盘，就有了机会。从保定到北京，刘跃进一路盘算的，就是这个。

光头崔哥把方峻德二人，押进了鸭棚，打开了鸭棚的灯。方峻德这时发现，鸭棚的血案子上，果然蹲着一部电话。刘跃进正蹲在地上，闷头抽烟呢。见众人进来，刘跃进也没起身，把自己一整套想法，和交换的条件，都与光头崔哥说了。没想到光头崔哥一条也没答应，反倒说：

"你把事说乱了。"

指着方峻德和开车的老鲁：

"他们是他们的事，你儿子是你儿子的事，U盘是U盘的事，仨事；不能因为前两桩事，耽误要紧的。"

刘跃进急了：

"那俩事不办，我就不交U盘。"

光头崔哥一愣，倒有些迟疑：

"先交U盘，再说换人。"

刘跃进：

"先换人，再说U盘。"

两人争执起来。这时方峻德对光头崔哥说：

"我知道U盘在哪儿。"

光头崔哥看方峻德。方峻德：

"找到 U 盘，就放了我们。"

光头崔哥点点头。方峻德：

"他在路上说了，U 盘在鸭毛筐里。"

光头崔哥让人把几筐鸭毛，都倒在地上。一地鸭毛中找遍了，没有那个 U 盘。方峻德和光头崔哥，都知道上了刘跃进的当。光头崔哥从杀鸭子的案子上拿了把刀，来到刘跃进跟前：

"那 U 盘呢？"

刘跃进又开始装傻：

"当时看它没用，扔了。"

光头崔哥用刀逼住刘跃进的脸，没想到刘跃进不怵：

"杀了我，也是没见。"

光头崔哥这时收起刀子，拍拍刘跃进的肩膀：

"不怕你嘴硬，让你见见另一个人。"

刘跃进吃了一惊：

"还有谁？"

第三十六章

马曼丽

　　马曼丽被吊在一地下室的黑屋子里。为找 U 盘，转到抓马曼丽，是韩胜利的主意。一开始谁也没想到抓她，这个脑筋急转弯，是韩胜利想出来的。韩胜利自投奔曹哥，啥也没干成。曹哥让他找刘跃进，他找了两天，没有找到，认为刘跃进离开了北京；最后青面兽杨志脑筋急转弯，想起甘肃那三男一女的小屋，又在北京把刘跃进抓到了；弄得韩胜利很没面子。抓住刘跃进，曹哥又故意把他放了，让光头崔哥跟踪；半道上，又让人给劫走了；曹哥急了，光头崔哥也没面子。大家走投无路，韩胜利突然想起马曼丽。刘跃进被抓到鸭棚时，身上并没有 U 盘，证明 U 盘放在另外一个地方。

曹哥故意把刘跃进放走，让光头崔哥跟踪，也是等他去取 U 盘。刘跃进半道被人劫走，等于那个地方也被人劫走了。曹哥焦躁，韩胜利突然想起了马曼丽，猜想刘跃进会把 U 盘放到她那里。北京虽大，刘跃进可放东西的地方并不多。他在工地食堂的小屋，青面兽杨志曾跳进去搜过，没有；剩下可靠的地方，只有两处，一处是魏公村卖羊肉烩面的老高处，另一处就是"曼丽发廊"。地方可靠，先得人可靠。上次找刘跃进，韩胜利曾经去过这两个地方。去"曼丽发廊"，马曼丽装作没事人；去老高那里，知道刘跃进半个月没去魏公村；这才判定刘跃进离开北京。直到在甘肃那三男一女的小屋，又抓住刘跃进，韩胜利才重新回想自己的寻找，怀疑马曼丽和老高，是不是对他说了假话。看老高的神情，不像作假；也不是看神情，是看他几十年的为人；过去不会说假话，临时让他说，他不会装得那么真。接着怀疑马曼丽欺骗了他。这个东北女人，风里雨里过来，不是个省油的灯。刘跃进要把 U 盘放到一个可靠处，如魏公村的老高说的是真，刘跃进半个月没去老高处，剩下一个地方，就是"曼丽发廊"了。曹哥听完韩胜利的分析，觉得也有道理。也是走投无路，死马当作活马医，便让垂头丧气的光头崔哥，去把马曼丽抓来。欲通过她，或直接找到 U 盘，或再次找到刘跃进的下落。看曹哥认可他的想法，韩胜利心里，才舒一口气。

抓到马曼丽，是在今天凌晨一点。抓马曼丽时，马曼丽刚与人吵完架。吵架不是为了U盘或刘跃进，是为另外一件事。过去她的前夫老来吵架，这回也不是跟她前夫。在"曼丽发廊"按摩的小工叫杨玉环；按摩赚钱多，剪发挣钱少；按摩挣的钱，马曼丽与杨玉环三七分成；杨玉环便认为是自己支撑着"曼丽发廊"，平日不把马曼丽放在眼里；在"曼丽发廊"，小工像老板，老板像小工。"曼丽发廊"往西，过一个街角，是大号的洗车铺。洗车铺有一个小工，湖北人，姓什么马曼丽不知道，只知道他小名叫麻生。因他长得像日本人，又留一撮小胡子，大家都叫他"麻生太郎"。麻生太郎洗车，一个月也就挣八九百元；除去吃，就来"曼丽发廊"按摩；把钱都花在了杨玉环身上。杨玉环按摩一次八十，麻生太郎隔一天来一回，马曼丽替他算账，一个月洗车的钱，就是不吃饭，也不够给杨玉环。就怀疑他还干别的勾当，或杨玉环不收他钱，还替他交三成的台费。但马曼丽收过三成的台费，客人在外边干什么，按摩到底谁付的账，马曼丽又管不着。虽然管不着，但觉得里面有蹊跷。这事果然被马曼丽猜中了。前天夜里，麻生太郎又来按摩。平日按摩也就半个小时，或一个小时；这回一气儿按摩了仨钟头。马曼丽敲了两回墙壁，催到钟了，杨玉环在里间还不耐烦。终于按摩完，麻生太郎走了，杨玉环也下班走了。昨天杨玉环没来上班。马曼丽以为她病了，或有别的事；过去也有这种情况，杨玉环说不来就不来，并不事先打招呼；就没有在意。但到了晚上，杨玉环的男朋友来了，说杨玉环跟人跑了。马曼丽大吃一惊，明白是前晚按摩的事。杨玉环的男朋友叫赵本伟，东北人，圆脑袋；因是老乡，赵本伟平日还给马曼丽叫"大姐"。杨玉环干按摩的事，他并不在意；每天夜里，还开摩托车来接杨玉环。也是凑巧，这两天赵本伟跟朋友去太原做生意。生意也不是什么大生意，从太原往北京拉猪肉。回来时，车坏在了高速路上。车是冷冻车，车的发动机坏了，不但车走不了，车也无法制冷。到晋阳城里找到修车的师傅，回到高速路上修车；原以为是发动机坏了，谁知连传动轴也坏了，修车的师傅，没带传动轴的配件，又回晋阳取配件；来来回回，耽搁一天多，车才修好；车修好能跑了，但车上的猪肉，大太阳底下，已经臭了。本来这事正在倒霉，回到北京，女朋友又跟人跑了。马曼丽过去发现，赵本伟在他的朋友圈中，说话并不算数；话怎么说，事怎么做，还要看别人的脸色；还心里暗笑，胖姑娘杨玉环，怎么找了这么窝囊一人。赵本伟平日窝囊，见女朋友丢了，却耍起横来。杨玉环已经跑了，无法跟杨玉环横；便跑到马曼丽的发廊，跟马曼丽急了。说杨玉环在"曼丽发廊"打工，人从这里跑了，就该马曼丽还人。听说杨玉环跑了，马曼丽慌忙进了里间；剥开橱柜的夹层，发现自己一包，也被杨玉环偷走了。那包里，有自己的细软。虽然这些耳坠儿、项链、戒指等都是便宜货，但也都是真金白银，合在一起，也值不少钱。也与赵本伟急了。他的女朋友偷了东西，女朋友跑了，这东西就该他还。两人各吵各的，直吵到夜里十一点，也没个结果。赵本伟气哼哼走了，又有客人来洗头，马曼丽无心再做生意，将人撵走，关了店门。躺在床上，还兀自生气，早知道杨玉环为人不地道，也没防着她。只顾生气这事，倒把刘跃进和 U 盘的事给忘了。到了凌晨一点，好不容易睡着了，稀里糊涂间，又被光头崔哥给抓走了。光头崔哥也正没好气，抓马曼丽没多废话。开了一个拉鸭子的帆篷车，来到"曼丽发廊"；直接拨开窗户，跳了进去；里间床上的马曼丽，还没明白怎么回事，嘴里就被塞了块布，手脚被绳子捆上；光头崔哥等人将她拖出发廊，扔到帆篷车上，关上后门，直接拉到这地下室的黑屋子里。没问来由，先将她吊在房顶的暖气管上，暴打一顿。接着才说来由，让她交出 U 盘。但无论如何吊打，马曼丽就是不承认自己藏了那盘。不但不承认藏，说压根儿就没见过；不但没见过那盘，只知道刘跃进丢了包，连刘跃进捡包，都不知道；推得倒也干净。马曼丽不承认这一切，并不是经得住吊打，而是像刘跃进一样，因看过这盘，害怕丢命。不说见过只是挨打；一说见过，怕连命也保不住了。U 盘拷打不出来，又问刘跃进的去处。马曼丽像推U盘一样，说自从刘跃进丢了个包，再没见过他。也是生怕与刘跃进沾边，扯起来没有个完。打了三轮，都没结果，光头崔哥怀疑抓人抓错了。而抓马曼丽，是韩胜利的主意，等于韩胜利在中间搅乱；搅乱不说，还耽误了寻找刘跃进的时间。光头崔哥上去踹了韩胜利一脚，接着还想扇他几耳光解气；正在这时，韩胜利的手机响了，是刘跃进从鸭棚打来的。倒是刘跃进，解救了韩胜利。

待光头崔哥把方峻德两人擒住，押到鸭棚；刘跃进想用方峻德两人，换回他的儿子；光头崔哥却不愿这么干；不愿这么干不是信不过刘跃进，而是用方峻德两人换人，怕惊动另一拨寻找U盘的人，引起另外的麻烦；便让刘跃进先交盘，后换人。刘跃进却信不过光头崔哥，这时装傻充愣，说自己见过那U盘，觉得没用，当时就把它扔了。光头崔哥倒没打刘跃进，也没废话，直接把刘跃进带到了地下室的黑屋子里。从鸭棚到地下室，开着方峻德的车。刘跃进一见马曼丽被吊在屋里；因把马曼丽堵到了被窝里，马曼丽只穿了一件吊带裙；现在吊带裙被抽打成丝丝缕缕的布条，胡乱挂在身上；上边没戴乳罩，露出两个小乳头；大家不知道的事，现在全知道了；下边的三角裤，也露了出来，竟穿了一条红色的；加上脸上是血，浑身是伤；刘跃进听到儿子被绑架没晕，看到这场面，一屁股蹲到地上。马曼丽嘴里塞着一块布，见到刘跃进，嘴里"呜里哇啦"乱叫；但听不清叫的是啥。光头崔哥没让刘跃进跟马曼丽说话，只让他看了一下场面，接着又把刘跃进带回鸭棚。光头崔哥告诉刘跃进，马曼丽已经招了，说见过那 U 盘，那盘仍在刘跃进手里，没扔；让刘跃进看看马曼丽，也是给刘跃进一个机会；拿出 U 盘，就用人换回他儿子；如果这时候还耍花招，就重新吊打刘跃进。上回吊打刘跃进让他跑了，但那是故意的；这回不会让他跑了。刘跃进果然上了光头崔哥的当。刚才在地下室黑屋子里，见马曼丽"呜里哇啦"想说话，以为是让刘跃进救她，赶快拿出 U 盘；岂不知马曼丽的意思，是想说千万别拿出 U 盘；她没说，也不让刘跃进说；不说，大家还活着；一说，说不定命就没了。但刘跃进说了，告诉光头崔哥 U 盘藏在哪里。刘跃进说出 U 盘，并不完全是为了救马曼丽；交出 U 盘后，还想用方峻德，把他儿子换回来。刚才不相信光头崔哥，事到如今，不信也得信了。就是不为马曼丽和他儿子，再次吊打刘跃进，刘跃进也受不了了。

第三十七章

曹　哥

　　瞿莉丢失的 U 盘，被刘跃进藏在建筑工地三号塔吊驾驶室的海绵坐垫里。这塔吊能升至五十层楼高；塔吊的司机每天坐在屁股底下，竟不知道。刘跃进一说，不但光头崔哥佩服他，方峻德也佩服他，觉得他藏的是个地方。韩胜利自告奋勇，要去偷回这 U 盘。这时是凌晨五点，工地还没上班。去工地，仍开着方峻德的车。一个小时，韩胜利回来了，手里果然拿着一个 U 盘。方峻德帮着看了看，说型号、颜色，和雇他的人交代他的，一模一样。听说 U 盘找到了，曹哥也来到鸭棚。光头崔哥有些兴奋，急着向曹哥说寻找的过程；曹哥止住他，先与方峻德和开车的老鲁握了握手，又与刘跃进握了握手：

"辛苦了。"

刘跃进指着方峻德和开车的老鲁：

"曹哥，东西找到了，赶紧用他们，把我儿子换回来吧。"

又说：

"还有开发廊那女的，也一块儿放了吧。"

又胆怯地嗫嚅道：

"你们可不能说话不算话。"

曹哥皱了皱眉。皱眉不是皱刘跃进自认为有功，在指手画脚，而是"说话不算话"几个字，曹哥不爱听；平日，曹哥最讨厌说话不算话的人。光头崔哥见曹哥生气了，上去要踹刘跃进；曹哥止住光头崔哥，问刘跃进：

"你说我找这玩意儿，图个啥？"

刘跃进想了想：

"钱。"

曹哥叹息：

"说得对，也不对。如果为了钱，我就和别的贼一样了；除了钱，我还为了江东基业。"

啥是"江东基业"，曹哥的"江东基业"又是啥，刘跃进弄不清楚，也不想弄清楚，他关心的是换人和放人。曹哥眼睛不好，但从杀鸭子的案子上，拿起那 U 盘，凑到眼上看，就像看麻将牌一样；看完说：

"正是为了江东基业，我得把它卖个好价钱。"

然后拍了拍刘跃进的肩膀：

"等把它卖了，我就放人。"

刘跃进松了一口气，倒催曹哥：

"曹哥，要卖就赶紧卖吧。时间一长，再让人发现了。"

曹哥拊掌：

"说得有理，事不宜迟，咱现在就卖。"

让人把刘跃进押回唐山帮的住处。唐山帮在一居民楼里，租了一个三居室。青面兽杨志，也躺在里边养伤。刘跃进与他，倒又碰面了。

送走刘跃进，曹哥开始卖这盘。曹哥卖这 U 盘，有两条途径，可以卖给不同的人。一头通过韩胜利，可以卖给严格；为找这盘，严格给了韩胜利一万块钱；后来韩胜利没找着刘跃进，也瞒下那一万块钱没说。另一条途径，通过方峻德，卖给另一个人。另一个人是谁，曹哥不知道，也不打听。幸亏抓住了方峻德，让 U 盘有了两个出路；一个东西可以卖两家，这东西就比原来升值了，就可以竞拍了。曹哥先让给严格打电话，不过没让韩胜利打这电话，把人换成了光头崔哥。曹哥眼睛虽然不好，看人却不会有误；看来他对韩胜利并不信任。韩胜利又觉得没面子，可又不敢说什么。光头崔哥用韩胜利的手机，拨通严格电话，对严格说，他是韩胜利的朋友；韩胜利没找到 U 盘，他却找到了，想跟严格做个小生意，让严格出个价。严格先是在电话里一愣，愣不是愣 U 盘找到了，而是愣找 U 盘的人换了；接着明白，上次他给韩胜利说，找到 U 盘，加上奖金，再给他两万块钱；现在换人打电话，是要讨价还价。严格不知对方的深浅，便让光头崔哥先出价。光头崔哥张口五十万。严格便知道对方不是省油的灯；不是遇到了小毛贼，而是遇到了经过事的大盗；不像韩胜利那么好糊弄。既然是大盗，就不能用对付小毛贼的价钱来谈。严格便说到二十万。经过一番讨价还价，定到三十五万。光头崔哥提出五十万，严格不是出不起，当初他给"智者千虑调查所"的调查员老邢的价格，是以天计；两天找到，也出到二十万；如今拖了十来天，这盘也该升值；而是因为对电话里的人不熟，一是担心对方手里没盘，是在敲诈；同时担心出价太高，对方得寸进尺，再出新的幺蛾子；三十五万不高不低，既打消了对方的奢望，也能稳住对方。双方谈妥，约定，今夜十一点，京开高速西红门出口，往西七公里，铁匠铺环岛见面，一手交钱，一手交货。光头崔哥放下电话，曹哥让人把方峻德的手机还给方峻德，又让方峻德给老蔺打电话。打电话之前，方峻德问曹哥的底价；曹哥有严格三十五万垫底，又往上涨了涨，把手指捻成一撮，是七十万的意思。方峻德说，刚才三十五万，到他这儿涨到七十万，一下翻了一倍，就算是竞拍，也有些不公平。方峻德这么说，并不是要替老蔺省钱，而是担心把这个价格说给老蔺，老蔺一口回绝。老蔺让他找U盘，开价也就十八万。如老蔺回绝，生意做给了另一方，方峻德在曹哥手里，接下来的下场，就难说了。大家都在道上混，知道一个人的命，活着还是死去，也就是别人转念之间的事。但曹哥皱了皱眉：

"不愿谈就算了。"

方峻德马上害怕了，开始给老蔺打电话。电话打通，说U盘自己没找到，被别人找到了，开价七十万；没想到老蔺并不关心钱数，关心的是U盘。老蔺：

"见到U盘了吗？"

方峻德看看曹哥，看看放到杀鸭子案子上的U盘：

"见着了。"

老蔺：

"真吗？"

方峻德：

"在工地塔吊司机座位下找到的，五十层楼高，不会有假。"

老蔺：

"成。"

生意就这么做成了，倒出方峻德的意料。老蔺这么痛快答应，并不是老蔺大方；老蔺平日为人，比严格吝啬多了；而是知道还有很多人在找这盘，想在别人之前，也在严格之前，独自拿到 U 盘；或者，拿到 U 盘还不主要，主要是为了另外一件事。而这件事，是贾主任从欧洲打电话布置的。双方价钱谈定，又约定，今夜一点，在"老齐茶室"会面，一手交钱，一手交货。谈完生意，已是早上七点，老蔺便去单位上班。中午吃过饭，到银行取了钱，放到车的后备厢里。晚上有个应酬，又去跟朋友吃饭。到了夜里十二点，老蔺开车去了"老齐茶室"。在雅间坐下，他接到一个电话。老蔺听完，半天没有说话，在犹豫。犹豫半天，终于说：

　　"干。"

第三十八章

严　格

　　严格与找到 U 盘的人，约在夜里十一点，铁匠铺环岛见面。约到铁匠铺环岛，是严格提出来的。所以约到这里，一是这里离严格的马场不远，来这里方便；二是这里是郊区，周围都是菜地，夜里很少过车，僻静。夜里十点，严格就安排小白等人，藏到铁匠铺环岛周围的菜地里；待双方交易时，如果出了岔子，有个准备。严格十点半就到了铁匠铺环岛。但等到十一点，并不见有人来送 U 盘。也驶过几辆轿车，几辆卡车，皆呼啸而去，连停车的意思都没有。到了十一点半，还没人来。严格给白天与他交易的人打电话；那电话，倒是上次在"老齐茶室"见过的韩胜利的电话。但韩胜利的手机

359

关机了。严格又不知道与他交易的人的电话。严格预感事情出了岔子。等到十二点，严格不等了，决定去找任保良；找到任保良，再找韩胜利；然后再找到打电话那人。由于心焦，自己开车走了，把藏到菜地里的小白等人给忘了。由铁匠铺环岛往东，上了京开高速；由京开高速，上了五环路。这时搁在副驾上的手机响了。严格一阵惊喜，以为是找到U盘那人打来的，忙接起，却是藏在菜地里的小白；这才想起菜地里还藏着人。小白：

"还等吗?严总?"

严格只好说：

"先撤了吧。"

挂上电话，又想起该给任保良打电话；别去了工地，他不在工地；电话通了，任保良在工地；便对任保良说，赶紧找到上次带到"老齐茶室"的韩胜利；找韩胜利不为找韩胜利，为找另外一个人。任保良听得糊涂，问另外一个人是谁。严格火了：

"我要知道，还找你干吗?"

严格打电话间，没有注意后边有辆"路虎"吉普，一直跟着他的"奔驰"轿车。一过夜里十二点，五环路上充满了拉货的大卡车。有东北过来的，有内蒙古过来的，有山东过来的，有河北过来的，有山西过来的；白天到了北京，或要路过北京，白天五环路之内卡车禁行，皆在城外等候；一过夜里十二点，这些卡车，全涌上了五环路。五环路上，比白天还繁忙，成了一个卡车大集市。严格的车，便在这卡车的车流中。临近一立交桥，严格还在跟任保良发火，后边的"路虎"，猛地在车流中超车；待与严格的"奔驰"并行，突然撞向严格的车头。严格猝不及防，失控地撞向立交桥的桥墩。从桥墩弹回来，旁边车道上的车猝不及防，一辆山西大同的运煤车，又将严格的车撞飞了。这回严格的车翻了几个滚，越过隔离带，到了另一侧的逆行路上。逆行路上也充满了大卡车；一辆内蒙古的运羊车，又撞上严格的车；严格的车又打了几个滚，飞出五环路，撞到路沟里一棵树上，反弹回来，落到沟里，颠了两颠，不动了。他车的周围，像下雨一样，落下几十头羊。羊从车里飞出，落到沟里摔死了；车里的严格，血肉模糊，头歪在方向盘上，也死了。正打着的手机倒没摔坏，落在副驾的座位下，里面传出一个人的声音：

"怎么了?怎么了?"

严格的车被撞时，两方向车道上的车皆猝不及防。"砰""砰""砰""砰"，几十辆大卡车或小轿车，又发生连续追尾。五环路上，发生了大面积的堵车。

第三十九章

老 蔺

一人出七十万，一人出三十五万，曹哥把生意做给了老蔺。曹哥自开鸭棚以来，或自鸭棚转为唐山贼的小天地之后，还没有一桩生意，能超过七十万的。让青面兽杨志去贝多芬别墅偷东西，虽然是曹哥的决定；但入室偷窃，谁家也不会把钱放到家里等着偷；也没想着有这么大收获。青面兽杨志在偷的时候，被人发现，跑了，也躲了曹哥，曹哥也没在意。直到几天之后，青面兽杨志投奔曹哥，曹哥看他遍体鳞伤，才知道这 U 盘值钱。东西是青面兽杨志丢的，偷的又是贝多芬别墅；贝多芬别墅，正好在曹哥的管辖范围；曹哥觉得收回 U 盘，天经地义。捡这东西的人，是工地一厨子；只要找到他，就能收回这盘。于是找来了韩胜利。但没想到，寻找的过程还很复杂；接着发现，寻找这盘的人，也不是曹哥一拨；曹哥这时才明白这盘的重要。就是明白其重要，也没想到它那么重要。让光头崔哥给严格电话，严格能出三十五万，已出曹哥的意料；转到方峻德给老蔺打电话，曹哥用手捻了一个七，也是夈着胆子那么一捻。没想到，一捻，竟捻成了。重要的还不是钱，不是七十万；而是这七十万，是一个奠基礼，事业开始越做越大了。不是图钱，是图个江东基业。还多亏这些个青面兽杨志、韩胜利、方峻德，还有那个厨子刘跃进；没有他们，就没有这新的开始；是大家共同努力，开创了这么一个崭新的局面。高兴之余，曹哥的感冒也好了。曹哥准备事成之后，听书三天，以示庆贺。曹哥生来爱读书。在唐山，还当过中学的教员。只是后来眼睛坏了，看不得书，也看不得黑板，才改行卖鱼。与人争斗，以为打死了人，才逃到北京，开了个鸭棚。颠沛流离间，忘了读书。待鸭棚变成唐山贼的老窝，曹哥闯下一番小天地，生活安定后，才想起荒废了学业。但曹哥眼睛坏了，看不得书；看报纸，也得拿放大镜；于是改为听书。但鸭棚里的人，从小都不是读书的料；如是读书的料，也不来鸭棚；让他们偷东西成，杀人放火也成，让他们给曹哥读书，还不如拿刀杀了他们。曹哥也想培养他们读书的习惯，让他们给曹哥读过两回；而曹哥

363

听书，一听还是《史记》《汉书》《后汉书》《资治通鉴》等；说起来这些书并不难读，过去私塾时候，六岁的孩子，就开始读《前论语》和《后论语》；但这些贼，还不如私塾的孩子，捧着这些书，皆读得磕磕巴巴，错字连篇；不读还好，一读读成了另外一本书；曹哥不听还清楚，一听更糊涂了。这时摇头感叹：

"还真应了一句话，刘项原来不读书。"

这话读书的贼也没听懂，只是见曹哥摆手，不让读了，忙放下书，欢天喜地忙别的去了。曹哥想听书，只好另想办法；干脆离开鸭棚，雇一女大学生，一块儿到郊区去，坐在农家小院，听这女大学生读书。读完书，再吃一顿农家饭。虽是一女大学生，但读书就是读书，没有别的意思。女大学生还感到奇怪。过去听书就是一天，俟这 U 盘的生意做成，准备连听三天。待到夜里一点，光头崔哥等人，拿着 U 盘，押着方峻德去"老齐茶室"做生意；那个开车的老鲁，留下当人质；曹哥与方峻德分别之际，拉住方峻德的手，先说：

"来日方长，后会有期。"

接着又问：

"你喜不喜欢读书？"

这话问得有些突然，方峻德愣住。想了想，摇了摇头。曹哥：

364

"要读啊，不然适应不了形势；我准备成立一个读书会，欢迎你来参加。"

方峻德更加糊涂，不明白这个杀鸭子的老家伙，葫芦里卖的什么药；但表面又不敢违抗，假装愿意地点了点头。自被曹哥鸭棚里的人抓住，方峻德心里想的也是来日方长，但来日方长是：妈拉个×，别以为我是吃素的，回头再收拾你们。但一天多来，见曹哥说话漫无边际，一大半他听不懂，又觉得这老家伙不好对付。

待方峻德带着光头崔哥等人来到"老齐茶室"，老蔺已经在雅间里等候。老蔺身边，放着一个沉甸甸的提包。双方见面，老蔺并没多说话，也没正眼看光头崔哥等人，只是把提包，递给了方峻德；方峻德把提包，扔给了光头崔哥。光头崔哥打开提包，点了点钱数；一万一沓，十万一捆，共七捆；拉上提包，从身上掏出 U 盘，递给了老蔺。老蔺从另一提包里，掏出一手提电脑；开机，插盘。待将盘打开，愣了，原来这盘是空的。老蔺的脑袋，"嗡"的一声炸了。炸了不仅因为这盘是假的，而是老蔺听信方峻德的话，说这盘是从五十层楼高的塔吊司机座位下取出的，不会有假，便信以为真，一个小时前，已经让另一拨人，在五环路上制造车祸，把严格给撞死了。让严格死，并不是老蔺的主意，是贾主任的指示。自从严格和那女歌星的照片上了报，到严格说出 U 盘，贾主任表面屈服了，说要帮严格，其实不是真心话。从那时起，他就想让严格像他的副总一样，也出个车祸；只是碍着还有 U 盘，在严格手里，才没敢动手。让严格去死并不是贾主任心毒，或严格威胁他，惹恼了贾主任；而是如果让他活着，继续帮他，这事就永远没个完。就像落在水中的人，如果落在岸边，手里又有竹竿，能救则救；如果出海打鱼，船破了，大家都落水在海中央，就不能向别人伸手；你一伸手，他一把抓牢了你；救他的结果，连自己也被拖死了。不如主动按他的脑袋，早点儿把他淹死，少了一个拖累不说，船怎么破的，别人永远不会知道。一个人早晚要死，不如让他早死；早死大家都解脱了，他也早死早托生。贾主任在北戴河海边说过：

"要是死几个人，就好了。"

说的就是这个意思。当然，不只是这个意思。让严格死，老蔺起初不同意。不同意不是可惜严格，而是怕出了比 U 盘更严重的后果。死一个人，不是件小事。但他后来又同意了。同意不是想通了贾主任的理论，而是担心 U 盘本身。从 U 盘里的视频看，他不但跟着贾主任受贿，在搞女人和外国女人时，从时间上看，他都在贾主任前边。而这些，过去只有严格和他知道，背着贾主任。上回严格给了他一台电脑和六个 U 盘，他没敢让贾主任看，把担心都推到了丢的那个 U 盘身

366

上；丢了一个 U 盘，也算暂时解救了老蔺。现在担心救了严格，严格缓过劲儿来，与贾主任和好了，哪天报复老蔺，跟贾主任说出这些事，老蔺就得吃不了兜着走。还不如等找到丢失的 U 盘，同时让严格死了，自己把所有的 U 盘都付之一炬，让这事永远成个谜。或者，他也不会付之一炬，也会留下一个备份；待到关键时候，让它成为要挟贾主任的一个把柄。但贾主任选择让严格出车祸的时间，又让老蔺吃惊。贾主任出国之前，U 盘已经找了五天；临出国时，交代老蔺，必须在十天之内，找到那个 U 盘；U 盘找到之日，就是严格出车祸之时。而严格出车祸时，贾主任并不在国内，一下摆脱了干系。就是将来出事，人命的事，也成了老蔺一个人的责任。老蔺又觉得这个老狐狸，心肠毒辣不说，事事还用心良苦，且六亲不认。这也是严格生前，一直想不通的原因：为什么贾主任规定，必须在十天之内，找到 U 盘；先是十天，后又放宽了五天。现在 U 盘找到了，但是一个假的。眼前是个假的，证明真的 U 盘，还流落在外。老蔺端起桌上的茶杯，将一杯热茶，泼到了方峻德脸上：

"笨蛋，假的！"

方峻德被烫了个满脸花。方峻德一开始想急，等明白 U 盘是假的，脑袋也炸了。找东西以假充真，他知道这事情的后果。顾不上脸被烫伤，回身踢了光头崔哥一脚，又对老蔺说：

"我再找去。"

转身就要出门。这时老蔺慢慢收回身，倚着炕榻，叹了口气：

"晚了。"

晚了不是说失落在外的 U 盘不能再找；明天贾主任就从巴黎回来了，不好向贾主任交代；而是 U 盘是假的，型号、颜色又对，证明是个阴谋；严格家别墅失盗时，他就怀疑是个阴谋；现在这两个阴谋对接上了。阴谋也不重要，重要的是，证明 U 盘已经落到不该落的人手里。比这还重要的是，在找到真 U 盘之前，严格已经死了。严格本该死在找到 U 盘之后，谁知死在了找到 U 盘之前；事情前后颠倒，这事便由一件事，变成了另一件事；或者说，事情所有的次序都乱了，事情已经变得无法收拾了。

第四十章

刘跃进

　　老蔺第二天没有上班。老邢带人抓捕老蔺时，在老蔺单位扑了个空。又去老蔺家，老蔺家保姆说，老蔺一大早上班去了。老邢以为老蔺逃了，怪抓捕晚了一步。这回晚了一步却不怪老邢，怪老邢的局长。老邢本想昨天晚上在"老齐茶室"抓捕老蔺等人，将情况向局长汇报，局长却说，等到明天。为什么再等一天，局长又没说。等了一天，就让老蔺跑了。但到了晚上，从"喜君酒店"传来消息，老蔺没逃，一直待在"喜君酒店"；不过已经自杀了。"喜君酒店"是个六星级酒店，在北京仅此一家。从前台登记发现，老蔺早起入住。傍晚，服务员整理晚床。摁房间的门铃，屋里无人应，以为客人出去了；

开门，房间一股酒气。沙发前的圆桌上，倒着两个空的"茅台"酒瓶。服务员也没在意，晚床整理好，又去收拾卫生间。推开门，"啊"的一声，吓昏过去。一人吊在浴缸上边的喷头架上，双脚离地。浴缸里，吐着一大摊，已经结痂。服务员醒来又大叫，引来了保安；保安将人卸下来，人早已死了。上吊的绳子，是睡衣的带子。保安叫来了派出所的警察。警察从这人手包里找出工作证，看到老蔺的单位和姓名，一方面打电话给老蔺的单位，一方面通知了局里。

人虽然死了，但案子总算破了。老邢能这么快破案，并不是老邢运筹帷幄的结果，也是得益于刘跃进。前天晚上，刘跃进被方峻德从保定带回北京，进鸭棚偷U盘时，多了一个心眼，既给韩胜利打了电话，又给老邢打了电话。给老邢打电话，并不是为了老邢；打电话时，他还不知道老邢是警察，仍以为他是个侦探；而是为了多让一个人知道自己被人绑架了，如果与曹哥这边的人谈不拢，他仍有一个退路。刘跃进在电话里说，昨天让老邢跟他去河南，是在骗他，U盘并不在河南，为了让他给丢了的欠条作证；但这回命快没了，不再骗人，U盘就在北京；如果他明天中午没再给老邢打电话，让老邢想办法，把他从曹哥的鸭棚里救出来；把他救出来，他就把U盘交给老邢。但这不是刘跃进开出的全部条件，他还留下一部分没说；待老邢救出刘跃进，他再往上加码，再让老邢把他儿子和他儿子的女朋友救出来，再把马曼丽救出来，才给他 U 盘。老邢接刘跃进电话时，刚从石家庄赶回北京。他没等到明天中午，车都没停，打电话通知几个便衣，在曹哥鸭棚的集贸市场集合。待到了集贸市场，老邢却没有立即救刘跃进。没救并不是老邢不想救，而是为了放长线钓大鱼。从鸭棚出去的人，都被老邢的人跟踪了。光头崔哥和方峻德等人去"老齐茶室"做生意，老邢的人就跟到了"老齐茶室"。曹哥不与严格做生意，就无人跟到铁匠铺环岛；接着就出了车祸。如曹哥和严格做生意，后边有老邢的人跟着，说不定这车祸就不会出了。这样说起来，严格是被曹哥害死的。但刘跃进却蒙在鼓里，与曹哥鸭棚的人没有谈拢，便开始焦急，不知明天中午，老邢是否说话算数。刘跃进给曹哥鸭棚的人说，那 U 盘藏在建筑工地塔吊里；韩胜利自告奋勇取了回来；那个 U 盘，却是假的。从老邢到方峻德，从曹哥到光头崔哥，再到韩胜利，都没看过这 U 盘；U 盘里是啥，只有刘跃进和马曼丽看过。刘跃进知道，交出 U 盘，说不定命就没了；后来发展到，不但他会没命，交出 U 盘，说不定他儿子和他儿子的女朋友，连同马曼丽，命都会没了；现在交出一个假 U 盘，也是缓兵之计，拖延一下时间。刘跃进能这么做，还是跟青面兽杨志学的。当初两人去四季青桥下敲诈瞿莉，青面兽杨志就买了一个 U 盘，以假乱真；无非不知道真盘的模样和颜色，当时就被人识破

371

了；刘跃进有真 U 盘在手上，第二天去商场，买了个一模一样的，故意放到了塔吊里。没想到这盘用上了。

真 U 盘放在哪里？放在另外一个地方。刘跃进不说，世界上的人，没一个人会想到。那天和马曼丽一起，看过这 U 盘，两人都感到害怕，不知该把它藏到哪里。没看过这 U 盘，刘跃进藏到自己身上；看过这 U 盘，知道它是个炸弹，就不敢整天带着它。但把它放到哪里呢？工地食堂不敢放；知道 U 盘是炸弹，又知道许多人在找他，刘跃进也要离开工地；能放的地方，就是"曼丽发廊"。韩胜利猜他会放到魏公村老高处，后来又否定了；这否定是对的，刘跃进不会去找老高；不找老高不是信不过老高，而是不愿这事扩大范围，知道的人越少越好；只能局限在他和马曼丽之间。但马曼丽不同意放到她那里；一方面她像刘跃进一样，没看过，敢藏；看过，就不敢藏了；同时，大家都知道刘跃进爱去"曼丽发廊"，放到那里，也易被人猜到。想来想去，想不出地方。两人在一起没想出来，两人分手后，刘跃进想出一个地方："曼丽发廊"后身的一个厕所。众人既想不到，U 盘又离马曼丽不远；遇到紧急情况，也有个照顾。刘跃进悄悄去了"曼丽发廊"后身；一个男厕所，一个女厕所；刘跃进想了想，进了女厕所。大半夜，厕所没人。刘跃进把这 U 盘，藏在女厕所左数第三个蹲坑上方，上数第五第六块砖之间、左数第八第九块砖之间的墙缝里。

第四十一章

曹哥　八哥

老邢虽没抓住老蔺，但顺利抓住了曹哥鸭棚的人。当天夜里，局长不让抓老蔺，但说到抓曹哥鸭棚的人，局长倒同意了。曹哥还在鸭棚里等着光头崔哥从"老齐茶室"回来；待回来，就会带回七十万；七十万不重要，重要的是奠基礼；第二天一早，曹哥还要去郊区听书；凌晨四点，光头崔哥回来了，但同时进鸭棚的，还有许多警察。曹哥有些吃惊，知道反抗没用，也就不反抗了；只是有些不解，抬眼问为首的老邢：

"你们是咋知道的？"

老邢倒没说刘跃进给他打了电话，看着曹哥模糊的眼睛：

"杀鸭子就好好杀鸭子，咋又发展成了黑社会？"

曹哥没理老邢；思索半天，兀自叹息：

"小天地，还是斗不过大天地呀。"

老邢不明白他说的是啥；这时棚里的八哥，插了一句话；歪着小脑袋，对老邢气冲冲地说：

"去死吧。"

老邢吃了一惊，曹哥也吃了一惊。曹哥买这八哥时，担心它像唐山的八哥一样，跟人学坏了；只教会它三句好话，就用蜡把它的耳朵封上了。大概这蜡没有封死；或一开始封死了，后来这蜡松动了，散落了，曹哥也没注意；原来它耳朵一直能听见，又学了许多坏话；只是怕再封耳朵，一直不说。这八哥也一直在装傻。曹哥听了这话，不怪自己大意，也不怪八哥装傻，对八哥点头：

"是这意思。"

老邢再打量鸭棚里其他人，都不惧老邢，皆像八哥一样，对老邢和一帮警察怒目而视。今日之前，老邢与他们素不相识；素不相识的人怒目而视，怒的就不是过去的事，怪有人破坏了他们现有的生活。从他们仇恨的目光中，能看到他们对目前生活的留恋，及这鸭棚日间的其乐融融。老邢抓他们并无私仇，抓的也是陌生人。老邢当警察早当烦了，找陌生人也找烦了；从私人论，老邢对鸭棚里的气氛，倒充满了向往。

第四十二章

老　邢

　　老邢在局里受到了表扬。局长表扬他，并不是老邢阴差阳错，把该抓的人抓住了；而是阴差阳错，该抓的人，一直没抓住，拖延了破案的时间。正是因为拖了时间，才没有打草惊蛇。这期间贾主任在国外，如及时破案，贾主任闻到风声，说不定就外逃了；恰恰拖了十五天，拖到贾主任回国的前一天，案子才告破。抓前边那些人，是为了抓贾主任；贾主任抓不到，只抓前边那些人，就不算破案；或者，是坏了这个案子。正是因为这样，老邢那天要抓老蔺，局长又让他拖了一天。虽然第二天老蔺自杀了，但等到了贾主任。但贾主任出国期间，案子又不能停止；恰恰是因为他出国，破案

375

才少了一些阻碍。但案子的进程，并不完全由人控制；老邢拖的时间，恰恰是贾主任在国外的期限，也是老蔺给严格规定的日子；老邢拖得恰如其分，贾主任就一直蒙在鼓里；案子及时破了，拿到了证据，又能及时抓住贾主任，不给他留活动的空间。第二天，贾主任随代表团回国，飞机在首都机场落地，贾主任刚下飞机，就被逮捕了。

抓住贾主任，这个案子还仅仅是个开头。抓贾主任不是目的，目的是抓住贾主任身后的另外一个人，或几个人。本来案子还要接着追下去。老邢已做好准备，准备顺藤摸瓜，接着摸下去，看到底能摸出谁。老邢对这一层的陌生人，倒感兴趣。警察就该这么当，找人就该这么找。但上边突然来了指示，这个案子到此为止，不再查了。

到底是谁让停止这案子的，老邢不清楚，局长也不清楚。虽然不清楚，但上边让停，又不能不停。这时老邢有些后悔，后悔不是后悔前边的破案，而是前边的案子，等于白破了。但老邢后悔顶什么用？这种事，过去也不是没遇见过。老邢只好从这个案子脱身，又去破别的案子，又开始找另外素不相识的人。

第四十三章

孙悟空

老邢觉得从这个案子脱身了，其实并没有脱身。建筑工地的厨子刘跃进，开始天天找他。案子虽然白破了，但白破的案子，跟刘跃进拿出U盘大有关系。去"曼丽发廊"后身厕所取U盘前，刘跃进跟老邢做了个小生意。刘跃进这时知道，老邢是个警察。过去的老邢，也是在演戏。正因为老邢是警察，刘跃进更要跟他做生意。刘跃进说，他可以交出U盘，但交出U盘，老邢得帮他找回二十天前丢的那包。刘跃进：

"不能光说你们的事，也该说说我的事了。"

第二回抢刘跃进包的人，甘肃那三男一女，老邢倒见过；第一回偷刘跃进包的人，青面兽杨志，也抓捕归案；抓捕鸭

377

棚的人时，青面兽杨志并不在鸭棚，和刘跃进一起，在唐山帮的住处；警察用脚踹开住处的门，放到过去，青面兽杨志会跳窗户逃跑，如今断了两根肋骨，只能躺在床上束手就擒；而他，因为下边被吓住过，为了报仇，曾跟踪过甘肃那三男一女；老邢觉得找到这三男一女并不困难；再难，也没找到U盘难；便答应了刘跃进。待案子告破，老邢回头再找甘肃那三男一女，青面兽杨志交代的地方都去了；东郊小屋去了，西郊石景山也去了；通惠河边去了，山西人"忻州食府"也去了；经心找了五天，没有。加上还有别的案子在身，案子里也有人命；局长觉得老邢适合破人命案子，便又交给他一个人命案子；心渐渐慢了。老邢的心本来就慢。刘跃进再找老邢，老邢说话就不似以前：

"整个北京都找了，没有。"

又说：

"可能他们离开北京，去了别的地方。"

生意上吃了亏，刘跃进感到自己受了骗；欠条上的日期，再差十来天就到了，刘跃进也有些着急：

"贼找不着，你跟我去趟河南也行，给贼当个证人，把那钱要回来。"

老邢哭笑不得：

"破案讲证据，没有欠条，单凭我一句话，顶啥用呢？"

又说：

"再说，河南也不归我管呀。"

以后再找老邢，老邢开始躲刘跃进。刘跃进给老邢打电话，老邢也不接。刘跃进觉得老邢这人也不地道。但老邢是个警察，刘跃进也不能拿他怎么样。刘跃进找不到老邢，便撇下老邢，又开始上街找贼。但一个礼拜过去，没见贼的踪影。时间越拖越长，贼是越来越难找了。但刘跃进还不死心，一边仍在工地食堂当厨子，一边又断断续续，找了一个礼拜。让刘跃进不解的还有，严格死了，工地马上换了新主人，施工并没有停，好像什么事都没有发生。新主人来工地接手时，也来食堂看了一下，刘跃进见过他一面，大胖子，方头，欢天喜地的。听任保良说，新主人叫隋意。但刘跃进顾不上隋意，仍在找包。在北京待了六年，对北京并不熟；包丢的时候，刘跃进找过二十来天；现在又找了半个多月；总共加起来，三十多天；三十多天下来，北京的大街小巷，旮旮旯旯，凡是贼易去的地方，刘跃进全熟了。找贼找了三十多天，这贼也没找着；突然有一天知道，这贼也白找了。找贼是为了找包，找包是为了找里边的欠条，找到欠条，是为了让老家那个卖假酒的李更生，还他六万块钱；谁知欠条没有找到，欠条期限一到，那个卖假酒的李更生，没见着欠条，就把钱按欠条上的数目付了。不过不是付给刘跃进，而是付给了刘跃进的儿子刘鹏举。刘跃进丢

379

包时，刘鹏举还待在河南老家，对这事并不知道；等刘跃进捡包时，刘鹏举和他的女朋友来到了北京；这包被刘鹏举和他的女朋友拿走了；为了这包，刘鹏举和他的女朋友被绑架了；绑架中，挨了不少打。两人胸脯上，大腿上，被烟头烫伤好多处。这事结束后，刘鹏举大为恼怒，怪刘跃进没告诉他真相，把他害苦了。这时由第二个包，又知道了第一个包的事。由U盘，知道了欠条的事。不知道这中间的埋伏还好，知道了这事情的前因后果，刘鹏举觉得这打不能白挨。但他没跟刘跃进纠缠，刘跃进还在找包找欠条；刘鹏举径直回了河南，径直找到后爹李更生，要李更生付他六万块钱。他说，不知道六年前的事，他还蒙在鼓里；知道了六年前的事，他就不能善罢甘休；如李更生付钱，这事还罢；不付，爹窝囊，儿子不窝囊，他就要为爹报仇。有点儿像哈姆雷特，有点儿像《王子复仇记》。李更生也听说了刘跃进丢包找包的事，知道那张欠条丢了；欠条丢了，他开始耍赖，说六年前压根儿就没这事；还故作愤怒的样子：

"这个刘跃进，就会说瞎话。"

又说：

"下回见到他，再打他一顿，他才知道瞎话不能白说。"

要账碰了壁，刘鹏举的女朋友麦当娜，便劝刘鹏举去找母亲黄晓庆。李更生耍赖，黄晓庆不会不知道六年前的事；爹是后爹，娘却是亲娘。但刘鹏举没找黄晓庆。第二天中午，趁黄晓庆出门去街上做头发，悄悄将李更生和黄晓庆生下的儿子给偷走了。这儿子刚生下两个多月。偷走的时候，儿子倒睡熟了。刘鹏举把孩子带到洛阳，在一旅店住下，给李更生打电话，三天之内付钱，就还他们儿子；三天一过，他就掐死这个野种。李更生傻了，当时就要报警。黄晓庆却跟李更生不干了，大哭大闹，说起六年前的事，怪李更生害了他们全家。李更生一边怪自己大意，大风大浪都经了，在阴沟里翻了船；一边只好自认倒霉，乖乖付给刘鹏举六万块钱。欠条上的钱，已经被儿子刘鹏举拿走，刘跃进还不知道，还在北京找贼；知道这事，还是听在魏公村开河南烩面馆的老高说的。刘跃进这天又找了一天贼，仍没找到，路过魏公村，到老高的烩面馆歇脚，也顺便诉说一下心中的烦恼；丢了一包，又捡了一包，人命关天的事都经历了，到头来却是竹篮子打水一场空。老高刚回了一趟河南老家，没容刘跃进诉说，告诉了他这个震动县城的消息。听老高一说，刘跃进的脑袋，"嗡"的一声炸了。事情出现这种结果，大出刘跃进的意料。刘跃进二话没说，从老高烩面馆出来，没回建筑工地，直接去了北京西站，买张车票，回了河南。在洛阳下了火车，又倒长途汽车，回到洛水。李更生虽然付了欠条上的钱，但这钱应该付给刘跃进，不该付给刘鹏举。刘跃进在这六万块钱上头，还有好多想法呢。这六万块钱，牵涉着他的下半辈子呢；也牵涉着他跟马曼丽的事呢。经过这场事，马曼丽不再理刘跃进，怪刘跃进把她拖进了U盘的事，差点儿丢了命。但两人经过这场生死大事，关系已经不一般了；理与不理，已经不重要了。待自己有了这六万块钱垫底，在北京开起饭馆，成了有钱人，才能让她另眼相看；有钱并不重要，重要的是，不再看人脸色，刘跃进也会舌底生风，不愁不能与马曼丽成就好事。正是打着这样的算盘，刘跃进才又找了半个多月的包。通过这场生死历险，刘跃进还有一个变化，过去刘跃进遇到想不开的事，总想自杀；包丢的时候，他也想自杀；待到捡一个包，开始有人找他，他倒一次没想到自杀。事后回想，过去想自杀的时候，都是一个人在那里想不开；现在有人杀他，容不得他想；或者，U盘的事太大，过去自个儿的事太小，小事，让这大事给吓回去了。更重要的是，过去总在阴沟里撑船，遇事易想不开；如今大海里九死一生，反倒把事情看开了。大海里不易淹死人，阴沟里容易翻船。刘跃进又明白了这个道理。刘跃进过去爱自言自语，现在还爱自言自语；过去自言自语皆因想起后悔的事，说的是懊悔的话；现在动不动爱说：

"去！"

但六万块钱这事，不能去。六万块钱上头，还有他下半辈子的梦想呢。这梦想没被贼打破，被儿子打破了。谁是贼？

儿子才是贼。待刘跃进回到洛水，才知道儿子并不在洛水；早在六天前，拿上这六万块钱，和他的女朋友去了上海。临走时撂下话，要用这六万块钱，在上海打拼出一片天地；本想去北京发展，但北京让他伤心了，只好去上海。刘跃进闻知，脑袋又"嗡"的一声炸了。炸了不是儿子离开洛水，还得去上海寻他，而是知道儿子的深浅，哪里是去上海发展，就是去上海胡混。又赶紧离开洛水，去上海找儿子。怕找得晚了，找到，六万块钱也被他和他的女朋友糟践光了。六万块钱对刘跃进是钱，对上海或北京，连虱子的皮都不算。事情紧急，刘跃进既没见李更生，也没见黄晓庆；如今见他们也没用。本来想见舅舅牛得草；像北京鸭棚里的曹哥一样，牛得草四十岁之后眼睛不好；如今老了，两只眼全瞎了，住在牛家庄；人生自舅舅始；但也顾不上了。也像在保定车站抓他的老方一样，刘跃进找到刘鹏举的同学，打听出刘鹏举新的手机号码；为防打草惊蛇，刘跃进没给刘鹏举打电话，欲到了上海，再与他联系，一下堵住他的老窝；像在北京堵贼一样。从洛水又到洛阳，买了去上海的火车票。车是过路车，离火车到站，还有两个钟头。刘跃进这时感到肚子饿了。这才想起，从北京到洛水，又折回洛阳，一夜一天，只顾赶路，忘了吃饭。一个多月来，有多少回忘了吃饭。便走出车站，过了马路，到一羊肉烩面馆，买了一碗烩面，边吃，边想到了上海，如何向儿子要钱。儿子也不是省油的灯，直来直去，不编个圈套，这钱要不回来。圈套怎么编，一时还没想好。吃间，一个女人坐在桌子对面，也要了一碗烩面在吃。刘跃进只顾想自个儿的心事，没顾上打量对面。一碗面吃下肚，没吃出个滋味。吃过结账，欲起身，无意中看了对面女人一眼，突然惊了：原来对面坐着的女人不是别人，竟是严格的老婆瞿莉。一个多月前，因为严格和女歌星照片的事，严格重演过一遍街头戏，刘跃进扮过卖煮玉米的安徽人，见过瞿莉。在北京四季青桥下敲诈时，也远远看到她的身影。不过现在的瞿莉，已不是过去的瞿莉。过去瞿莉胖，细皮嫩肉；现在瘦，瘦得脱了相，倒又显出她苗条的身形；皮肤也晒黑了。刘跃进吃惊之余，弄不清两人是偶然碰到，还是瞿莉有意找他，说话有些结巴：

"你咋在这儿哩？"

瞿莉看刘跃进：

"在这儿见你合适。"

刘跃进出了一身冷汗，知道瞿莉是有意找他；又感到奇怪：

"你咋知道我在这儿哩？"

瞿莉一笑：

"上回出事时，不是跑了一个韩胜利？"

刘跃进明白了，瞿莉找他，是先找到韩胜利，接着在这儿找到了他。上回老邢抓捕鸭棚的人时，韩胜利正好去厕所拉屎；待回来，见鸭棚四周停满了警车，知道事情发了，一个人逃了。韩胜利与在北京魏公村开羊肉烩面馆的老高熟，大概从老高处，知道了刘跃进的行踪。这时往窗外看，韩胜利就站在饭馆外，冲刘跃进比画手势；先比了一个三，又比了一个五；还在说刘跃进欠他钱的事；本来欠他三千三，曾还了他二百；剩下三千一，连本带利，如今涨到三千五。刘跃进有些愣怔。瞿莉：

"在北京不敢找你，怕你把我卖了。"

刘跃进又明白，瞿莉跟踪自己好长时间了。越是这样，刘跃进心里越是发毛。瞿莉找他，不会为刘跃进欠韩胜利那几千块钱。瞿莉的丈夫严格，一个月前，被人用车撞死了；虽然撞严格的不是刘跃进，但枝枝叶叶，追根溯源，也跟刘跃进有关系。刘跃进以为瞿莉要说这事，忙说：

"那事，真不是有意的。"

又说：

"严总这人，其实不错。"

瞿莉摆摆手：

"那事，跟你没关系。"

刘跃进赶忙说：

"要不全怪那大贪污犯，连累了严总。"

瞿莉：

"也不怪他。官当那么大，弄点儿钱算啥？譬如一个厨子，守着厨房，偷吃两嘴东西，算大事吗？"

刘跃进对这比喻想了想，摇摇头：

"那怪啥哩？"

瞿莉叹口气：

"怪他想要别的东西。"

这话刘跃进就听不懂了，也不敢再问。瞿莉掏出一支烟，点上：

"本来这事该完了，但人一进监狱，就成了人，该说的，不该说的，都说了。由这事，又牵出了别的事。"

刘跃进听出，这是指被抓的那个大贪污犯。那个胖老头，刘跃进从U盘里见过。但那贪污犯牵不牵别的，跟刘跃进有啥关系呢？刘跃进并不贪污，他眼下想做的，是赶紧去上海，从儿子手里，要回那六万块钱；儿子去上海六天了，估计那六万块钱，已糟蹋得剩下四万。但瞿莉说：

"上回你捡我那包，包里还有些卡，对吧？"

当时刘跃进捡了那包，在食堂小屋翻看时，除了U盘，确实还有几张银行卡。但卡没密码，等于无用；就是知道密码，对方一挂失，也不敢去银行冒险；刘跃进没拿这些卡。刘跃进将这道理说了；瞿莉：

"我说的不是这些卡。还有一卡，比它们短半截，上面画了个孙悟空，弄哪儿去了？"

原来是在找这个。这卡刘跃进也见过，那卡确实比银行卡短许多，一边金黄色，画了朵紫荆花；一边彩色，画了个孙悟空，舞着金箍棒。当时刘跃进看它小巧玲珑，有些稀罕，便也揣到了怀里。待大家找 U 盘时，无人找这卡，刘跃进也没在意；待刘跃进看过 U 盘，担心这卡也像 U 盘一样，早晚会出事，慌乱之中，把它扔了。孙悟空这卡，刘跃进跟马曼丽都没说。U 盘这事被人追得紧，刘跃进已经把这卡和孙悟空给忘了；没想到过去一个多月，这事又被瞿莉翻出来了。刘跃进本想装傻，瞿莉率先止住他：

"千万别说你没拿。包里的东西，我也调查一个多月了，别的东西都有去处，单单少了这张卡。"

事到如今，刘跃进不敢再扯谎，但忙说：

"这卡我见过，可我怕它是个祸根，扔了。"

瞿莉：

"那卡里不是钱，有些另外的东西，也牵涉到几条人命呢。"

又说：

"找你，就是请你帮个忙，把这卡找回来。"

刘跃进"噌"地从凳子上蹿起来；扔卡，已是一个多月前的事；记得把卡扔到了北京东郊八王坟一垃圾桶里；事到如今，哪里找去?再说，自己还要到上海找儿子呢。也是情急之中，刘跃进突然急了：

"我就是一厨子，孙悟空的事，别再找我行不行?"

瞿莉叹口气：

"我也不想找你，可少了孙悟空，有人不干呢。"

刘跃进抱着头，又坐回凳子上。这时火车站一声汽笛长鸣，开往上海的列车，已经进站了。

二○○七年七月

北京

附 录

刘震云作品中文版目录

《故乡天下黄花》（长篇小说）	中国青年出版社	1991 年 8 月
《故乡天下黄花》（长篇小说）	作家出版社	2009 年 6 月
《故乡天下黄花》（长篇小说）	台湾九歌出版社	2010 年 6 月
《故乡相处流传》（长篇小说）	华艺出版社	1993 年 3 月
《故乡面和花朵》（长篇小说 四卷）	华艺出版社	1998 年 9 月
《一腔废话》（长篇小说）	中国工人出版社	2002 年 1 月
《手机》（长篇小说）	长江文艺出版社	2003 年 12 月
《手机》（长篇小说）	台湾九歌出版社	2004 年 4 月
《手机》（长篇小说）	作家出版社	2009 年 7 月
《我叫刘跃进》（长篇小说）	长江文艺出版社	2007 年 11 月
《我叫刘跃进》（长篇小说）	台湾九歌出版社	2008 年 3 月
《我叫刘跃进》（长篇小说）	作家出版社	2009 年 6 月
《一句顶一万句》（长篇小说）	长江文艺出版社	2009 年 3 月
《一句顶一万句》（长篇小说）	台湾九歌出版社	2009 年 8 月
《一句顶一万句》（长篇小说）	香港明报出版社	2010 年 1 月
《我不是潘金莲》（长篇小说）	长江文艺出版社	2012 年 8 月
《我不是潘金莲》（长篇小说）	台湾九歌出版社	2012 年 8 月

《我不是潘金莲》（长篇小说）	香港天地图书出版社	2013 年 2 月
《吃瓜时代的儿女们》（长篇小说）	长江文艺出版社	2017 年 11 月
《吃瓜时代的儿女们》（长篇小说）	台湾九歌出版社	2018 年 4 月
《吃瓜时代的儿女们》（长篇小说）	香港天地图书出版社	2018 年 4 月
《一日三秋》（长篇小说）	花城出版社	2021 年 7 月
《一日三秋》（长篇小说）	台湾九歌出版社	2023 年 5 月
《一日三秋》（长篇小说）	香港三联书店	2023 年 6 月
《温故一九四二》（中篇小说）	长江文艺出版社	2012 年 11 月
《塔铺》（小说集）	作家出版社	1989 年 1 月
《官场》（小说集）	华艺出版社	1992 年 5 月
《一地鸡毛》（小说集）	中国青年出版社	1992 年 6 月
《官人》（小说集）	长江文艺出版社	1992 年 12 月
《刘震云》（小说集）	香港明报出版社	1999 年 11 月
《刘震云》（小说集）	人民文学出版社	2000 年 9 月
《刘震云》（小说集）	文化艺术出版社	2001 年 9 月
《一地鸡毛》（小说集）	长江文艺出版社	2004 年 3 月
《那些微小又巨大的人》（小说集）	台湾九歌出版社	2005 年 4 月
《刘震云》（小说集）	现代出版社	2005 年 8 月
《一地鸡毛》（小说集）	人民文学出版社	2006 年 1 月
《刘震云精选集》（小说集）	北京燕山出版社	2009 年 6 月
《一地鸡毛》（小说集）	台湾九歌出版社	2008 年 3 月
《温故一九四二》（小说集）	台湾九歌出版社	2013 年 4 月
《刘震云文集》（四卷）	江苏文艺出版社	1996 年 5 月
《刘震云文集》（十卷）	人民文学出版社	2009 年 3 月
《刘震云作品典藏版》（十二卷）	长江文艺出版社	2016 年 8 月